LA GRAN CONCUBINA D'EGIPTE

Albert Salvadó

Per a la Maribel i el Jesús, gràcies per la seva amistat!

ISBN: 978-99920-1-909-2
Dipòsit legal: AND.183-2012
©Albert Salvadó ®

www.albertsalvado.com

Diseny portada: Sarabia Photo

ÍNDEX

BREU REFERENT HISTÒRIC

L'imperi romà va durar mil anys i en mil anys va passar tot el que podia passar i vam presenciar tot el que podíem haver presenciat: des de la virtut més elevada fins al defecte o el pecat més imperdonable, des de la gesta més sublim a la bestialitat més barroera. Tot va tenir cabuda en un període tan dilatat. I ho sabem perquè tot va quedar escrit.

La història d'Egipte va durar molt més de dos mil anys. Si en mil anys de Roma va passar tot, ¿què no va poder passar en tots els segles que va existir l'Egipte dels faraons? Què no va ser possible al llarg de més de trenta dinasties? Però, curiosament, la quantitat d'informació que ha arribat als nostres dies no és tan extensa com la de Roma ni entra en detalls tan rics. Hi ha molts més forats.

Prou coneixem la dificultat que representa establir amb exactitud les dates. De manera que direm que, aproximadament, entre els anys 1098 i 1070 aC va regnar Ramsès XI, l'últim faraó de la vintena dinastia. Ell va ser el darrer que va dur aquest nom, l'últim dels ramèsides.

La vintena dinastia va durar més d'un segle i va acabar d'una manera força estranya. Egipte, per ell mateix, ja és estrany i misteriós, la seva història és complexa i complicada d'entendre i cada dia apareix una nova dada, un nou descobriment que ens deixa bocabadats i que pot canviar la idea que teníem d'aquella època.

Sota el regant de Ramsès XI, que va durar aproximadament 27 anys, van tenir lloc uns fets difícilment explicables que van significar l'aparició d'una mena de dinastia paral·lela a Tebes, formada per summes sacerdots amb Herihor al front.

És un període convuls i complicat, amb un faraó i dos reis: Smendes al nord i Herihor al sud. A més de l'aparició d'un altre home, Penehasi, també amb desitjos de reialesa, que va acabar més al sud de les cascades, en territori de Núbia. Una situació que pot semblar absurda, però que forçosament havia de tenir alguna explicació raonable.

Curiosament, la tomba de Herihor, malgrat que apareix representat al temple de Jonsu amb la doble corona, de l'Alt i del Baix Egipte, no ha estat trobada. Per contra, que sí que ho ha estat la de la seva esposa

Nodime. Ells van ser els reis de Tebes i ells van fundar la dinastia dels sacerdots.

Aquest és un altre misteri més per afegir a la llarga llista de secrets que amaguen tombes que encara no han estat descobertes. Potser algun dia acabarem per veure un xic de llum enmig de tanta foscor.

Mai no podré agrair prou a Francesca Berenguer que em posés darrere de la pista d'uns personatges tan fascinants i tampoc no podré fer el mateix amb Salvador Costa, que va tenir la immensa paciència d'explicar-me coses d'aquella època. D'això fa vuit anys. I tant l'una com l'altre, ambdós eminents egiptòlegs, ho van fer amb tant d'afany i de passió que van excitar la meva imaginació i el meu desig de saber-ne una mica més.

Des de la humilitat de qui no coneix prou, ni mai arribarà a saber-ne prou, perquè Egipte és inabastable, les pàgines que segueixen són un relat novel·lat del que he imaginat sobre el que podia haver succeït en aquella època.

Gràcies, un cop més.

L'AUTOR

PRIMERA PART

1.1 - HA MORT UNA REINA

A última hora de la tarda, a l'oest de la ciutat, damunt de la muntanya Tebana, quan encara es distingeix el color terrós de les terres àrides que envolten i protegeixen la Vall dels Reis, els tons rogencs comencen a omplir l'horitzó per guanyar la batalla al blau i anticipar l'arribada de la foscor. És l'hora del silenci, del recolliment i de la contemplació del magne espectacle que cada vespre que té lloc a Egipte, quan el dia deixa pas a la nit i el món de la llum cedeix el seu reialme a l'univers de les estrelles.

Dins de l'habitació de generoses proporcions, que donava al Nil, les ombres també començaven a apartar el mantell de la claror i s'allargaven mandroses per cobrir-lo tot, de la mateixa manera que la boira s'estén i atrapa fins l'últim racó.

Una serventa armada d'un pal, a la punta del qual s'alçava i ballava una petita flama, encengué les llànties que penjaven de les columnes i van aparèixer noves llums que dibuixaven noves ombres que dansaven seguint el ritme que marcaven les llengües entre rogenques i grogues, primer tímides i tremoloses, però que de mica en mica van adquirir força i acabaren per aixecar-se orgulloses i majestuoses per il·luminar el llit que ocupava el centre de l'estança.

Un llençol blanc, de fil, immaculat, cobria el cos femení, prim i esquifit, que hi reposava panxa enlaire amb el cap recolzat damunt el petit cavallet de fusta que a Egipte s'utilitza com a coixí. Al seu voltant, guardant silenci, cinc homes i sis dones vetllaven un son que ja era tot quietud.

«Pobra àvia!», meditava Pinediem, l'home més poderós de Tebes, que governava l'Alt Egipte, des d'Assuan fins a Hardai. «Curiosament, al final del dia, al desert, just quan el sol cerca l'horitzó, tenim l'estranya sensació que cada cop va més de pressa, potser xuclat per una força procedent de darrere dels turons, fins i tot de més enllà de les dunes». I assentí lentament, perquè el mateix havia passat amb la seva àvia, que després d'uns dies durant els quals semblava que el temps s'hagués aturat, de sobte els últims instants havien anat ben ràpids. La respiració s'havia alentit i, finalment, dues inspiracions ben pausades, una de més llarga que l'altra, l'expiració final i el silenci. S'havia desinflat, el poc que la xiquesa del seu cos li havia permès, i havia acabat quieta. Pinediem havia tingut l'estranya sensació que amb la darrere expiració havia entrat pel finestral una bufada de vent que havia arrabassat el *ka* d'aquella dona per endur-se'l cap als dominis dels més enllà.

Pinediem, situat als peus del llit, contemplava aquell cos petit, disminuït i ara fins i tot encongit pel pas dels anys, poc més que una ombra del que havia representat la figura alta i esvelta de la gran Nodime, l'esposa de Herihor, el Primer Profeta d'Amon, la magnífica i orgullosa dona que havia parit dinou descendents, entre filles i fills, i que havia mort aquell mateix matí. Durant tot el dia, havien anat desfilant totes les filles i tots els fills que encara romanien amb vida i tots els néts i tots els parents i tots els nobles, per acomiadar-se'n. El poble estava trist. Acabava de morir la que durant més de set anys va ser la Gran Concubina d'Amon, la veritable primera reina de Tebes. La mare de l'Alt Egipte, tal com l'anomenaven.

Aquella dona havia exhalat el seu últim sospir recordant una de les llànties que pengen de les columnes, quan s'esgota l'oli i s'apaga lentament, sense cap mena de violència, en la merescuda pau de qui ha viscut una llarga vida plena d'avatars i que fins i tot ha traspassat la frontera del deure per anar molt més lluny, on només els grans esperits gosen arribar-hi. Pinediem ho sabia molt bé i li retia un càlid homenatge sense paraules, en el silenci de la cambra. Darrere seu, el Segon Profeta Sharek, el Tercer Profeta Uaraktir i el Quart Profeta Mendiebet, membres de l'alt clergat, romanien en una

15

respectuosa actitud de recolliment. Ells constituïen el govern de Tebes.

A la dreta del llit, Henut-Taui, l'esposa de Pinediem, la que des feia un any ocupava el càrrec de Gran Concubina d'Amon, semblava una estàtua amb la mirada dirigida cap al rostre de Nodime; a l'altre costat del llit, Makare, germana de Pinediem, Divina Adoratriu, Esposa de Déu i cap de les sacerdotesses d'Amon, romania amb els ulls tancats, murmurant una oració; i les quatre sacerdotesses encarregades dels quatre *phylaes*, els quatre grups que constitueixen el clergat femení, esperaven ordres, just un parell de passes darrere. Elles, escollides entre les dones de les capes més altes de la societat, serien les encarregades de triar les pertinences que acompanyarien Nodime durant el llarg viatge a través de les Grans Aigües. Només elles podien encarregar-se d'aquesta tasca, perquè només elles gaudien de la confiança de Makare i de la reina Henut-Taui. Des feia anys, a Tebes, triaven les sacerdotesses d'alt rang entre la gent més rica de la població, entre els que no patien cap mancança. D'aquesta manera s'evitava la temptació que pot provocar la visió constant de les joies d'una reina. I si alguna d'elles perdia la seva riquesa, era immediatament expulsada de l'ordre.

Finalment, agenollat en un racó, lluny de tots, amb la cara tombada cap a la columna, Hedai plorava en silenci i el seu cor s'esmicolava. Ell havia estat el servent més fidel de Nodime durant tota una vida, gairebé un esclau o, més encara, un gos agraït, des que l'esposa de Herihor es va compadir d'aquell pobre noi que caminava tot sol, dormia en qualsevol racó i rebia el menyspreu, els cops i les burles de tots els habitants de la capital del nord d'Egipte, i el va arreplegar dels carrers de Tanis. Els seus pares tenien una casa a les afores de la ciutat i cultivaven els camps. Ell va néixer mut, gairebé sord i amb el peu dret esguerrat, i això, a l'Egipte dels faraons, on el culte a la bellesa i a la perfecció està per damunt de tot, representa una desgràcia de tan grans proporcions que els seus pares, avergonyits, però sense el coratge suficient per matar-lo, l'havien criat amagat a casa seva. De fet, s'hauria de precisar que la seva mare el va salvar de morir i es va fer càrrec d'ell, tot jurant al seu marit que no tindria cap problema amb ell, que lluny de ciutat i enmig del camp ningú no s'adonaria de la seva existència i que ell ni se l'havia de mirar, si no volia. Com si no existís. El pare li va prendre la paraula i ni tan sols li dirigia la paraula. Només tenia deu anys quan va morir la mare i el tracte rebut fins aleshores va canviar notablement: de la indiferència va passar a rebre empentes i garrotades, havia de menjar el que podia, fugia de nit, dormia sota les estrelles i tornava quan el seu pare marxava de casa per conrear els camps. Dos anys més tard, el seu pare també va morir i ell va haver de buscar-se tot sol l'aliment. Va ser llavors que va decidir atansar-se fins a ciutat.

Només posar-hi un peu, tothom s'imaginà que era idiota. Li parlaven i no responia, el cridaven i no es tombava. Caminava escorat per causa del peu esguerrat i els infants se'n burlaven i li llençaven pedres. Tanmateix, va resultar que sota aquell mur de silenci hi vivia una ment desperta i un cor agraït i ple de sentiments i de fam d'amor. Aquell noi va créixer sota la tutela de Nodime i esdevingué un home alt i fort com un lleó que va dedicar tota la seva vida a servir la seva senyora. Ara, un cop morta Nodime, Pinediem havia deixat prou clar que Hedai viuria sota la seva protecció i que ningú no gosés burlar-se'n o fer-li res.

Ai! La que havia estat reina de Tebes abandonava el món dels mortals cinc anys després que el seu marit Herihor, un any després que Pianj, el pare de Pinediem i successor de Herihor, i onze mesos després que Ramsès XI, el faraó que havia regnat durant gairebé tres dècades. Per tant, els escrits dirien que va morir el primer any del regnat de Smendes, que també era el primer del regnat de Pinediem, després que Ramsès XI hagués regnat vint-i-set anys, dels quals dinou eren de la primera etapa i la resta corresponia al Renaixement.

Sharek força sovint s'havia demanat si no seria més senzill començar a comptar els anys i no aturar-se, enlloc d'encetar una nova numeració cada cop que moria un faraó. Però la tradició és la tradició. I, en aquell cas, encara era força més embolicat, perquè en arribar al dinovè any de regnat de Ramsès XI s'havia iniciat un nou compte des de zero. Si, de vegades, els mateixos historiadors ja tenien veritables problemes per establir la cronologia de fets que ja pertanyien a un passat no gaire llunyà, feia por pensar amb el que passaria d'aquí uns anys, quan algú parlés del que havia succeït el setè any del regnat de Ramsès XI i un altre li demanés si parlava del primer regnat o del regnat del renaixement. En fi!

El que ningú no podia negar era que aquells darrers anys havien resultat molt llargs i tan farcits d'esdeveniments que gairebé haurien pogut significar l'inici d'una guerra de conseqüències imprevisibles, meditava Pinediem. Tanmateix, no podia oblidar que tants enrenous no eren altra cosa que la culminació dels anys anteriors i que no havien de donar la culpa als darrers temps, sinó que l'inici potser l'haurien de buscar força més lluny, quan tota la seva família vivia al nord, al delta del Nil, a Pi-Ramsès, la residència que el faraó Ramsès XI havia ordenat construir al sud de Tanis, que duia el seu nom i que només servia per perpetuar una imatge buida i dèbil, impròpia de qui ocupa el lloc més alt de tots. Tan buida que aquell faraó ni tan sols havia estat enterrat a la Vall dels Reis, a la tomba que restava inacabada, just a la vall oriental, i que ara mai més no acolliria cap cos. Per primer cop en tota la història d'Egipte un faraó triava el delta per ser enterrat. Com havia pogut Ramsès XI tenir una pensada tan absurda?, es demanava Pinediem. Aquell faraó havia estat tan curt de gambals que no va tenir en compte que el desert, amb el seu clima sec, conserva, mentre que el delta, evidentment més humit, podreix. Però, qui podia estranyar-se'n? Aquella era una altra de les moltes absurdes decisions que havia pres al llarg de la seva vida, per desgràcia massa extensa, que havia esdevingut un desastre per a Egipte.

Tant de bo es podreixi, perquè tot el seu regnat va estar podrit!, exclamà Pinediem al seu interior, amb ràbia. També recordava que, un cop assolí el poder de

Tebes, va reclamar la tomba inacabada de Ramsès per al seu enterrament personal, pretenent amb aquest gest demostrar la seva superioritat. Tanmateix, Nodime li va fer entendre que aquell caprici constituïa una estupidesa i que mai no representaria cap triomf, sinó que tothom s'ho prendria per l'acceptació que Ramsès XI, el darrer dels ramèsides, havia estat el faraó de tot l'Egipte, de l'Alt i del Baix. I aquesta no era pas la idea que tenia Pinediem, sinó que sempre pregonà als quatre vents que aquell faraó mai no va ser ni amo ni senyor de res. Absolutament de res! Fins i tot l'hi havia dit a la cara. No podia ser d'altra manera, perquè al nord, malgrat que hi vivia el faraó, qui reganava era Smendes, que prenia totes les decisions i qui l'havia succeït. I tothom sabia que al sud va manar Herihor durant set anys, i ara el poder l'ostentava Pinediem, després d'haver passat per les mans de Pianj. I, per si fos poc, més enllà de les cascades, a Núbia, no hi havia altra veu que la de Penehasi, que malgrat que va ser expulsat de Tebes seguia dominant l'Elefantina i tots els territoris de més amunt de les terres negres. On era, doncs, el poder del faraó?

Finalment Pinediem va decidir convertir aquella tomba en taller dels artesans que treballaven a la Vall dels Reis. Temps més que sobrer tindria per excavar, bastir, pintar, decorar i vestir la seva pròpia tomba i, mentre, aquell gest donava una idea clara del menyspreu que sentia per un faraó que no va ser ningú.

Bé!, va fer Pinediem i va assentir amb un cop de cap. Feia una estona que havia ordenat tancar les portes de l'habitació per tal que no hi entres ningú més. Se sentia cansat i ja n'hi havia prou, de desfilades.

—És l'hora de retirar-se. Crideu Beder, que es faci càrrec del cos de Nodime i que la prepari per ser acollida a la casa d'Amon —ordenà el rei.

Respirà fondo, exhalà tot l'aire dels pulmons i abandonà la cambra. Makare obrí els ulls, es tombà cap a les quatre sacerdotesses, assentí amb un suau moviment de cap i també abandonà la cambra. Quan les quatre dones haguessin enllestit la feina, la cridarien per tal que hi donés el seu vist i plau.

Henut-Taui, l'esposa de Pinediem, s'hi va quedar una estona contemplant les despulles de Nodime. Una gran dona, no parava d'exclamar al seu interior. Havia presenciat en els cinc darrers anys, just després de la mort de Herihor, que Nodime prenia un lloc de privilegi, com si hagués heretat el *ka*, l'ànima i l'energia del seu marit, i oferia, primer a Pianj i després a Pinediem, uns assenyats consells, fins que Ramsès va morir. Llavors, la seva bellesa va començar a empal·lidir, el seu cos s'encongí i el pendent de la seva caiguda augmentà notablement a mesura que avançaven els dies, fins que tothom va presenciar que feia quart per hora. Els que la coneixien bé comentaven que ja havia acabat la tasca que li havia encomanat el seu marit en morir i que havia decidit caminar ben de pressa per trobar-se de nou amb ell.

El temps passa de forma inexorable per a tothom, pensà Henut-Taui, i sospirà. Llàstima!, va fer gairebé sense bellugar els llavis, en veu baixa, i es va dur les mans a la part baixa del ventre. Nodime no coneixeria el fill que feia tres mesos que ella cobejava dintre seu.

«Com serà la nostra aparença a l'altre costat de les Grans Aigües? Recuperarem la bellesa perduda?», es demanà tot d'un plegat. «Què han decidit fer els déus, en tocant aquest tema?»

Pel moment, l'únic que podia fer alguna cosa era Beder, que s'enduria aquell cos i l'embalsamaria per atorgar-li l'eternitat física. L'altra eternitat, l'espiritual, ja només depenia del resultat del gran judici i del que els déus decidissin.

Es quedà amb els ulls fixos en el rostre de Nodime. El seu cervell acabava de recuperar una pregunta que ja havia formulat un parell de dies abans. On l'enterrarien? Aquella dona, trencant totes les normes i tots els costums d'Egipte, no s'havia bastit cap tomba. Fins i tot, quan algú esmentava el tema, no en volia sentir parlar.

—Quan arribi el moment, els déus decidiran —contestava.

Entesos, però els déus havien emmudit i ara Pinediem havia de decidir.

Potser l'havien d'enterrar a la Vall de les Reines...? I és clar que abans de respondre aquesta pregunta calia formular-se'n una altra: ¿Podia ser considerada reina, si Ramsès encara vivia quan el seu marit governava Tebes? Potser si el seu marit hagués estat enterrat a la Vall dels Reis... llavors, segur que sí. Però, Herihor no tenia tomba, ni a la Vall dels Reis ni a la Vall dels Nobles ni enlloc. De fet ningú no sabia on era el seu cos i tothom feia bona l'explicació que circulava sobre que Amon havia vingut a buscar-lo i se l'havia endut amb cos i ànima, després de ressuscitar-lo. Tanmateix, ella en dubtava. En silenci, naturalment. Com tothom.

—No ho sé —havia respost Pinediem quan ella li va preguntar: «Poden els déus ressuscitar un cos que ja és mort? i on és el cos de Herihor?»

A Pinediem li havien molestat aquelles preguntes. Ningú no les formulava, ningú no dubtava de les històries dels déus, ningú no en parlava, de la desaparició de Herihor. Per què Henut-Taui havia de rescatar aquells enigmes del passat i dur-los al present? Com deia el seu avi: el passat adorm, el futur atura i el present és l'únic que empeny.

Ai! Feia un parell de dies que Henut-Taui havia parlat d'aquest tema amb el seu marit i li havia plantejat tots aquells dubtes i, en veure que les respostes eren curtes i taxatives, havia acabat per fer la pregunta final:

—On enterrarem Nodime?

—Ja ho decidiré quan arribi el moment —havia respost Pinediem, tot afegint-hi un gest amb la mà que semblava voler espantar els pensaments.

«Encara esdevindrà un nou costum, això de trencar totes les normes i de no bastir cap tomba ni deixar cap instrucció!», pensà Henut-Taui. Herihor havia fet el mateix...

Nodime era germana de Ramsès XI, filla de Ramsès X, néta de Ramsès IX i descendent del gran Ramsès III. Tenia sang reial per tots quatre costats i pertanyia al mateix llinatge que Henut-Taui, que era filla de Ramsès XI, encara que no de la Gran Esposa, sinó d'una tercera esposa que va morir. Per tant, Nodime era àvia del seu espòs Pinediem i tieta seva. Tanmateix, el misteri que envoltava la mort de Herihor pesava massa i el fet que qui havia estat Primer Profeta d'Amon mai no emprés cap dels títols reials fora del temple de Jonsu plantejava interrogants difícils de resoldre. Henut-Taui sabia que fins a Pinediem havien arribat les veus que explicaven que la gent del poble planer havia començat a demanar insistentment un mausoleu per a Nodime, per a ella, tota sola, lluny de la Vall de les Reines, com si fos més que una reina: l'esposa d'un déu real, en cos i ànima.

—Què vol el poble? Tal vegada un nou *Ramesseum* o potser un temple similar al de la reina Hatshepsut? —havia cridat Pinediem.

—Senyora, Beder és aquí i demana permís per endur-se el cos —escoltà Henut-Taui que feia una veu masculina al seu costat.

La Gran Concubina d'Amon es tombà i veié el rostre de Sharek, el Segon Profeta d'Amon, la mà dreta de Pinediem, l'home, ja gran, que havia servit fidelment tres reis. No seria una decisió fàcil, coronà els seus pensaments en silenci, referint-se a l'enterrament de Nodime, just abans d'assentir per donar a entendre que atorgava el seu permís.

Abandonà l'habitació i amb un cop de cap saludà Beder, que esperava pacientment a la porta de les habitacions privades de Nodime. A partir d'aquell moment, la primera reina de Tebes era tota seva. O millor dir: el poc que quedava d'ella.

Beder era un home d'uns quaranta anys, alt i prim, duia el cap rapat i mai no somreia. La gent comentava que els músculs del seu rostre van perdre la capacitat de moure's tan bon punt entrà a treballar a les ordres de Yenes, aleshores cap dels embalsamadors, que l'havia triat per ensenyar-li tot el calia saber per quan arribés el dia que l'hagués de substituir, circumstància que s'havia produït feia cinc anys, quan el mestre va desaparèixer per sempre més. Un altre misteri increïble, que s'havia de sumar al de la desaparició de Herihor, del que ningú tampoc no gosava parlar-ne, però que ara revifaria i tornaria a deixar moltes preguntes a l'aire, preguntes silencioses, només amb la mirada, sense gosar anar més enllà, tot i que ningú de l'alt clergat no s'empassava que Yenes hagués estat arrabassat del món de la llum per travessar les tenebres i anar a servir Herihor. El poble pot creure qualsevulla cosa, però algú que coneix la realitat dels déus... Ni parlar-ne!

Beder, en aquells dies llunyans, ja tenia prou clar que molts enigmes es resoldrien només responent una sola pregunta: on és el cos de Herihor? N'havia vist massa, de cadàvers que començaven a descompondre's, com per acceptar fàcilment la possibilitat d'un prodigi dels déus. Tenia clar que un cos mort no era altra cosa que una massa de carn immòbil que passava per les seves mans per tal que ell li concedís el do de no caure sota la tutela dels cucs i així poder traspassar la frontera del temps sense que els seus ossos, la seva pell i tot el que hagués quedat acabessin convertits en pols.

Tot i així, cinc anys enrere no va badar boca i ara tampoc no ho faria. Havia après del seu mestre que el silenci i la prudència són dos grans aliats. I a aquestes virtuts calia afegir-hi una tercera: l'honradesa més absoluta per tal de no perdre la dignitat que Herihor havia concedit al cap dels embalsamadors. Només al cap!

Abans de l'arribada de Herihor a Tebes, el poble considerava que els embalsamadors eren éssers pudents que duien la mort enganxada a la punta dels dits. Persones de baixa qualitat i perversos instints. Tant era així que ningú que tingués dos dits de seny no deixava en mans d'aquells depravats el cadàver d'una dona que hagués estat formosa abans no haguessin passat tres dies. Aquesta era l'única manera que tenien d'assegurar-se que el seu cos no seria profanat, com ja havia succeït en nombroses ocasions. Tampoc no confiaven els amulets ni les joies perquè fossin dipositades entre les teles que cobririen el cadàver. Qui podia refiar-se'n, que no desapareixerien? Aquelles aus rapinyaires sabien que ningú no gosaria caure en el sacrilegi de trencar les benes per comprovar-ho i se n'aprofitaven de valent. Déus! Eren massa anys i massa barbaritats i el poble té orelles, ulls, llengua, i acaba aprenent i ho guarda tot dins la seva memòria. Per això, Herihor va instituir el càrrec de cap d'embalsamadors del temple i va triar per ocupar-lo un home de provada honradesa, algú que ningú no pogués acusar de res i algú que fos capaç de retornar el prestigi a una professió que havia caigut en el pou més fondo. A partir d'aquell instant, un embalsamador (si més no, un!) abandonaria l'infern de la vergonya i el menyspreu per donar dignitat a una tasca que requeria puresa d'esperit.

Els dos ajudants que acompanyaven Beder van dipositar la llitera damunt del llit, al costat del cadàver, i amb molta cura hi van traslladar el cos de Nodime.

Durant aquell curt espai de temps que durà l'operació, Beder va aguantar la respiració de forma totalment inconscient. Tenia l'estranya sensació que aquell cos tan fràgil podia trencar-se en qualsevol moment. I només quan els seus ajudants van redreçar l'esquena, després d'haver deixat anar el cadàver, es va sentir més tranquil.

Sharek acotà el cap en el moment que la llitera passava per davant d'ell. Aquella dona havia estat una gran reina. Sens dubte. Ningú no ho negaria, i ell menys encara, perquè havia viscut molt a prop seu des feia una bona colla d'anys. Tots els anys que havia servit a les ordres de Herihor, que poc després d'arribar a Tebes el va triar per formar part de l'alt clergat, honor que també havia rebut de Pianj i ara de Pinediem.

«Una dona extraordinària!», va fer el Segon Profeta, tot prement els llavis, alçant les celles i assentint diverses vegades. Què hauria passat si ella no hagués intervingut en els moments més delicats dels darrers temps? Quins arguments havia pogut emprar per apaivagar el desig de revenja de Pianj? De la conversa entre Nodime i Pianj mai ningú no en sabria res. Ambdós eren morts i la història no en diria res. No obstant això, encara hi havia un que podia explicar el contingut de la llarga entrevista (gairebé tota una tarda) que va tenir lloc entre Nodime i Pinediem, uns dies després que morís Ramsès XI. Va ser aleshores, després que el nou rei renunciés a lluitar contra Smendes, el successor del faraó, que Nodime inicià la davallada que l'havia dut fins a la mort. Semblava talment cert que ja hagués complert la seva missió entre els vius.

Un cop la llitera desaparegué, Sharek va fer un gest amb la mà i els dos alts sacerdots que l'acompanyaven també van abandonar la cambra, on només hi quedaren les quatre responsables dels *phylaes* que ho endreçarien tot i ho deixarien ben net i ben tancat fins que Pinediem decidís què havien de fer amb aquella cambra i amb el seu contingut. Bé, hi quedaven les quatre responsables dels *phylaes* i... Hedai, que no s'havia bellugat del seu racó i a qui ningú no va dir res. Qui gosaria fer-ho, si els seus plors tenien el poder del dolor i de l'amor?

Quan caminava pel passadís, Sharek negà amb el cap i va fer petar la llengua. Els altres dos profetes s'ho van prendre com un gest de resignació i de dolor. Tanmateix, haurien canviat d'opinió si haguessin pogut llegir els seus pensaments, perquè Sharek tenia molt per explicar i molt més per amagar.

Lluny d'allà, a l'altre extrem del palau, abans de retirar-se a descansar, des de la porta que donava a la terrassa del dormitori, Henut-Taui contemplà la figura del seu marit, que romania assegut al terra, amb les cames creuades, tal com faria un escriba, i la vista perduda damunt les tranquil·les aigües del Nil.

Ella era ben conscient que Nodime i Pinediem, àvia i nét, havien estat molt units durant els dos darrers anys i que aquella desaparició representava una pèrdua irreparable que feia que el seu marit necessités més temps per pair-la, tot i que els metges ja havien anunciat el fatal desenllaç un mes abans i havien dit que, quan un cos es nega a seguir vivint, tots els coneixements de la medicina resulten inútils i tots els esforços són estèrils, perquè la natura sempre estarà per damunt de la ciència.

El jove rei, en escoltar aquestes paraules havia recordat que el seu avi, el gran Herihor, en els darrers temps, quan ja era a prop de la mort i tothom li pregava que mengés i que s'hi esforcés, havia exclamat: «Pobre desgraciat de qui pretén mantenir en aquesta vida algú que ja ha decidit viure més enllà! ¿Que no se n'adona que aquest desig de mantenir-lo viu és una condemna i que l'alliberament arriba precisament quan el deixen marxar? Tots plegats, des del primer fins al darrer, sabem quan hi som de més, quan ens ha arribat l'hora i quan el temps afegit ja no és cap regal. Per això, encara que només sigui amb els ulls, demanem que se'ns deixi en pau».

Henut-Taui es va atansar sense fer soroll, s'agenollà darrere de Pinediem i el va abraçar delicadament, prenent-lo per les espatlles i aplegant la seva galta a la cara d'ell, com si el fet de resseguir la línia de la seva mirada pogués obrir-li una porta que li permetés descobrir tot el que hi havia al seu interior.

—En quina cosa penses? —va fer Henut-Taui, i va dibuixar un somriure amb els llavis.

—Pensava en l'avia —respongué ell, i tancà les parpelles per respirar profundament—. Has vist com plorava Hedai? Recordo el dia que l'àvia va decidir portar-lo a casa nostra, quan va venir a passar uns mesos. Jo tenia deu anys i li vaig dir que no em feia gràcia veure a prop nostre un idiota com aquell, amb tanta força, capaç de matar un toro amb un sol cop de puny, i ella em va contestar que la mirada de Hedai no era la d'un idiota, sinó la d'algú que pateix en silenci. Llavors jo li vaig dir que em feia por, perquè mai no sabia el pensava ni el que sentia, però que estava segur que Hedai podia llegir els meus pensaments. Sempre me'l trobava quan menys m'ho esperava i de vegades s'avançava al meu desig. Ara, per primer cop sé el que sent aquest home. Li he vist als ulls. I pots estar ben certa que hi ha més vida i més amor en el seu silenci que no pas en totes les paraules de condol que hem escoltat pronunciar aquesta tarda —explicà, i sospirà. Després afegí—: Encara no he decidit on l'enterrarem.

—No t'ho he demanat —replicà ella amb dolçor—. Hi ha temps més que sobrer per prendre aquesta decisió.

Beder trigarà dies a enllestir la seva feina i després vindran les cerimònies, les celebracions, el condol...

—Sí, hi ha temps per a tot —Pinediem va assentir lentament i repetida.

Respirà l'aire de la serenor de l'ocàs del dia i va acaronar la galta de Henut-Taui.

—Vols que et deixi sol? —preguntà ella.

—T'ho agrairia. Necessito recordar i meditar.

Henut-Taui va dipositar un petó a la galta de Pinediem, amb molta dolçor, es va aixecar i se'n retirà.

Quan algú mor, els que queden, mediten, recorden, es fan preguntes i procuren obtenir respostes. Tanmateix, hi ha preguntes per a les quals no existeix cap resposta i, curiosament, són aquelles que tothom voldria conèixer.

On és el cos de Herihor?, hauria volgut demanar Henut-Taui. Tanmateix, prou que sabia que Pinediem alçaria les espatlles i negaria amb el cap, com sempre havia fet davant d'aquesta pregunta.

—Si algú pot respondre, és l'àvia —havia fet Pinediem en certa ocasió. I semblava ben convençut.

Doncs ara, malauradament, ningú no podria respondre mai aquesta pregunta, murmurà Henut-Taui quan s'estirava al llit, i sempre quedarà un misteri per resoldre.

El dia havia estat llarg i se sentia cansada. Tancà les parpelles i s'adormí amb la pregunta que no podia allunyar del cap: on és el cos de Herihor?

1.2 –RUMB CAP AL SUD

«**V**euràs: hi ha una dimensió més enllà del plaer i del dolor, a la qual s'hi arriba després d'un gran esforç. El camí és tan llarg i tortuós que ben pocs assoleixen, encara que només sigui, una petita fita, mentre que la major part queden atrapats en un somni, desorientats i esmaperduts, sense saber per on han de seguir. De vegades, fins i tot tornen enrere i obliden tot allò que amb tant d'afany van tocar amb la punta dels dits. Perquè només ho van acariciar amb els palpissos, sense aconseguir atrapar-ho i fer-ho seu».

Això havia dit Herihor, en certa ocasió, i Pinediem recordava cadascuna de les paraules com si fos ara mateix. No tenia cap dubte que el seu avi havia estat un dels que havien arribat més enllà que els altres i dels pocs que havien fet seus molts ensenyaments, fins a l'extrem que ja formaven part del seu tarannà. Evidentment, que Pinediem no en tenia cap, de dubte. Al contrari: ho podria jurar per tots els déus. L'única cosa que no podia assegurar amb certitud era fins on Herihor havia pujat en la llarga escala de la dimensió espiritual, detall que només coneixien el mateix interessat i els déus. No obstant això, segur que havia arribat molt amunt.

Herihor també deia: «Quant a l'esperit, mai no es pot determinar un instant precís, ni un dia concret ni tan sols una setmana o un mes o una estació o un any, en què comences a caminar, sinó que tot s'ha iniciat abans de néixer, de la mateixa manera que tampoc acaba quan tanques definitivament els ulls a la visió d'aquest món, perquè la mort és una porta cap a la vida real, la que no forma part d'un somni, sinó que se sent instant rera instant, en present perpetu».

I afegia que «si bé el camí comença molt abans de nàixer i no s'acaba amb la mort terrenal, hi ha certs moments que se'ns ofereix la possibilitat de canviar d'orientació, de fer un salt espectacular per pujar graons i entrar en una nova etapa, però que no totes les ànimes accepten el repte i moltes resten en la lenta agonia d'un camí planer que ja ha esgotat totes les seves possibilitats, moment en el qual la vida esdevé avorriment».

Quin va ser l'instant precís en què Herihor va canviar d'orientació? En va fer uns quants, de canvis i de salts, al llarg de la seva vida.

Pinediem el recordava com un home que, de tant en tant, patia el que ell anomenava desaparicions presents, que de vegades calia mesurar-les en dies i altres vegades en setmanes senceres, durant les que no semblava el mateix, sinó que entrava en una mena de llarg passadís interior que trastocava la seva personalitat fins a l'extrem que tots els que l'envoltaven tenien la sensació que per a ell ja no hi comptava res, que els havia oblidat o que havien perdut tot valor. En aquells moments els seus ulls es perdien a la llunyania, el silenci s'apoderava del seu voltant i un mur impenetrable impedia que ningú pogués accedir al seu interior. Fins i tot, Nodime, per la que durant tota una vida havia sentit vertadera devoció, trobava barrat el pas en tan curioses circumstàncies.

Tanmateix, un bon dia, de sobte, sense més ni més, se li il·luminava la mirada i tot retornava a la normalitat, com si res no hagués passat. Però després de qualsevol d'aquells retorns alguna cosa havia canviat. Pinediem, malgrat la diferència d'edat, ho notava i sabia que Nodime també n'estava al cas, perquè Herihor podia semblar el mateix, externament, però hi havia un cert punt ben endins de les seves ninetes, just al centre, una petita espurna que indicava que havia nascut una nova foguera dintre seu. De vegades Pinediem s'espantava perquè podia endevinar que era un gran incendi i mai no sabia tot el que cremaria.

Herihor no era fàcil de conèixer. Ho deia tothom. Fins i tot, Nodime algun cop s'havia queixat que de temps en temps, quan s'adormia en la creença que tenia al seu costat un home normal, com qualsevol altre, tot d'un plegat despertava del seu somni, arribava la gran sorpresa i tot trontollava, com en un terratrèmol, i després, també com després del pas del terratrèmol, res no era igual.

Si bé Pinediem no podia parlar d'un sol canvi, sí que podia dir que, per a ell, la major de totes les revolucions interiors del seu avi va tenir lloc a Tebes. Va ser un daltabaix tan profund que bé hauria de parlar de proporcions gegantines, però l'inici l'havia de buscar a Tanis, mentre encara es construïa Pi-Ramsès. Aquí és on va escoltar per primer cop que algú deia que la seva covardia, la del faraó, era tan gran com el seu desig d'eternitat. I havia de donar la raó a qui ho deia, perquè recordava perfectament les discussions de Herihor amb Ramsès XI perquè el nomenés cap de l'exèrcit que havia de venir a Tebes per enfrontar-se a Penehasi i foragitar-lo d'aquestes terres.

Quan això passava ja havien encetat l'any 18 del regnat de Ramsès XI, Nodime ja havia donat a Herihor tots els fills i totes les filles que podia, el seu ventre estava eixut, ja havia tingut prou temps de patir l'efecte d'uns quants terratrèmols interiors del seu marit i la veritat és que havia confessat a Uaraktir (Pinediem ho havia escoltat) que ja s'imaginava que estava guarida de qualsevol espant. Tant era així que deia que la seva vida havia encetat un període de tranquil·litat, per la qual cosa dedicava el seus dies a la plàcida tasca de tenir cura de bona part dels seus néts, entre els que Pinediem ja no s'hi comptava, perquè havia esdevingut un noi que caminava cap a l'adolescència i fugia de les carícies de les dones per cercar la companyia, la força i la rudesa dels homes. El seu pare, el noble Pianj, feia cinc anys que servia a les ordres de Herihor. La seva mare, Tenhe, en feia dos que havia mort. Va ser-ne la cinquena, dels dinou fills que Nodime havia parit, que va abandonar aquest món i tothom tenia ben present que li va doldre tant com els altres quatre.

Pinediem també recordava, com si fos ara mateix, l'alegria que va sentir en escoltar els rumors que apuntaven que l'exèrcit de Herihor pujaria Nil amunt, fins atrapar Tebes, per enfrontar-se a Penehasi, i com va córrer per parlar amb el seu pare i demanar-li que el deixés acompanyar-los. Però Pianj va respondre que la seva hora encara no havia arribat. Pinediem va mirar de protestar, però el seu pare el va fer callar.

—On radica la grandesa d'Egipte? En el cor dels seus soldats; en el seu exèrcit; en la disciplina —va dir Pianj, tot repetint paraules que Herihor havia pronunciat davant del faraó. I després hi afegí—: No oblidis mai que si vols ser un soldat, primer has d'aprendre a obeir.

Aquesta darrere frase, evidentment que Herihor no l'havia pronunciada davant del faraó, però sí que havia anat molt més enllà que Pianj amb Pinediem.

—Per què Ramsès II i Ramsès III van ser uns faraons tan grans? —havia demanat Herihor als peus del tron de Ramsès XI, una trista ombra si la comparaven amb els seus grans antecessors que duien per segon i tercer cop en la història el nom de Ramsès—. Perquè en el seu temps Egipte era gran, perquè els seus exèrcits eren poderosos i perquè els pobles estrangers ens respectaven. Tot aquell que va gosar alçar la veu va haver de callar —havia prosseguit Herihor, amb energia, sense permetre que ningú no el tallés—. Però Egipte ha deixat de ser un regne poderós i tothom se'n riu de nosaltres.

Naturalment que el faraó també va voler protestar, com Pinediem amb Pianj, i com Pianj amb Pinediem, Herihor tampoc no va callar, sinó que, oblidant la distància que els separava i la diferència d'autoritat, va seguir argumentant.

—I què hi fa Penehasi, a Tebes? No respecta el faraó ni respecta el poder que emana dels déus. Què significa això? Que els déus no són poderosos? No! Significa que nosaltres, els homes, no els servim com cal, que no complim amb el nostre deure i que no mereixem el seu ajut. Per tant, el que ens arriba és el fruit dels nostres actes i nosaltres en som els únics responsables.

Quantes paraules va haver de pronunciar Herihor per tal que Ramsès XI entengués aquells conceptes tan elementals? Potser mil o dos mil o més. Déus de déus! És ben cert que no hi ha més sord que aquell que no vol escoltar ni més cec que aquell que no vol veure, no parava de repetir Herihor quan abandonava la sala del tron acompanyat de Pianj i d'Uaraktir, els seus dos homes de confiança que sempre li feien costat. Parlava desesperat i per primer cop oblidava la prudència que en ell era característica i emprava la vehemència quan pronunciava el nom de Ramsès XI.

—Les notícies del sud no deixen d'arribar —es queixava Herihor—: I el faraó encara fa que no ho entén i no para de repetir que Penehasi és el seu representant a Tebes i que totes aquestes històries inventades pels seus enemics tan sols persegueixen desacreditar-lo. S'ha begut l'enteniment! Encara no en té prou de veure que s'ha proclamat virrei de Qus, cap de l'exèrcit i director dels graners?

Pinediem respirà fondo, com si volgués arrabassar tot l'aire de la nit. Beder ja havia retirat el cos de Nodime, que en aquells moments reposaria dins la petita cambra annexa a la sala hipòstila de Jonsu, la mateixa que havia ocupat el cos de Herihor. Aquest havia estat el desig exprés de la que va ser reina. Només que ell havia ordenat que cent soldats fessin guàrdia al voltant del temple i que cinquanta sacerdots vetllessin tota la nit. No volia cap sorpresa ni cap nou misteri per resoldre.

Sembla mentida com afloren les imatges del passat quan la nit ens envolta i l'ànima atrapa un instant de repòs!

Sospirà i assentí lentament, mentre s'aixecava i es dirigia cap al petit mur que feia de barana i que donava damunt del Nil. Des d'allà contemplà les aigües on quedava reflectida la petita i tímida lluna creixent. Quan era un infant, la seva mare li havia dit que la lluna creixent és una rialla que la nit ens fa, perquè mira cap a la dreta, mentre que la lluna minvant és el gest de disgust perquè ja ha de marxar. Si això era cert, significava que la rialla d'aquella nit era per a la seva àvia Nodime, per rebre-la, que prou que s'ho mereixia. Llavors, va tancar les parpelles, la seva ment va fer un salt en el temps i els seus records retornaren als temps de la seva infantesa, quan era a Tanis.

Pinediem era un noi molt despert i en aquells dies d'estada a Tanis ja va ser conscient que aquell episodi d'enfrontaments entre el seu avi i el faraó era ple de tensió i que Herihor va estar a punt de perdre-ho tot. Ramsès, malgrat que era germà de Nodime i per tant cunyat de Herihor, s'escudava en la complexa organització del govern per esquivar-lo i no parlar més amb ell. Fins i tot s'escapava de Nodime, perquè prou que coneixia el que li volia dir.

Eren temps complicats i difícils. Durant segles sencers la maquinària governamental s'havia anat perfeccionant i completant, que és tant com dir que havia anat creixent, i la burocràcia interna ja atrapava límits insospitats. Sota el gran poder del faraó hi havia tres braços. El primer era el que anomenaven la dinastia, del qual penjaven el príncep hereu, la Gran Esposa que al mateix temps era l'Esposa Divina d'Amon, l'harem i els parents. Tanmateix, i malgrat que era la primera branca, no era la més important i llevat del príncep hereu i de la Gran Esposa, els altres, poc hi comptaven.

Després venia la segona branca, el govern intern de la nació, dividida en quatre grans àrees: la primera formada pels dominis reials, la segona per l'exèrcit i per la flota, ambdós comandats pel príncep hereu, la tercera pel govern religiós i la quarta pel govern civil. Cadascuna d'aquestes àrees podia estendre's fins a l'infinit. D'aquesta manera el nombre de càrrecs podia augmentar o reduir-se en funció de les necessitats, els favors podien ser pagats i les peticions dels amics i parents podien ser ateses.

I, finalment, el tercer braç el conformaven els territoris conquerits, dividits en els governadors del nord, amb els reis i els comandants de batalló, i els governadors del sud sota el comandament del fill del rei de Qus, que també manava sobre el representant d'Uauat i el de Qus, que, al seu torn, dominaven els alcaldes dels centres egipcis i els caps dels grups indígenes, i sobre el comandant del batalló de Qus, que era el cap de les forces militars desplegades a les terres annexionades. Déus de déus! Què complicat!

Però, el problema no l'havien de buscar aquí, en aquesta tramada burocràtica tan complexa, sinó en el fet que Ramsès era un faraó dèbil a qui feia cosa mirar el seu cunyat als ulls i haver d'acceptar que no tenia prou valor per enfrontar-se a Penehasi i al seu exèrcit farcit de soldats procedents de Núbia, homes ferotges i salvatges, de pell fosca i sense cap mena d'educació, que no s'aturaven davant de res, que no respectaven res i a qui els déus d'Egipte no els feien por. A Ramsès, per contra, li feia pànic només imaginar que Herihor es podia endur una bona part de les forces, tot deixant-lo sense la immensa protecció que la seva descomunal covardia exigia, i que si marxava cap al sud corria el risc de ser derrotat, de morir i de no tornar, circumstància que possiblement seria aprofitada pels hitites i pels libis, que atacarien. Per això no feia res més que exhibir noves excuses: que la situació no era tan greu, que no volia exposar el millor dels seus generals, que...

Amb el pas del temps, Pinediem havia acabat d'entendre perfectament que al faraó li preocupava més perdre l'exèrcit que no pas el seu general, perquè el magí d'aquell monarca raonava que de generals n'hi ha pocs i de soldats molts i que els molts poden fer més feina que els pocs. Nodime, en aquell temps, no s'estava de manifestar, tot i que ho feia en privat, que el seu germà sempre havia estat molt curt d'enteniment i que confonia qualitat amb quantitat. Aquesta va ser la vertadera raó que va impedir que Ramsès escoltés primer els arguments, després les peticions, seguidament els precs i finalment les protestes de Herihor.

Mentre, Smendes, l'altre puntal de l'exèrcit, casat amb Tentamon, filla de Ramsès, no intervenia en les discussions, sinó que s'ho mirava de lluny i no prenia partit per ningú. O, en tot cas, si es veia obligat a parlar, mirava de trobar la fórmula que li permetés quedar bé amb el faraó sense haver d'enfrontar-se a Herihor.

—Vigila Smendes —no parava de repetir Nodime amb certa vehemència—. Pretén la simpatia del faraó, mentre que tu només conrees el seu odi. No te'n refiïs. És ambiciós i persegueix el tron.

Smendes era molt més jove que Herihor. Nascut a Bubastris, havia entrat a servir l'exèrcit i havia estat cridat a Tanis, on havia fet carrera i havia esdevingut un brillant general. No obstant això, no podia comparar-se amb l'home que havia atresorat una llarga experiència al costat d'uns dots de comandament que eren l'enveja de tothom.

—En sóc conscient, però no puc permetre que Penehasi es quedi amb Tebes —responia Herihor—. Egipte ha deixat de ser el país poderós d'altres temps i ningú no ens respecta. Si ara perdem Tebes, demà haurem perdut Tanis i després perdrem el delta sencer.

Finalment, un matí, Herihor es llevà amb una d'aquelles mirades que eren el resultat d'una inspiració. Va cridar Uaraktir i li va pregar que l'acompanyés a veure el faraó.

El general, en arribar a la porta de la cambra reial, la va empènyer i entraren sense demanar permís i sense que cap dels guàrdies no gosés aturar-los.

Les seves passes eren tan fermes i decidides que gairebé tremolava el terra. Smendes hi era present i Herihor es va encarar al faraó i li va dir:

—Només m'enduré amb mi qui vulguin venir. Ningú no serà obligat a seguir-me, cap soldat no rebrà una ordre directa, tothom podrà decidir lliurement i tindràs Smendes al teu costat. És el millor de tots.

Ramsès, aclaparat per aquella intromissió, sense saber què havia de fer, el mirà amb recança i guardà silenci. Cercava una resposta que fos una nova excusa, però no la trobava.

—No obligaràs ningú a seguir-te de cap manera? —intervingué Smendes, de sobte.

Herihor se sorprengué. I Uaraktir, també. Era el primer cop en tot aquell afer que l'altre general de l'exèrcit pronunciava una paraula sense que li fos demanada.

Herihor el va mirar i li va semblar que Smendes volia donar-li un cop de mà. O potser, simplement, també estava fart de sentir parlar del mateix tema un dia darrere l'altre i volia trobar una solució i un final.

—Ho juro per tots els déus —respongué Herihor i es dugué una mà al front i l'altra al pit per significar que aplegava pensament i sentiment, cervell i cor.

—Si és així, jo em quedaré a Tanis per salvaguardar la vida del nostre faraó —digué Smendes, avançant-se unes passes per situar-se davant mateix de l'altre general—. D'aquesta manera, el tron d'Egipte estarà segur i podràs recuperar les terres que Penehasi ens ha furtat. Em sembla correcte.

—Tu comptes amb la meitat de l'exèrcit i jo, a més, et deixaré cinc cents dels meus homes —Herihor assentí amb un bon cop de cap.

El faraó els mirava alternativament, l'un i l'altre, i feia cara de babau, com si hi fos de més, en aquella escena i en aquella discussió.

—Oh, gran Ramsès! —Smendes es tombà cap al faraó, acotà el cap i obrí els braços. Semblava talment que acabava de recordar l'existència i la presència de qui hauria de ser la màxima autoritat—. Herihor és generós i valent i crec que li hauries de concedir permís per marxar.

Ramsès no gosà replicar. Amb quines paraules ho hauria pogut fer, si els seus dos generals estaven d'acord? De manera que tancà els llavis amb força, igual que faria un infant que es veu obligat a acceptar, i finalment va fer un moviment prou eloqüent i ridícul amb la mà, com si fes fora Herihor.

Aquesta va ser la trista acceptació del pla i l'encara més trist nomenament de Herihor per a una delicada i perillosa missió que pretenia retornar el prestigi a un país que l'estava perdent completament.

Aquell vespre el general va arribar a casa eufòric. Havia aconseguit el que tant i tant havia demanat als déus. Durant tota la tarda havia estat reunit amb Pianj i Uaraktir i ja havien començat a planificar l'expedició.

—Per què t'ha ajudat Smendes? —li demanà Nodime, un cop ell li havia explicat com havia anat la trobada amb el faraó.

—És intel·ligent i ha vist que és l'única solució —respongué ell.

—Jo no me'n refiaria, d'un home com ell —negà Nodime, sense deixar de mirar-lo als ulls—. És fred i calculador. Vols dir que no n'amaga alguna?

—Quina vols que n'amagui? —replicà Herihor, mentre manifestava amb gests que no era capaç de veure un segon joc.

Nodime negà diversos cops. No estava tranquil·la.

—La intuïció femenina? —digué Herihor amb un somriure divertit.

45

—Els anys —respongué ella.

Herihor esborrà el somriure i es retirà a descansar, pensarós.

L'essencial era que ja tenia permís per marxar i l'important era que quedava molta feina per fer abans de salpar cap al sud, camí de Tebes, conclogué, malgrat que Nodime li havia contagiat la seva intranquil·litat. Ai, les dones!

L'endemà, a primera hora del matí, Herihor va reunir els oficials i va començar a donar-los ordres.

Tothom anava molt atrafegat i les setmanes següents la gent de Tanis va presenciar moviment pertot arreu. A les places, als mercats i al port ningú no parlava d'altra cosa que no fos l'expedició que es preparava. I tothom estava content perquè albiraven la pacificació dels camins i el retorn del comerç entre els diferents *nomos* (províncies). Per fi algú havia pres una decisió que tot Egipte anhelava des feia dies.

Nodime va ser l'única que es va adonar que el brillant general havia entrat en un dels seus estats de trànsit, però diferent dels que havia tingut fins aquell moment. Herihor dormia poc, treballava de valent i irradiava una energia contagiosa que s'expandia fins a l'últim racó de Tanis. Els seus oficials se sentien orgullosos de servir a les seves ordres. Ningú no se n'hauria adonat de res si no hagués estat que de tant en tant es quedava en silenci, respirava fondo, un sol cop, i després romania quiet i amb la mirada fixa a la llunyania.

—Algú m'hi espera —deia, quan Uaraktir li demanava si li passava alguna cosa. I no hi afegia res més.

Llavors, el seu home de confiança li demanava qui l'esperava i ell no responia, sinó que ignorava la pregunta i seguia treballant com si res no hagués succeït ni res no hagués dit.

Altres cops assentia lentament, en silenci, i Nodime tenia la sensació que el seu cervell retornava d'algun lloc que ningú més que ell no podia conèixer.

Pianj, per la seva banda, no feia cas d'aquests comentaris ni d'aquestes manifestacions i quan Nodime li explicava algun episodi, simplement responia: «Ja saps com és».

Sí, prou que ho sabia tothom, acceptava Nodime. Tanmateix, en aquesta ocasió, la mirada de Herihor havia canviat. L'espurna, al fons de les seves ninetes, era més profunda i alhora més tènue. Tot plegat força estrany, perquè quan Nodime la contemplava, descobria que la brillantor sorgia de tan endins que no era capaç de mesurar-ne la seva força. Menys encara, la seva atrapada. I allò que no parava de repetir que algú l'hi esperava...

Pinediem, que no havia aconseguit convèncer el seu pare perquè se l'endugués, si més no havia pogut parlar amb el seu avi, que li havia permès que els acompanyés mentre feien els preparatius, tot escapant-se d'estudi. El noi escoltava embadalit com discutien d'afers militars fins ben entrada la nit, fins que l'engegaven a dormir.

—No para d'insistir que vol venir amb nosaltres —digué Pianj, una nit, referint-se al seu fill, després de fer-lo fora.

—És massa jove i el seu moment encara no ha arribat —respongué Herihor—. Tanmateix, arribarà i, quan arribi, l'esdevenidor li demanarà molts esforços. Tan de bo disposéssim d'una bona colla amb el seu entusiasme!

Aquell home, de tant en tant, parlava com un profeta. Deixava anar les paraules amb els ulls clavats a la llunyania i amb un to de veu profund que emergia de molt més endins de la seva gola.

Una tarda Nodime s'havia quedat al jardí després que els seus néts marxessin. Feia un sol abrusador i l'ombra dels arbres li permetia respirar plàcidament, sense haver de patir l'opressió de l'aire calent que prop del delta s'aixeca del terra en els dies tòrrids i ho embolcalla tot amb un mantell xafogós que no hi ha manera de treure's del damunt.

Cansada per la llarga jornada, va buscar un racó fresc, s'hi va seure en un banc i dues serventes li van dur un coixí, un got i una gerra d'aigua.

Més que necessitar descansar, volia amagar que se sentia trista. No seria el primer cop que se separarien. Diverses vegades Herihor havia hagut de marxar lluny per imposar pau en una nació que ja feia anys que havia deixat de ser un oasi per esdevenir un lloc amb camins perillosos, on només es podia trobar seguretat a les ciutats. Què li arribava, llavors?

Sota els arbres, asseguda i amb els ulls clucs, meditava. Durant aquelles setmanes Herihor s'havia dedicat en cos i ànima a la seva feina i gairebé no havien parlat. Tots els temes de la casa, dels fills, dels néts, de la família, dels amics, dels compromisos... tot havia quedat ajornat, adormit i relegat a un segon terme. Era el primer cop en tots els anys que estaven junts, que el veia amb un deler tan gran de marxar. Sí, l'única cosa important era preparar-ho tot per dirigir-se cap al sud. No pas per fugir. Això, no. Però... era... com si una força invisible i immensament poderosa, una veu que arribava amb les aigües del Nil, una atracció irresistible el xuclés amb una energia mil vegades més gran que el Hansim, el vent del desert. Fins i tot, hauria jurat que ni se la mirava. Potser era que ja feia tant de temps que ho compartien tot, i els anys passen, que havien entrat en la monotonia. O, tal vegada havia de pensar que el seu cos ja no era el mateix. La pell, tot i els esforços de cada matí, havia perdut la polidesa dels quinze anys, els malucs feia dies que s'havien desdibuixat, la cintura havia desaparegut, els pits...

Sí. Prou que ho sabia i ho havia d'acceptar. Com també sabia que el seu marit gaudia de més d'una de les serventes. Però ella mai no havia fet ni el més petit comentari ni li havia dirigit cap retret. Els anys passen, tot canvia i una dona ha de ser prou intel·ligent per tenir cura que l'home només gaudeixi d'altres cossos, però sense que mai cap ànima pugui arrabassar-l'hi. Herihor marxaria lluny, a Tebes. Quant de temps s'hi estaria? Quins braços l'acollirien durant les nits? Quin cos li donaria escalfor...?

De sobte reaccionà. A què treia cap pensar en allò? Mai no ho havia fet, sinó que confiava plenament que, un cop acabada qualsevol campanya, Herihor tornaria a casa i l'abraçaria amb la força del lleó. I ara seria com sempre!

De mica en mica, sense adonar-se'n, es va anar calmant i es va quedar dormida.

—Senyora, és tard i has de sopar —va sentir que feia la veu d'una serventa.

Nodime obrí les parpelles i va descobrir que ja era gairebé fosc. Quanta estona havia dormit? Oh, Isis! No és bo capficar-se per res, perquè els neguits, les preocupacions i les cabòries et prenen energia. I ella, malgrat que havia dormit, se sentia ben cansada.

Anava a aixecar-se, quan va veure arribar el seu marit acompanyat d'Uaraktir.

El va contemplar quan creuava el jardí. Aquella tarda, abans d'adormir-se, havia pensat en el pas del temps i ara s'adonava que Herihor ja havia complert els seixanta anys i evidentment havia perdut bona part de la força que sempre l'havia acompanyat, però seguia sent un home atractiu, amb el cap rapat, el posat altiu, l'esquena ben dreta i l'eterna mirada que feia pensar que era molt més jove. Només quan alguna cosa el contrariava de valent, el seu rostre s'enduria, apareixien totes les arrugues i semblava adquirir una ombra que deixava al descobert una edat més propera a la real.

Aquell vespre semblava més gran.

—Què tens? —li va preguntar quan el tenia a prop seu, sense ni tan sols saludar Uaraktir.

Herihor s'aturà, la besà a la galta i sospirà profundament.

—El faraó està pagant els soldats perquè es quedin i no m'acompanyin —va respondre, mentre arronsava les celles i el front se li omplia de profunds solcs que el travessaven d'un costat a l'altre.

—Va jurar que...

—No —la va tallar Herihor—. Jo vaig jurar, però ell, no. Vaig cometre una errada i ell se n'està aprofitant.

Nodime es tombà cap a Uaraktir, que va prémer els llavis, va negar amb el cap i abaixà la mirada. Llavors ella clavà els seus ulls en els del seu marit. Feia dies i dies que no es miraven d'aquella manera, de tant a prop. Va ser en aquell instant que la pell se li esborronà en descobrir l'espurna que ja havia copsat unes setmanes enrere. Només que ara va veure en aquelles ninetes l'ombra d'Anubis, el déu que obre el camí dels morts i amb la seva barca els condueix fins a l'altre costat de les aigües, i s'espantà.

—I què faràs? —demanà mentre tornava a mirar Uaraktir suplicant-li un ajut que ningú no li podia donar, perquè ningú no havia vist el que ella acabava de descobrir en la foscor d'aquell parell de cercles negres. Només que no era capaç de dir sobre qui es projectava l'ombra de la mort.

—No ho sé. Em sento perdut. La pregunta és: amb qui comptaré per marxar?

—Amb mi, amb Pianj i amb una bona colla d'oficials. Prou que ho saps —replicà Uaraktir.

—Oficials sense soldats —Herihor somrigué, però la tristor inundava els seus ulls—. Ens hem d'enfrontar a un exèrcit de nubis, no pas a una partida de lladres.

—Has conduït els teus soldats a la victòria més de cent cops. Ells no et deixaran mai —digué Uaraktir.

—Davant dels diners, les més fermes lleialtats trontollen —va fer Herihor, entristit.

—Parlaré amb ells i els obligaré...

—No —el tallà Herihor—. Vaig donar la meva paraula i la compliré.

—I serà el teu final —intervingué Nodime.

—Si perdo la meva paraula, què em quedarà? — replicà Herihor, i marxà.

Nodime mirà Uaraktir, que abaixà el cap i tancà els llavis amb força. Ell també estava convençut que, si no es produïa un miracle, allò podia ser el final d'un gran general.

Aquella nit Herihor no va sopar. Nodime el va acompanyar fins ben entrada la foscor, fins que ell li va dir que se n'anés a dormir.

Ella no va protestar. «Quan la soledat ens reclama amb insistència, val més no rebutjar-la ni intentar foragitar-la. Ella pot esdevenir la millor companya», li havia sentit dir en diverses ocasions.

Dormien en habitacions separades, comunicades per la terrassa i prop de la matinada Nodime es despertà i va distingir la silueta del seu marit que s'estava dret davant l'horitzó, com si esperés que la sortida del sol augurés un prodigi. Segurament, ni tan sols s'havia allitat. No seria pas la primera vegada que Herihor romania despert una nit sencera. Desprès, la nit següent, quan el cansament l'atrapava, dormia profundament fins ben entrada la matinada. El més curiós, però, era que quan se sentia completament esgotat, li resultava impossible dormir. Llavors deia que havia de descansar per poder dormir i s'asseia una estona. Nodime va trigar força temps a entendre que primer la ment havia de reposar i trobar l'equilibri perquè el cos pogués desconnectar-se de les emocions i obeir els dictats de l'instint, que li cridaven que s'havia de recuperar.

Ella es llevà i es dirigí cap a la terrassa, mentre des del plexe solar, tot ascendint fins al cervell, li pujava una onada d'odi contra el seu germà, contra un faraó que era un inútil i el major dels covards, a qui poc o res no li importaven els altres.

El seu marit li havia preguntat què li quedaria si perdia la paraula. Ella es demanava: què passarà, si ningú no vol marxar amb ell?

Déus! Tenia les mans lligades i el desprestigi seria tan gran que l'ensorraria per sempre més, perquè ni Pianj ni Uaraktir ni cap dels seus oficials podria tapar aquell fracàs. Potser era allò el que havia vist als ulls de

Herihor, l'ombra d'un fracàs que no seria capaç de pair? Ell, que sempre havia estat al servei del faraó, que ja l'havia advertit sobre Penehasi, que li havia volgut fer veure que aquell desgraciat faria fora Amenhotep, s'apoderaria de Tebes i reclamaria un tron, rebia la traïció com a pagament a la seva lleialtat. O hi havia alguna manera més adient per definir la burla del faraó?

Nodime es va quedar a la porta de la terrassa. No volia destorbar el seu marit, malgrat que desitjava abraçar-lo, perquè sabia el que passava pel seu cap i pel seu cor. I és clar que ho sabia! Com també va saber, força temps enrere, aquell matí, a palau, quan va veure per primer cop a aquell oficial que arribava acompanyant l'exèrcit que venia del sud, que ella seria per a ell i ell per a ella, i per a ningú més.

—Quan una dona es proposa una fita que té a veure amb la tria de qui serà el pare de la seva descendència, calen totes les forces de la natura per aturar-la. I, de vegades, no són suficients, perquè la seva determinació és tan gran que fins i tot els déus tindrien problemes, si decidissin intervenir-hi —havia dit Herihor temps després, entre riallades, una nit que ella li va explicar com s'ho havia manegat per aconseguir que ell fos convidat a palau i que fos rebut a les festes més íntimes de la cort.

Però, ara, com podia ajudar-lo?, es demanà Nodime.

Lentament, s'apartà de la balconada i se'n tornà al llit. No dormí, però. El seu cervell s'havia posat en marxa, com quan perseguia esdevenir l'esposa d'aquell oficial que acabaria sent general, i va repassar, un per un, tots els punts i totes les circumstàncies que envoltaven aquella estúpida baralla entre el faraó i el seu marit. Havia d'existir una sortida. Sempre n'hi ha una! Només que, de vegades, no és evident trobar-la.

En l'instant en què el sol despuntava per l'horitzó Nodime va sortir acompanyada per dues serventes cap a la casa de Smendes. Herihor culpava el faraó, però ella hi veia una altra mà amagada. Coneixia prou bé el seu germà per saber que mai no gosaria enfrontar-se al seu marit si no comptés amb un bon recolzament. I quin millor suport que Smendes? Perquè era més que clar que el fracàs de Herihor esdevenia el gran triomf del seu rival per accedir al tron. Aquesta era la conclusió, a totes llums evident, a la qual hi havia arribat durant una nit de vetlla.

Tentamon, esposa de Smendes, filla de Ramsès i, per tant, neboda de Nodime, ordenà de seguida que fessin entrar la seva tieta i que la conduïssin fins a les seves habitacions privades en una mostra de la devoció que li professava.

—És un honor inesperat rebre en aquesta casa l'esposa del més gran dels generals d'Egipte —la saludà, mentre l'abraçava i la besava a la galta.

—Si el meu marit és el més gran, és perquè ha tingut més temps que altres per fer coses —respongué Nodime amb un somriure, mentre li tornava l'abraçada.

Tentamon va picar de mans dos cops per tal que les serventes les duguessin fruita i aigua i es van seure, l'una al costat de l'altra.

Durant una estona van parlar de temes diversos, de la família, dels nens, dels problemes quotidians, de tafaneries... i dels que feia poc que havien mort.

Un cop esgotats els temes familiars, Nodime va creure que havia arribat el moment d'encetar el que constituïa el motiu d'aquella visita.

—El meu marit ja és gran i sempre ha sabut que morirà abans que Ramsès —va fer amb un deix de tristor.

—Són els déus, els que prenen aquestes decisions, i jo prego a Anubis que dilati tot el que pugui la seva vinguda, perquè Herihor ens és molt estimat —respongué Tentamon—. No dubtis ni un instant que el meu marit li guarda tanta devoció que sempre li sento dir que no n'hi ha altre que Herihor per succeir Ramsès.

—Tu ets filla del faraó i confereixes al teu marit la reialesa que li permet aspirar a ser successor natural del faraó —digué Nodime, mirant Tentamon directament als ulls.

—I tu, com a germana del meu pare, també atorgues al teu marit totes les virtuts que el fan un digne successor —respongué Tentamon—. Fins i tot, per raons d'edat, ell sempre caminarà davant de Smendes.

Nodime somrigué. Tentamon era jove, però havia estat educada convenientment i raonava encertadament.

—Entre les dones el fruit sempre madura, mentre que entre els homes molts fruits passen directament de verd a podrit —digué Nodime lentament, mentre mirava el cistell de fruita que la serventa havia dipositat damunt la taula—. Ja fa dies que va quedar vacant el càrrec de comandant de l'exèrcit del nord i Ramsès encara no ha triat ningú. Té por, com sempre, de prendre una decisió, perquè el seu cor està dividit. Per una banda li agradaria que fos Smendes, però, per l'altra, Habadjilat li ha proposat un fill seu i ja sabem la influència que aquesta esposa, malgrat que no és la primera, té sobre les decisions del faraó. Però, Herihor està convençut que el millor candidat és, sens dubte, Smendes.

—T'ho ha dit ell? —demanà Tentamon, i va prendre una figa que encara estava una mica verda.

—Com ja saps està molt capficat amb els preparatius per marxar cap al sud, a Tebes, per fer fora Penehasi. Per això, procuro ser amb ell tot el temps que puc i de nit, prou que ho saps, es fan les grans confidències —explicà Nodime, amb un somriure de complicitat—. M'ha confessat que l'empresa no serà senzilla i que desconeix quan podrà tornar. És conscient que la nació necessita algú amb molta força per fer-se càrrec de la pau en totes les terres del nord. Algú amb qui Egipte pugui sentir-se segur, i està plenament convençut que aquesta persona no és altre que Smendes.

—I per què no l'hi proposa al faraó? —preguntà Tentamon, i deixà la figa verda.

—Ai, els homes! Si tenen el cap ocupat amb cabòries, obliden expressar els seus sentiments —respongué Nodime, i també deixà la figa madura damunt la taula—. Llavors és quan nosaltres hem d'actuar perquè treguin fora el seu neguit i madurin per poder manifestar tot el que duen dins del cor.

—Quin és aquest neguit, que omple el cor de Herihor?

—Si Ramsès li impedeix que marxi cap al sud, Penehasi es farà fort a Tebes. Llavors, el dia que algú vulgui recuperar aquelles terres, possiblement no pugui. Herihor s'ha ofert per expulsar aquest traïdor, però no podrà fer-ho si no disposa de prou homes i Ramsès està pagant els soldats perquè es quedin.

—Això està fent el faraó? —preguntà Tentamon, i la seva reacció semblava sincera.

—Sí —assentí Nodime.

—Herihor pot pujar el preu i fer que l'acompanyin —suggerí Tentamon.

—Conec prou bé el meu marit i sé que mai no ha trencat la seva paraula. Va dir que no faria res per obligar ningú a acompanyar-lo i no ho farà —respongué Nodime, mentre negava amb el cap. Després va mirar Tentamon als ulls—. Tothom sap que si ell dóna la seva paraula, la compleix.

—I jo què hi puc fer? —preguntà Tentamon, adoptant un posat d'innocència.

—Si el teu marit oferís part dels seus soldats a Herihor, ell podria recuperar Tebes i tothom tindria clar que Smendes hauria contribuït a la victòria, mentre que... —Nodime s'atansà cap a Tentamon i abaixà la veu—: Ramsès quedaria com el que és: com un idiota.

—Són paraules molt dures per dedicar-les a un faraó, que a més és el meu pare —Tentamon es posà tensa i esguardà a un costat i l'altre. Esperava que ningú no hagués escoltat aquella part de la conversa.

—També és el meu germà. Però això no treu que són les paraules que es mereix algú que es comporta com un porc —replicà Nodime amb calma.

Tentamon la mirà als ulls. Era una dona com n'havia conegut poques, no tenia por de res. Smendes, en certa ocasió, havia comentat que, si fos home, seria un temible soldat.

—Prou que m'agradaria que el meu marit ajudés el teu, però em resulta difícil imaginar que ho pugui fer, perquè si Smendes oferís part dels seus soldats a Herihor, seria tant com insultar Ramsès. El meu pare no és tan idiota com per no adonar-se'n —digué Tentamon en veu baixa i amb una rialla.

Quan una dona vol obtenir alguna cosa d'un home, prou que troba el camí. Potser Tentamon necessitava una petita empenta, pensà Nodime.

—Smendes sap molt bé que Herihor és noble i que, si l'ajuda, el seu agraïment serà etern —digué, guardà un instant de silenci i afegí—: I jo també sóc una persona molt agraïda. Sense anar més lluny, he aconseguit que la Gran Esposa concedeixi Neferare el càrrec de sacerdotessa de Maat, a perpetuïtat, fins que es mori, en pagament per la seva lleialtat.

—Ai, pobra Neferare! —sospirà Tentamon, i prengué de nou la figa verda—. Me n'alegro molt de sentir les teves paraules, perquè em va saber molt de greu que Baketourel decidís que ja havia arribat l'hora de triar una nova responsable de les cambres privades de la Gran

Esposa de Ramsès... —de sobte va fer com si acabés d'adonar-se d'un detall, i abaixà la veu per dir—: Segons m'han dit, la reina t'ha encarregat a tu que li presentis possibles candidates —afegí, i somrigué.

—És cert. En aquest afer, compto amb tota la confiança de Baketourel —Nodime assentí lentament, i esperà.

—És un càrrec pel que tota dona seria capaç... —digué Tentamon, i deixà la frase penjada en l'aire.

Nodime somrigué. Els ulls de Tentamon parlaven sols.

—El càrrec de responsable de les cambres privades de Baketourel és un assumpte força delicat —va dir—. Cal una persona amb uns dots especials, algú que no tan sols sigui capaç de guardar un secret, sinó que bellugui els fils sense que ningú no se n'adoni i que sempre aconsegueixi el que sembla impossible. En fi: una dona que sàpiga fer madurar les figues abans no es podreixin. Aquesta és la qualitat que jo més destacaré quan presenti la possible candidata, i crec que la reina la tindrà molt en compte a l'hora de prendre una decisió.

—Sempre he tingut molt present que fins i tot les fruites més verdes maduren, si es tria el lloc adient per guardar-les —respongué Tentamon, i dirigí la seva mirada cap a la figa verda.

—I de vegades, cal triar molt bé el lloc, perquè ho han de fer ben de pressa —somrigué Nodime, i mirà la figa madura.

La tarda abans del dia assenyalat per Herihor per sortir cap al sud, res no presagiava que la situació hagués millorat. Ans al contrari: els rumors entre la gent del poble apuntaven que el nombre de soldats que acceptaven l'oferta del faraó augmentava a cada instant.

Nodime va sentir la temptació de tornar a visitar Tentamon, però se'n va estar. També va pensar que podia anar a visitar la Gran Esposa, però era massa arriscat. Baketourel s'havia barallat un cop més amb el seu espòs, no es parlaven i malauradament aquelles disputes entre el faraó i la reina podien durar setmanes senceres.

En fi! Ara tot depenia de la misericòrdia dels déus.

A darrere hora del vespre, una serventa es presentà a casa de Herihor. Demanava parlar amb Nodime. Duia una cistella coberta amb un mocador i havia rebut l'ordre de lliurar-la a la senyora de la casa.

Nodime la rebé de seguida, prengué la cistella, enretirà el mocador i va descobrir que estava plena de figues. Totes elles madures!

L'endemà, just a trenc d'alba, en silenci, Nodime va realitzar les seves ablucions i va ordenar que li preparessin el millor dels vestits i que la perfumessin com mai, que triessin la millor de les perruques i que la pentinessin fins que assolís la perfecció absoluta.

Després sortí al pati, es dirigí cap a Herihor, es va penjar del seu braç i li va dir:

—Fa temps que no em portes al teu carro.

Herihor la va contemplar. S'havia arreglat com mai i somreia, també com mai.

—És que fa molt temps que no t'arreglaves com avui —respongué Herihor. Després es tombà cap al criat que esperava a la porta del jardí i ordenà—: Prepareu el carro, enganxeu-hi els millors cavalls i poseu-hi les llances, l'arc i les fletxes.

Pianj també s'havia llevat i s'havia vestit amb la roba de marxa. Pinediem era al seu costat, amb la roba habitual i cara de pomes agres. Herihor sabia que fins anit, a darrere hora, aquell marrec va estar insistint al seu pare que se l'enduguessin a Tebes, però no se n'havia sortit.

—Els vents ens seran favorables —va fer Herihor, mirant el cel. I abaixant la veu, afegí—: I si no ho són per navegar, ja ens aniran bé per sortir a caçar.

—Els déus ja decidiran —digué Nodime amb força.

Poc després arribava Uaraktir. Va veure el carro, va mirar la llança, l'arc i les fletxes i, tot i que no entenia res, no va badar boca. Abans de venir havia passat per la plana on s'havien de congregar tots els que estava previst que marxessin, però allà només hi havia la cinquena part dels previstos, a tot estirar. Oh, déus! Quatre de cada cinc s'havien deixat comprar. Què farien amb tot l'armament i els estris que havien carregat als vaixells? I el que encara era pitjor: com s'ho manegarien per derrotar els nubis de Penehasi?

Tanis, la ciutat sencera, restava quieta i muda i ell va tenir l'amarga sensació que el faraó havia guanyat la partida. Potser fóra millor quedar-s'hi.

—És hora de marxar —ordenà Herihor

Pujà al carro, allargà la mà cap a Nodime i l'ajudà. Pianj i Uaraktir se situaren darrere i Hedai, el criat mut, s'hi afegí a la petita comitiva.

—Què hi fa Hedai? —preguntà Herihor.

—Com vols que torni? Jo no sé conduir els cavalls i, a més, vull passar pel mercat.

I és clar! Herihor assentí. Hedai sempre acompanyava Nodime quan anava al mercat. Llavors, va mirar el seu nét, que seguia amb cara de pomes agres a la porta de la casa.

—Pinediem podria acompanyar-te —va fer. Es tombà cap al noi i digué—: Mentre jo sigui fora, vull que tu vetllis per la teva àvia. Ets l'home de la casa.

L'expressió de Pinediem va canviar i va adquirir vida. Va córrer cap al seu avi.

—Podré dur el carro de tornada? —demanà.

—Amb Hedai al teu costat —respongué Herihor, i mirà Nodime, que assentí.

Podien haver arribat directament a l'esplanada de davant de les portes del temple, però Nodime va demanar que creuessin Tanis de punta a punta, pel mig, per la gran avinguda, tot passant per la plaça que hi havia davant de la balconada de palau.

Herihor acceptà i li dedicà un somriure, encara que els que eren ben a prop bé podien llegir als seus ulls l'ombra de la preocupació. Aquell podia ser el darrer dels dies de glòria d'un brillant general. Tanmateix, ell marxaria cap a Tebes i, amb molts o pocs homes, s'enfrontaria a Penehasi i que els déus decidissin de quin costat havia de caure la victòria.

En arribar a la porta de les columnes, la que donava a l'avinguda que dividia Tanis en dues parts, Herihor aturà el carro un instant. Necessitava respirar fondo per enfrontar-se a un possible desastre. Més que possible, pensà i assentí, tot respirant fondo. Les notícies que li havien arribat sobre la quantitat de soldats que havien acceptat els diners del faraó feien feredat.

Nodime va agafar-lo pel seu braç, amb força, i va veure que un parell de dones els miraven des d'una finestra. Quan Herihor colpejà de nou els cavalls, aquelles dues dones van xiuxiuejar unes paraules entre elles i després van sortir corrents cap al centre de la ciutat.

El sol ja començava a fer escurçar les ombres.

De sobte, tots els habitants, sense que en faltés cap ni un, alertats per aquell parell de dones, van abocar-se al carrer per presenciar la desfilada d'un sol carro amb Herihor que el conduïa i tres homes i un noi que el seguien, mentre Nodime aixecava el cap ben alt i, amb l'esquena ben dreta, manifestava tot el seu orgull.

En ben poca estona, la gent se'ls va anar afegint fins formar una llarga filera. I a mesura que avançaven, de totes les portalades apareixien rostres plens de curiositat. Ni en les més fastuoses celebracions s'havia vist tanta gent aplegada.

Fins i tot, el mateix faraó, alertat pels servents, va sortir a la terrassa per presenciar l'espectacle.

De sobte, algú va pronunciar el nom del general i la gent començà a corejar-lo.

—Herihor, Herihor, Herihor... —se sentia per tots els carrers de Tanis.

—Per què criden el seu nom? —demanà Ramsès.

—No ho sé, senyor —va fer el majordom principal.

En aquell moment va aparèixer Smendes. Ramsès es dirigí cap a ell, el va agafar pel braç i el portà fins la terrassa per mostrar-li el que passava.

—Què significa tot això? —va fer, tot desplegant els braços.

—Els comerciants han començat a queixar-se. Els seus negocis minven amb el sud i pensen que cada cop serà pitjor si Tebes segueix en mans de Penehasi —explicà Smendes.

—Però, tu em vas dir que si jo pagava els soldats...

—Em vas preguntar què podies fer per aturar Herihor i jo haig de servir el meu faraó —Smendes inclinà el cap respectuosament—. Tanmateix, sembla que el poble estima Herihor de valent i que els comerciants li fan costat.

—I a mi, Tanis no m'estima? —preguntà Ramsès, decebut.

—Tu ets el seu faraó, la seva llum i el seu somriure —digué Smendes, mentre li dedicava una altra reverència.

—Sí, però tothom segueix Herihor —replicà Ramsès, en senyal de protesta—. Què haig de fer, ara? —demanà.

—El que tot monarca faria: baixar a port i acomiadar amb tots els honors un general que has enviat a Tebes per fer fora Penehasi i recuperar aquelles terres. Perquè ets tu, qui li ha donat l'ordre i qui l'ha nomenat per a una missió tan important que persegueix el bé dels comerciants.

—I és clar que sí! —va fer Ramsès, i se li il·luminà la mirada com si acabés de tenir una brillant inspiració—. Prepareu-me el vestit —gairebé cridà, i abandonà la terrassa.

La desfilada, amb el carro de Herihor al capdavant, va seguir fins arribar a l'esplanada.

Allà, la sorpresa va ser magnífica. Milers de soldats l'esperaven, estaven carregant els vaixells i la ciutat sencera s'havia congregat per presenciar el magne espectacle.

—Tot això l'hi deus a Smendes —digué Nodime.

—Smendes? —s'estranyà Herihor.

—Tentamon sap molt bé el que s'ha de fer perquè una figa maduri —Nodime li dedicà un ampli somriure—. Ara has de ser generós, si vols deixar-me en bon lloc.

—L'hi agrairé en públic, davant de tothom —digué Herihor.

—Potser hauries de fer alguna cosa més.

—Com què?

—El càrrec de comandant de l'exèrcit del nord encara està lliure i... —Nodime deixà la frase suspesa. No calia afegir-hi res més.

Una estona després la guàrdia reial es va obrir camí entre la multitud per fer un passadís i deixar passar la llitera del faraó, que es va aturar davant de Herihor. Al costat de la llitera caminava Smendes, que va saludar el seu company d'armes amb una inclinació de cap.

—Estimat Herihor, he vingut per pregar a Amon que et guiï fins al seu temple de Karnak i que Mut et beneeixi en el teu viatge —digué Ramsès, amb veu ben alta, perquè tothom el pogués sentir—. El faraó està molt content perquè el seu millor general alliberarà Tebes de les mans de l'usurpador.

La gent cridà enfollida i agitaren les mans enlaire.

—Agraeixo el teu desig i juro pel mateix Amon que no tornaré fins que Penehasi ja no governi a Tebes —respongué Herihor. Llavors mirà Nodime, després Smendes i finalment de nou al faraó—. Abans de marxar, vull fer-te una petició. Necessites un comandant per a les forces del nord i crec que Smendes, que t'acompanya, és l'únic capaç d'ocupar aquest lloc.

Ramsès va posar cara de babau. Smendes era qui li havia donat la idea de pagar els soldats per humiliar Herihor, que ara el proposava per ocupar un dels més alts càrrecs dins de l'exèrcit. No entenia res, però com que tothom el mirava, evidentment havia de prendre una decisió.

—Quedes nomenat comandant de l'exèrcit del nord —va dir el faraó.

De nou la cridòria els envoltà. Llavors, Ramsès es va adonar del que acabava de fer. Habadjilat es posaria com una fera quan se n'assabentés que no havia fet cas dels seus suggeriments. Més que suggeriments, gairebé ordres. Bé! Li explicaria que s'hi havia vist obligat.

—Mai no oblidaré el que acabes de fer i pots estar ben segur que la meva amistat serà eterna —va dir Smendes, tot dirigint-se a Herihor.

Arribat el migdia tothom ja havia embarcat. Nodime abraçà Pianj.

—Pregaré als déus per recordar-los que els teus fills t'esperen aquí —li va dir.

—Els déus no poden fer altra cosa que escoltar-te —somrigué Pianj.

Després, Nodime abraçà Uaraktir i li digué, a cau d'orella:

—Tingues cura d'ells, que els déus de vegades tenen mala memòria i necessiten un cop de mà.

—Seré la seva ombra, nit i dia —respongué Uaraktir—. Res no els passarà: ni a Pianj ni a Herihor.

Finalment, es dirigí al seu marit, es va treure el collar amb l'escarabat sagrat que duia al coll i l'hi penjà.

—Ell et protegirà —li va dir.

—I la meva espasa, també —replicà Herihor, amb un somriure.

—Jura'm per l'amor que sents per mi que no te'l trauràs mai —va fer ella

—Si això ha de fer que et sentis més segura, t'ho juro. No me'l trauré ni un instant.

Nodime assentí lentament, amb els ulls clucs i l'abraçà amb totes les seves forces.

—Si m'ofegues, no podré marxar —es queixà ell, i afegí—: Tan bon punt hagi acabat, tornaré o enviaré a buscar-te, com sempre he fet.

—Tan bon punt em demanis que hi vagi, jo hi aniré, com sempre ha estat —respongué Nodime amb un ampli somriure—. Fins i tot no caldrà ni que m'ho demanis.

—I jo l'acompanyaré per tal de protegir-la durant el viatge —intervingué Pinediem.

Herihor somrigué, abraçà el seu nét amb força i digué:

—Com si fossis jo.

—Com si fos tu —repetí el noi, orgullós.

—Però l'última paraula la té ella —va fer Pianj, que també abraçà el seu fill—. Ho has entès bé?

Pinediem mirà el seu avi, que va fer un gest interrogant amb les celles. Després mirà Nodime, que somreia. I, finalment, mirà el seu pare i assentí amb un sol cop de cap, fort i decidit.

Tothom embarcà, les veles es desplegaren i els vaixells començaren a abandonar el port i de mica en mica es van fer petits i desaparegueren Nil amunt.

Els esperava Tebes.

1.3 - PENEHASY

El déu Hapi és l'esperit del Nil; el riu constitueix el centre de la vida d'Egipte; i les grans aigües permeten els habitants d'aquelles terres gaudir de tot el que la conjunció de l'element sòlid i de l'element líquid és capaç de produir. És a dir: la vida. De manera que era ben normal que al llarg de l'any, sobretot a l'època de la crescuda, les barques omplissin els tranquils corrents amb les veles desplegades, mentre els pescadors llençaven les xarxes que s'estenien a l'aire simulant immenses aranyes que queien damunt l'aigua per submergir-se i atrapar en una abraçada traïdora tots els peixos que nedaven al seu abast.

El que ja no resultava gens freqüent era poder contemplar la majestuositat de tot un estol de vaixells, en perfecta formació, que remunta el riu, obliga els pescadors a fer-se a un costat i espanta els peixos durant una bona estona.

Herihor havia abandonat Tanis i els seus vaixells havien resseguit el segon braç, començant per l'est, dels set que conformen el delta i havien atrapat el Gran Nil just per fer la primera aturada a Menfis, que en altres temps, força llunyans, havia estat la capital d'Egipte i que albergava les piràmides de Gizà i Saqqarà. Allà, Herihor, Pianj i Uaraktir van visitar el temple de Ptah per donar gràcies i per demanar que no els faltessin provisions. Després el general ordenà omplir les bodegues dels vaixells amb els queviures que compressin en aquella ciutat. Era la manera que havia triat per fer una ofrena a Ptah, déu de la ciutat i creador de totes les coses que existeixen damunt de la terra.

Mentre carregaven els vaixells, es van entrevistar amb Menherra, el nomarca de la regió, i li van preguntar per Penehasi.

—Sabem que ha baixat pel Nil i que ha atacat Hardai, on ha mort molts dels seus habitants. D'això ja fa dues estacions, però la gent ho recorda com si acabés de passar ara mateix, perquè els seus bàrbars de pell fosca no van fer cap mena de distinció entre vells i joves, homes i dones, nens i adults —explicà Menherra—. La gent que arriba de més amunt del Nil diu que Penehasi ja està assabentat que hi aneu i relaten que ha distribuït els seus homes per les dues ribes, des de Tebes fins passat Qus, i que us hi esperen.

L'endemà, un cop carregades les provisions, els vaixells abandonaren el port i enfilaren cap al sud, riu amunt.

—Si Penehasi ens espera, no l'impacientarem — havia fet Herihor, just en embarcar.

La segona parada seria Jemenu, on el general volia visitar el temple de Toth. Com a déu de la saviesa i de la ciència i senyor dels escribes participava en el judici dels morts i Herihor tenia previst demanar-li ajut i bon seny per enfrontar-se a Penehasi i vèncer-lo o misericòrdia en el judici final, si el resultat de la batalla li era desfavorable.

Després, ja no tornarien a tocar port fins que no arribessin a Abidos, abans de Dendera. El brillant general s'estimava més aturar-se als dominis d'Osiris, déu dels morts, que no pas al temple dedicat a Hathor, deessa de l'amor i del plaer, que va ser amant d'Horus. La disciplina del soldat exigeix que tingui ben present que durant el combat Osiris sempre és al seu costat, mentre que Hathor només el visita quan s'ha assolit la victòria. A Abidos, demanaria als sacerdots que fessin ofrenes als peus de la gran estàtua d'Osiris perquè els protegís durant l'assalt a Tebes i confongués l'enemic.

Només havia previst dues aturades. Sabia que els ports ofereixen massa oportunitats als soldats per deixar de pensar en l'objectiu final d'aquella expedició, que era recuperar Tebes i fer fora l'usurpador. Temps tindrien per gaudir de la companyia de les dones i per celebrar la victòria omplint i buidant bones gerres de *shedeh*, mentre cantaven i ballaven, un cop haguessin enllestit la feina.

Dos dies després d'abandonar Menfis, els soldats ja no feien cas de la gran quantitat de gent que s'aplegava a les ribes, al costat dels camps de conreu, per veure'ls passar, ni dels nens que encetaven una cursa en un intent per guanyar els vaixells, mentre agitaven els braços tot saludant l'expedició.

Herihor estava content. Si el vent continuava sent-li favorable, aconseguiria arribar a Tebes abans del que havien previst. Això era un bon senyal. Nuth, la deessa del cel, estava en bona harmonia amb Geb, el déu de la terra, i ells navegaven tan de pressa com la barca de Ra quan travessa les aigües blaves del firmament. Si tot anava bé, aviat s'enfrontaria a Penehasi i el seu exèrcit de nubis.

De sobte li va venir al cap la imatge de Hedai, el criat mut de Nodime, que seguia fil per randa les instruccions de la seva senyora i que sempre que l'acompanyava al mercat estava a l'aguait per conjurar qualsevol perill. Per què pensava en ell, ara?, es demanà. I és clar!, va fer. El recordava d'un viatge, anys enrere, que van fer a l'illa d'Elefantina, molt més al sud de Tebes.

Durant aquell viatge, Hedai, aquell home gran i fort, s'havia passat tot el temps dempeus, a coberta, embadalit, contemplant les extensions de cultius que les aigües havien inundat i que començaven a emergir de nou amb la retirada del déu de la vida. I ara tornava a ser igual i més enllà, on les crescudes ja no arribaven, apareixien les cases dels agricultors. En aquella ocasió, era el primer cop que Hedai viatjava lluny de Tanis, i Nodime, que sempre estava pendent de tot, va explicar al seu marit que havia copsat que l'univers de silenci de Hedai s'inundava amb el cabal inesgotable de noves sensacions visuals i olfactives.

Quan la seva esposa parlava, Herihor tenia la sensació que entre ella i el criat existia un lligam molt especial, perquè des que el va acollir, Hedai i Nodime podien entendre's amb una sola mirada, sense que ella hagués de pronunciar ni un sol mot.

—¿T'has fixat que els perfums de l'aire muden amb rapidesa i la temperatura augmenta a mesura que naveguem cap a Ra, mentre les aigües llisquen mandroses i freguen els costats del vaixell? —havia fet ella, en aquell viatge. I Herihor havia respost que no. Ell era home d'armes i no pas poeta—. Doncs, Hedai ho viu intensament. Ha après a desenvolupar els sentits que els déus li han conservat i és capaç d'ensumar olors fins a l'extrem que bé pot competir amb qualsevol animal salvatge i sortir-ne vencedor —li explicà Nodime, mentre assenyalava Hedai, que romania quiet a la proa del vaixell, rebent al seu rostre la brisa del matí—. Alliberat el seu cervell d'haver de compartir l'atenció amb els sons, que gairebé ni sent, els seus ulls ho escorcollen tot i la seva memòria emmagatzema grans quantitats d'imatges.

—Potser ets dintre seu? —havia rigut Herihor.

—No te'n riguis —Nodime gairebé s'havia enfadat —. Tingues en compte que ha après a utilitzar la respiració amb tanta sensibilitat que pot intuir presències al seu voltant que l'absència d'oïda li privaria.

Aquí ja no havia rigut. Tothom, i ell també, se sorprenia quan Hedai, de sobte, es tombava perquè algú venia per la seva esquena o, de nit i enmig de la foscor, podia despertar-se quan tan sols una ombra li passava pel damunt. Però el més sorprenent era la seva extraordinària habilitat per bellugar-se com un gat, sense fer cap mena de soroll. A tot això Herihor havia de sumar-hi que la percepció de Hedai incrementada fins l'infinit li permetia copsar l'humor de qui tenia al davant, de la mateixa manera que faria un gos amb el seu amo o amb tot aquell que s'atansa per acariciar-lo. I, a l'igual que el gos, era fidel i moriria per defensar la seva ama. Herihor recordava, anys enrere, el dia que Nodime volia anar al mercat amb el carro i va ordenar un criat que l'hi conduís. Però, no va triar bé i va escollir un que no sabia ni el que era un animal de quatre potes. En el moment de sortir, aquell ignorant va tibar de les regnes amb massa violència i els dos pobres cavalls s'esveraren i s'aixecaren. No content amb aquell error, l'estúpid encara els va fuetejar. Els animals van fer una forta estrebada, el criat va caure enrere, Nodime s'agafà com va poder i el carro sortir volant darrere dels cavalls. Hedai, que era a prop, amb una habilitat inimaginable en un cos amb un peu esguerrat, va saltar al coll d'un dels animals i li mossegà l'orella fins fer-lo aturar. L'altre animal, en sentir que el seu company es calmava, també s'aturà. Des d'aquell dia, Nodime no va voler pujar a cap més carro que no fos conduït pel seu marit o pel seu fidel servidor.

Bé podia jurar que amb Hedai al seu costat, Nodime gaudia d'una protecció que els mateixos déus envejarien. I, si filava ben prim, cap general no desitjaria exèrcit més poderós que un format per uns quants milers d'homes com Hedai. Llavors, ni tan sols es preguntaria què podia passar a Tebes, perquè la victòria seria innegable.

Herihor respirà fondo. Des de coberta contemplava com de mica en mica el paisatge canviava. Egipte era un país beneït pels déus, ric i immens, i prou que havia demostrat que podia ser poderós, si disposava d'un faraó gran i fort, pensava el general. Però, amb Ramsès XI al front del govern...

Sortosament ell comptava amb Pianj i Uaraktir, que es feien càrrec de les dues naus que marxaven immediatament després de la seva. Tant el seu gendre com Uaraktir li havien demostrat a bastament que eren mereixedors de la seva confiança. Ambdós eren molt més joves que ell. Quinze anys Pianj i vint Uaraktir. I ambdós eren assenyats i prudents. Uaraktir també s'havia guanyat l'afecte de Nodime, perquè sabia escoltar i perquè la seva esposa confiava que la devoció que aquell oficial sentia pel seu superior representava la millor garantia de seguretat per al seu marit. Uaraktir donaria la vida per ell. Sens dubte!

Bé! Un cop arribats a Abidos, i en funció de les notícies que rebessin dels sacerdots d'Osiris, Herihor ja decidiria el pla de batalla.

Fins aquell moment les nits havien estat clares, amb una bona lluna que els havia permès seguir navegant sense haver d'aturar-se ni un instant. Els soldats netejaven i preparaven una i altra vegada les armes i se'ls veia valents. Cada matí els oficials els despertaven i els ordenaven fer exercici i entrenament i cada tarda rentaven la coberta, encara que fos neta. Calia mantenir-los ocupats i no permetre que perdessin el temps pensant.

Durant aquell viatge Herihor va recordar els esdeveniments que l'havien portat fins allà, tots els detalls que, si el faraó hagués volgut escoltar, no haurien desembocat en una situació com la que trobarien un cop arribessin a Tebes i que, segurament, significaria la mort de molts soldats.

Penehasi, l'home que havia nascut a Aniba, a la llunyana regió de la part més alta del Nil, a Núbia, i que havia arribat fins a Tanis després de servir a l'exèrcit del faraó, tenia la pell molt fosca i exhibia un etern somriure que sempre venia acompanyat de moltes paraules. Tothom deia que era capaç de parlar i parlar durant hores senceres sense deixar de fer-ho ni un instant i sense que la seva conversa fos avorrida, i adornava les explicacions amb multitud d'anècdotes i de detalls plens de colors i tenia una veu agradable i dolça capaç d'enamorar o d'adormir, segons convingués.

Herihor no parava de repetir, i Nodime pensava que no anava lluny d'osques, que li recordava una serp del desert, quan s'aixeca i dansa davant de la seva víctima per tal d'embruixar-la, abans de llençar-se-li al damunt i mossegar-la o atorgar-li la darrere abraçada mortal. En ben poc temps va aconseguir entrar a palau i que Ramsès se l'escoltés, fins al punt que el faraó no deixava de riure davant de les ocurrències d'un oficial que poc després, tot i les protestes de Herihor, rebia el grau de general.

Un matí Unamon, l'home que Ramsès havia ordenat anar a cercar fusta per a la Barca d'Amon, va tornar del seu viatge amb un relat esfereïdor del que passava més enllà de les portes de Tanis.

—L'Alt Egipte no és una nació ni res que se li assembli, sinó una trista munió de territoris mal governats per nomarques que es creuen déus i no obeeixen el faraó —va explicar Unamon.

Dos mesos després arribava la notícia que els bàrbars de més enllà de les cascades havien atacat Tebes i havien fet presoner Amenhotep, el summe sacerdot d'Amon que havia fixat la seva residència a Karnak.

Tot això tenia lloc durant el novè any del regnat de Ramsès XI.

Temps li va faltar a Penehasi per regalar l'oïda del faraó amb dolces paraules que dibuixaven un paradís de pau i de prosperitat, si ell es posava al front de les forces que havien d'alliberar Tebes.

Uns mesos després de la sortida de Penehasi, van arribar els primers informes. La pau havia estat restituïda, Amenhotep havia estat alliberat i es començava a fer un inventari de les desgràcies que havien patit Tebes, Karnak, Luxor, la Vall dels Reis i la Vall de les Reines, que semblaven no tenir fi: espoliacions de tombes, assalts als temples, robatoris a les cases dels nobles, camins insegurs, conreus cremats, crims horrorosos...

Evidentment, el faraó va inflar el pit i va mirar amb superioritat Herihor per fer-li entendre que la decisió d'enviar Penehasi a Tebes havia estat l'encertada.

Les notícies van seguir arribant i explicaven que Penehasi havia pres la decisió d'erigir-se en jutge, única manera d'encetar una investigació per tal d'esbrinar les causes de l'increment de la violència i de la degradació dels costums, i sortir-ne victoriós. Ramsès va aplaudir aquesta decisió.

—La gent del poble planer sent un gran respecte per l'autoritat moral que representa el càrrec de jutge — va dir.

Encara no havia passat un mes, que arribava la notícia de la destitució d'Amenhotep amb motiu de l'anomenada guerra dels grans sacerdots, conflicte que havia tingut lloc dos anys abans, que havia durat nou mesos i que, segons Penehasi, era la causa principal i directa que havia propiciat l'entrada dels bàrbars, en veure que els mateixos governants de Tebes, de Karnak i de Luxor es barallaven entre ells i es disputaven el poder.

—A què treu cap un conflicte que ja es va solucionar? —demanà Herihor, que no veia clara aquella explicació.

—Cal donar una lliçó als que no fan bé les tasques que, com a faraó que sóc, els he encarregat —respongué Ramsès—. Amenhotep ja fa massa anys que ostenta el poder a Tebes i és massa vell. Segur que repapieja.

—En primer lloc, tu mai no has encarregat res a Amenhotep —va gosar dir Herihor, i afegí—: I en segon lloc, si Amenhotep ha estat tants anys manant a Tebes, és perquè ja servia el teu pare i el teu avi. I ni Ramsès IX ni Ramsès X van tenir la més petita queixa d'ell. A què teu cap, llavors, aquesta absurda decisió de Penehasi?

—Ell és el jutge i ell ha pres una decisió després d'un judici just —replicà Ramsès.

—Penehasi és jutge perquè ell mateix s'ha instituït en àrbitre de la justícia. Tu no l'has nomenat —digué Herihor—. Per contra, recorda que Amenhotep era el summe sacerdot i que administrava la justícia perquè va rebre aquest encàrrec del teu avi, i que tu el vas ratificar. Per tant, el més lògic seria enviar algú que pogués veure el que està passant i tornés amb dades fidedignes.

—No. Penehasi està fent una gran tasca i no cal intervenir-hi per a res —sentencià Ramsès, i va donar per acabada aquella discussió.

—Esperem que Penehasi sigui tan fidel com sembla —contestà Herihor, gosant dir la darrere paraula.

—Estàs gelós dels seus èxits? —Ramsès s'aixecà de la cadira, furiós.

Herihor acotà el cap i marxà. No es pot discutir, quan l'únic argument de què disposes és que t'ensumes que les coses no van com han d'anar. Calen proves, i no les tenia.

Just un any després de l'arribada de Penehasi a Tebes es va descobrir que l'enviat del faraó per recuperar i pacificar la regió s'havia proclamat virrei de Qus, escriba reial, responsable dels graners del faraó, fill reial de Qus, responsable del sud del país i cap de les tropes del faraó.

Aquesta era la prova que Herihor esperava. Tots aquells títols, sense que li haguessin estat atorgats, tenien un objectiu clar: aconseguir Tebes i proclamar-se'n rei.

—Això és una usurpació de les atribucions reials —va protestar de nou.

—Bé ha d'imposar la seva autoritat —respongué Ramsès, i no va voler sentir parlar més d'aquell afer.

Aquell vespre Herihor va arribar a casa furiós i ho va abocar tot a Nodime, que l'endemà, sense dir res, va anar a visitar Baketourel, la Gran Esposa de Ramsès que, a més, ostentava el títol d'Esposa Divina d'Amon, i per la qual, per tant, Karnak representava un espai molt estimat, i s'ho va fer venir bé per treure el tema a la conversa.

—I cap d'aquests honors li ha estat concedit pel meu espòs? —demanà la reina.

—Sembla que no —respongué Nodime.

L'endemà Baketourel es dirigí a les dependències del faraó i va parlar amb Ramsès. La conversa va ser curta, però molt intensa. L'Esposa Divina d'Amon, quan discutia amb el seu marit, tenia una llengua viperina i era capaç de tractar-lo d'idiota i deixar-lo fet un nyap.

—No tan sols es proclamarà rei de Tebes, sinó que enviarà els seus soldats nubis a Tanis —l'amenaça.

—Disposo de prou homes per defensar-me —replicà Ramsès—. I Penehasi m'és fidel.

—Resa per tal que Herihor visqui molts anys, perquè ell sí que t'és fidel —digué Baketourel, i afegí amb un somriure de burla— T'imagines que passaria si aquells animals et posessin les mans al damunt?

Ramsès engolí saliva i començà a suar. Finalment decidí que el millor seria seguir l'assenyat consell de Herihor i enviar algú per tal que esbrinés què passava i li redactés un informe. I així ho va fer. Va enviar un escriba perquè prengués nota de tot el que veia, i que va tornar passats uns mesos amb un informe prou extens i precís. Segons ell, a Tebes la pau era absoluta. La gent estava contenta i Penehasi havia encetat una gran tasca per recuperar tots els objectes robats de les tombes dels faraons, de les reines i dels nobles.

—Ho veieu? —va fer Ramsès, tot dirigint-se a la seva esposa, en presència de Herihor.

—I qui t'assegura que l'escriba que has enviat t'ha dit la veritat? —preguntà Baketourel.

—Si ho ha escrit, significa que ho ha vist —respongué Ramsès, en to evident.

—Segueixo pensant que Penehasi, tard o d'hora, et trairà —digué Herihor.

—No voleu acceptar que us heu equivocat —sentencià Ramsès, terriblement enfadat, i abandonà la sala.

A partir d'aquell dia, ningú no va gosar fer cap més comentari de les notícies que arribaven del sud. Com tampoc ningú, ocupat com estava tothom en veure què passava, es va adonar que l'escriba que havia anat a

Tebes es comprava unes de les millors terres de conreu i les pagava generosament. D'on havien sortit els diners?

Tres anys més tard, just en començar l'any 12 del regnat de Ramsès XI, va arribar una llista completa de tots els béns robats, que s'havia d'afegir a una altra llista que s'havia confeccionat durant el regnat de Ramsès IX i que ja era prou extensa. Penehasi havia escrit la nova llista al darrere del papir que contenia la primera. A la llista afegia un escrit que manifestava que, al contrari que la primera, de la qual gairebé no s'havia recuperat res, ell recuperaria fins l'última peça.

Ramsès se sentí immensament satisfet, però a Tanis començaven a arribar altres notícies, rumors sobre el comportament dels soldats nubis de Penehasi, sobre l'existència d'una relació de les cent vuitanta-dues cases que ocupaven la riba esquerra del Nil, gent que no vivia dins dels temples, i sobre la tortura sistemàtica dels homes més rics perquè paguessin unes quantitats desmesurades de diners sota l'acusació que havien furtat béns dels déus.

Per aquells dies Herihor va aconseguir que Ramsès nomenés Smendes nou general. Si arribava el cas, era l'única manera de poder plantejar una possible campanya contra Penehasi, perquè per a ell resultava més que evident que aquella història tindria un mal final. Però es va trobar amb un detall amb el que no comptava. Smendes, que durant tot el temps que l'havia servit s'havia mostrat fidel, submís i col·laborador, de sobte prenia decisions estranyes i recolzava algunes de les iniciatives del faraó. Déus de déus!, exclamà Herihor. Ja només li faltava sumar a les seves desgràcies el desastre d'haver-se equivocat de persona.

El temps va passar i no va ser fins l'any 18 del regnat de Ramsès que va quedar totalment clara la posició de Penehasi. Tot es va descobrir quan el faraó envià a Tebes el seu majordom per tal que obtingués fusta per acabar el palanquí de la gran deessa.

—El virrei de Qus m'ha exigit un pagament per tots els serveis que li he demanat i com que no tenia prou diners per pagar, he hagut de tornar amb les mans buides —explicà el majordom en tornar del seu viatge.

—Vaig dir que tard o d'hora et trairia i ho ha fet —va recordar Herihor al faraó—. Penehasi pren les seves decisions al marge de les teves instruccions i ara, per fi, ja sabem que ha deixat de ser un servidor i, si li convé, fins i tot esdevindrà un enemic.

No obstant això, lluny d'acceptar les evidències, Ramsès no va voler escoltar el seu general i aquí es va encetar la batalla verbal que va durar mesos, abans que el general no convencés el faraó de la necessitat d'atacar Tebes i fer fora Penehasi.

Com s'havia pogut perdre tant de temps?, es demanà Herihor, recolzat damunt la barana del vaixell. Anys sencers! La història és plena d'errors i de vegades gairebé sembla tot un prodigi que Egipte segueixi existint, va fer mentre assentia amb força.

Bé!, va fer fora tots aquells records. Ja anava camí de Tebes, que era el més important.

1.4 – LA DIVINA ADORATRIU

La serventa va acompanyar Nodime fins a les cambres privades de Tentamon i es retirà després de dedicar-li una reverència. Feia uns dies que la seva ama, l'esposa del general Smendes, es mostrava neguitosa i quan va sentir que li anunciaven la visita de la seva tieta, gairebé va fer un salt a la cadira.

—Fes-la entrar ara mateix —li havia ordenat i s'havia fregat les mans, tensa i alterada.

Ara, tot just quan sortia, la donzella va escoltar la veu de Tentamon que feia:

—Què? Hi ha notícies?

Però ja no va sentir res més ni va poder veure que Nodime somreia, agafava les mans de Tentamon, l'obligava a seure i, en veu baixa, li comunicava:

—Demà, Baketourel anunciarà el nom de la nova Responsable de les Cambres Privades de la Gran Esposa de Ramsès.

—I...? —demanà Tentamon, alçant les celles.

—No crec que tinguis cap problema.

Tentamon sospirà llargament i abraçà Nodime. Després s'apartà i es dirigí cap a la terrassa, es recolzà en el petit mur, mirà cap a l'horitzó i respirà fondo. Aquella notícia significava pujar uns graons dins l'escala social i situar-se en una posició de privilegi que tota dona envejaria.

—Tens notícies de Herihor? —demanà, un cop se sentí satisfeta.

—Encara no —respongué Nodime, amb un deix de preocupació.

—És massa d'hora.

—Aquesta nit he somiat que ell era molt lluny i que no tornava.

—Si ell no torna, ja hi aniràs tu.

Nodime assentí i somrigué. Era cert, que havia somiat amb el seu marit, però no li havia explicat que en el seu somni també apareixia una enorme serp que l'atrapava i l'embolcallava i mirava d'ofegar-lo.

*** ***

El quinzè dia del quart mes d'*akit*, l'estació de les inundacions de les terres que voregen el Nil, de l'any 19 del regnat de Ramsès XI, l'estol de vaixells arribà a les portes de Qus i s'aturà.

Penehasi havia disposat les seves forces repartint-les per les dues ribes del Nil, convençut que Qus representava la porta cap a la victòria, perquè allà havia previst que tindria lloc el primer i el darrer dels combats, on destruiria tota la flota de Herihor.

L'usurpador contemplà els vaixells. Herihor avançava en formació de combat tradicional, en forma de punta de llança. Amb aquesta estratègia de l'enemic, ja tenia guanyada la batalla, perquè comptava amb els millors arquers i amb els soldats nubis més ferotges que mai no s'havien vist en aquelles terres. Si Herihor decidia atacar per l'aigua, els arquers atraparien els seus homes sota una pluja creuada de fletxes i, si decidia desembarcar, seria Penehasi que bellugaria el seus vaixells i traslladaria part dels soldats per situar-los darrere de les forces de Herihor.

Els egipcis eren idiotes, somrigué divertit. Ni Ramsès ni el gran Herihor havien arribat a sospitar que l'atac a Tebes per part dels nubis era el resultat d'una hàbil maniobra per aconseguir que l'enviessin a ell per pacificar la regió. Allò li havia permès fer fora Amenhotep amb tota legalitat, nomenar-se virrei de Qus i guanyar temps per bastir les defenses. Ara, arribava Herihor, el brillant general egipci, però l'única cosa que s'enduria d'allà seria la vergonya de la derrota.

Feliç davant de la perspectiva d'una victòria ràpida, es recolzà a la muralla de Qus per veure quina decisió prenia l'enemic.

Van anar passant les hores i en comprovar que es feia fosc i que els vaixells de Herihor no es movien ni ningú no desembarcava, va imaginar que tenien previst atacar de nit.

—Doncs, aquí em trobaràs —murmurà amb un somriure.

Unes hores després, cansat d'esperar, va pensar que Herihor volia fer-lo sortir d'allà i que plantegés la batalla.

—No cauré en un parany tan estúpid —va fer amb menyspreu.

L'endemà, quan ja despuntava el sol, va arribar a la conclusió que el general egipci potser no era tan valent com semblava o que els seus homes, només sentir parlar de la brutalitat dels nubis, estaven morts de por i havien corregut a amagar-se, perquè no es veia cap moviment damunt la coberta de les naus.

I així va transcórrer un altre dia sencer.

Arribada la nit, va decidir anar a descansar. Resultava evident que Herihor jugava amb la seva paciència. Bé! Ja el despertarien si hi havia alguna novetat.

Encara no feia una hora que dormia, que un oficial el despertà. Acabava d'arribar un home de Tebes i no duia bones notícies.

—Tebes ha estat atacada —va fer el missatger.

—Qui l'ha atacat? —cridà Penehasi, posant-se dempeus d'un salt.

—Els egipcis han arribat per darrere de la muntanya Tebana. No els esperàvem, ens han atacat per sorpresa i han ocupat Medinat Habu i el Ramesseum. Ni els colosos de Memnon han pogut resistir la seva embranzida i el temple d'Amenofis III també ha caigut a les seves mans.

—Això no pot ser! Els vaixells de Herihor són aquí, davant mateix de les muralles... —exclamà, i de sobte va callar.

Des que els seus vigilants el van alertar de l'arribada de les naus, ningú no havia vist cap moviment a coberta. I és clar! Ara ho entenia. Herihor havia desembarcat els seus homes a Dendera, havia envoltat la muntanya Tebana i havia caigut damunt de Tebes, tot enganyant-lo amb uns vaixells buits.

—Maleït sigui! On és ara?

—Quan he marxat ja tornava de Deir-el Bahari, on havia ocupat el temple de Hatshepsut i es dirigia al temple de Seti I.

—Tahme! —va fer Penehasi, i tancà els punys amb ràbia.

—Hem enviat soldats per protegir la Divina Adoratriu —explicà el missatger.

—Oh, gran Ra, si no l'aturem, saltarà a l'altra riba i Luxor i Karnak es perdran. Embarqueu immediatament tots els homes! —ordenà enfollit—. Hem d'arribar al temple de Seti abans no sigui massa tard.

—Però, i les naus egípcies? —demanà un dels seus oficials, senyalant cap al nord.

—Encara no t'has adonat que no hi ha cap soldat en aquests vaixells? —cridà Penehasi.

A l'altre bàndol, l'oficial egipci va avisar Pianj. Enmig de la foscor s'endevinava molt de moviment. El gendre de Herihor, ajupit darrere de la barana del vaixell, va comprovar que els soldats nubis abandonaven Qus precipitadament i pujaven als vaixells que els esperaven a port. Una estona després, a la riba esquerra del Nil, es repetí idèntica operació amb els arquers que romanien amagats.

—Herihor ja deu haver atacat Tebes, i Penehasi ha reaccionat tal com havíem previst i deixa Qus sense protecció —murmurà, i es tombà cap a l'oficial—. Que tothom es prepari, però que ningú no es mogui un pèl ni faci cap soroll fins que no us doni l'ordre. No ens hem de deixar veure de cap de les maneres i han de continuar creient que els vaixells són buits.

Va esperar pacientment fins que l'última de les naus va desaparèixer de la seva vista i llavors es va posar dempeus, va ordenar avançar els vaixells i va atacar Qus.

Quan l'usurpador descobrís l'immens error que significava deixar aquella plaça sense protecció, ja seria massa tard per rectificar. Amb un sol cop, perdria Qus i Tebes, si tot anava segons el que havien previst.

*** ***

Les forces egípcies avançaven amb tanta rapidesa que quan els soldats nubis van arribar a les portes del temple de Seti I es van trobar que ja els esperaven en formació de combat i la batalla ni tan sols va merèixer aquest nom, perquè gairebé no va durar ni una hora i va ser tan desigual que els nubis van llençar les armes i van fugir cuita-corrents.

Llavors, Herihor es dirigí a les portes del temple i va ordenar que les obrissin. Després d'haver presenciat el que acabava de succeir, els guàrdies no van dubtar ni un instant i obeïren les ordres del general, que va entrar acompanyat d'Uaraktir i de quinze homes i es passejà per les seves dependències com si fos casa seva.

—Què amagueu en aquestes habitacions? —demanà Herihor en arribar a l'ala sud, on hi havia una porta custodiada per dos guàrdies i un altre home que mirava d'interposar-se en el seu camí.

—No hi podeu entrar —digué aquell home d'uns quaranta anys, que vestia com un sacerdot—. Seria un sacrilegi.

—Qui ets tu? —demanà Uaraktir, amb l'espasa a la mà i un somriure divertit.

—Sahura, el camarlenc de la Divina Adoratriu.

Herihor va fer un gest amb la mà i deu arquers carregaren els arcs i apuntaren contra els dos guàrdies, que tremolaven de por. Llavors, el general es dirigí cap a Sahura, l'apartà del seu camí, s'aturà davant la porta amb les mans creuades a l'esquena i mirà els guàrdies als ulls. Primer un i després l'altre.

Un dels sentinelles es mogué i obrí la porta per deixar-lo passar.

Sahura es tornà a interposar en el seu camí.

—És un sacrilegi! —va fer—. Són les estances privades de la Divina Adoratriu.

—Agafa'l i si torna a badar boca, talla-li la llengua —ordenà Herihor—. Hi entraré sol —afegí.

—Però... —va fer Uaraktir.

—Són estances privades. Només hi ha dones —replicà el general amb una riallada—. Si m'ataquen, ja et cridaré perquè també hi puguis participar en la lluita.

—Vindré de seguida —respongué Uaraktir, mentre prenia Sahura pel coll i l'apartava.

Dins la cambra, ben decorada i lluminosa, Herihor va trobar mobiliari femení. Entrà i buscà amb la mirada, però allà semblava que no hi havia ningú. Seguí caminant fins al fons, on una cortina amagava altres habitacions. La descorregué i el sobtà el crit de dues dones que van córrer per agenollar-se davant d'una altra asseguda als peus d'un llit, mentre quatre més l'envoltaven amb la intenció de defensar-la.

El general s'aturà a unes passes d'aquell petit exèrcit femení. La dona que ocupava els peus del llit era d'origen nubi i jove. Com a molt, li faria divuit o dinou anys.

Herihor havia escoltat històries sobre la bellesa de les dones núbies, de les que tothom deia que eren les més formoses del món, però aquella superava amb escreix qualsevulla llegenda. Tenia la pell fosca i brillant com el banús, un rostre equilibrat, el nas recte i eixerit, els pòmuls prominents, uns ulls grans i negres que podien embruixar qualsevol amb una sola mirada, les celles ben dibuixades, la barbeta finament traçada i uns llavis molsuts, sense ser exagerats, que Herihor va pensar que demanaven a crits que fossin mossegats. En adonar-se d'aquest pensament, somrigué divertit. No podia negar que era un soldat i que pensava com un soldat. Un poeta hauria imaginat qualsevulla cosa per fer amb aquells llavis, excepte mossegar-los.

—Qui gosa pertorbar-nos? —demanà una dona d'uns cinquanta anys, que s'estava dreta, al costat del llit, i que semblava ocupar un càrrec per damunt de les altres.

—Sóc jo, qui pregunta —va fer Herihor—. Qui ets tu?

—La responsable de les estances de la Divina Adoratriu —respongué aquella dona, amb el cap ben alt i l'esquena ben dreta.

El general avançà, la que havia parlat va fer un gest i dues de les dones que s'estaven dretes li barraren el pas. Herihor va desembeinar l'espasa i les dues dones s'aturaren de cop. El general va somriure. Podia contemplar la por reflectida als ulls de les serventes. La responsable de les estances s'avançà amb decisió, se li plantà al davant i el desafià amb la mirada.

—Nenhere! —s'escoltà que feia la veu de la dona asseguda al llit i la que s'havia plantat davant de Herihor es tombà—. Aparteu-vos una mica per tal que el pugui veure.

Les tres dones es van fer enrere, però només mitja passa, i Herihor va poder contemplar a bastament aquella bellesa de pell fosca.

—No cal que ens digui qui és —va fer ella, després de mirar-lo un instant als ulls—. És algú que s'enfronta a unes dones indefenses i que s'imagina que serà una gran victòria —va dir amb un deix de menyspreu.

Herihor es quedà mut, fins i tot se sentí ridícul, embeinà l'espasa i mirà d'apartar les dues noies, que s'hi van resistir.

—Deixeu-lo passar —digué la dona dels ulls foscos.

Les noies que li barraven el pas s'apartaren, encara que no gaire, i Herihor no va tenir més remei que fregar-les quan passava. Les que s'havien agenollat als peus de la Divina Adoratriu no es mogueren, sinó que s'arraparen més a les cames de la seva senyora, sense que Herihor pogués determinar si era per protegir-la o per sentir-se més segures.

—El meu nom és Tahme i sóc la Divina Adoratriu —digué la noia núbia—. I ara, naturalment, soc la teva presonera.

—El meu nom és Herihor, general de l'exèrcit, enviat del faraó i no he vingut per fer cap presoner, sinó per alliberar Tebes —respongué ell.

—Fins aquest precís instant, mai no m'havia sentit presonera de ningú i no necessito que ningú m'alliberi de res —replicà Tahme.

—He dit que el faraó m'ha enviat per alliberar Tebes, no pas la Divina Adoratriu. Tot i així, tornaré quan hagi acabat per veure si estàs bé —Herihor va fer una lleugera reverència amb el cap i sortí d'allà, no sense abans dedicar-li una llarga mirada.

Tahme, asseguda, amb l'esquena ben recta i el bust altiu, bé podia passar per una estàtua. Potser la més perfecta que Herihor mai no havia vist. Llàstima que no havia pogut contemplar tota la seva figura amb detall!, pensà.

Tan bon punt es tancà la porta de les habitacions de Tahme, les dones envoltaren la seva senyora per consolar-la.

—Aparteu-vos, que ben poca cosa heu fet per protegir-la —exclamà Nenhere, i les va fer enrere.

Tahme es posà dempeus. El seu cos, que Herihor no havia pogut admirar en tota la seva esplendor, era alt i esvelt, amb una cintura estreta, uns malucs ben marcats i rodons, un pit altiu i un coll llarg i prim.

Apartà les dues dones que estaven agenollades als seus peus i es dirigí cap a la terrassa. Des d'allà podria contemplar de nou el general.

Quan Herihor es va trobar amb Uaraktir, li explicà el que hi havia trobat.

—Si és tan apetible com dius, potser no quedarà res quan tornis, perquè algú se l'haurà menjada —digué Uaraktir, amb un somriure.

—Puc assegurar-te que no hi ha gaires homes capaços de menjar-se una fruita com aquesta, perquè si vol ser dolça, ho serà fins l'infinit, però si vol ser àcida, se t'esborronarà la pell només llepar-la —respongué Herihor amb una riallada—. I també puc dir-te que per a Penehasi és molt més valuosa del que podem imaginar. De manera que el més probable és que primer vingui cap aquí. Això ens ofereix un avantatge que cal aprofitar. Anem!

Un cop conquerida Qus, Pianj prengué la meitat dels homes, mentre deixava l'altra meitat per si els nubis tornaven (no estava disposat a cometre el mateix error que Penehasi), i embarcà per dirigir-se cap al sud, cap a Karnak.

A mitja tarda, al marge esquerre del Nil, les forces núbies comandades per Penehasi marxaven camí del temple de Seti I.

Quan van arribar, no van trobar ningú que assetgés el recinte. Per contra, uns soldats els observaven des de la part més alta del piló.

—No deies que Herihor també havia atacat el temple de Seti I? —preguntà a l'home que l'havia vingut a buscar.

—Quan anit vaig marxar, els egipcis venien cap aquí —assegurà el pobre desgraciat, mig mort de por. Llavors va mirar cap a l'altre costat de la plana que tenien al davant—. Guaita! —va fer, tot assenyalant amb el dit.

Penehasi va dirigir els ulls cap a on assenyalava el soldat i va veure les restes de la batalla que havia tingut lloc entre els egipcis de Herihor i els seus soldats nubis. I pels cossos que s'hi veien i per les armes que havien quedat escampades, quedava clar de quin bàndol havia obtingut la victòria.

—Obriu! —cridà Penehasi als soldats que veia damunt del mur, i afegí murmurant, com si fos una oració —: Si l'has tocada, juro per tots els déus que t'arrencaré la pell.

Les portes s'obriren immediatament i Penehasi entrà i es dirigí cap a les habitacions de la Divina Adoratriu, que ja l'esperava.

—Busques algú? —demanà Tahme, en veure'l entrar.

—Oh, Tahme! He vingut tan bon punt m'he assabentat que podies estar en perill —respongué Penehasi, mentre s'atansava.

L'abraçà, però ella no va respondre, i quan anava a besar-la, Tahme enretirà el rostre.

—Ja fa molta estona que Herihor ha entrat en aquestes mateixes habitacions, perquè els teus homes no l'han aturat, i hauria ultratjat la Divina Adoratriu, si les meves sacerdotesses no l'haguessin defensada —digué Nenhere, mentre Tahme es desfeia de l'abraçada i adoptava una postura majestàtica—. Elles, sent dones, han fet el que és treball d'homes —encara es burlà Nenhere.

Penehasi la va mirar, enrogí de ràbia, es va dur la mà al puny de l'espasa i va fer esma de desembeinar-la. Nenhere aixecà el cap ben dret i li tornà la mirada, desafiadora. Llavors, Penehasi respirà fondo, amb força, i deixà anar el puny de l'espasa. Algun dia la mataria, a aquella mala bruixa. Potser ja ho hauria d'haver fet.

—És un miserable que pagarà aquesta ofensa amb la seva vida! —cridà.

—Abans l'hauràs de derrotar, no creus? —li contestà Nenhere amb menyspreu—. I com t'ho faràs, si ja has perdut Qus i ara estàs perdent Luxor? —demanà.

El comandant del nubis va mirar Tahme, que no deia res. Després mirà Nenhere. El seu interior era un volcà en erupció i en el seu rostre havien aparegut tot un seguit de petites venes que amenaçaven de rebentar. La mataria quan tornés. Podia pujar-hi de peus!

—Juro per tots els déus que li arrencaré el fetge i us el duré damunt d'una safata —sentencià, es tombà i abandonà l'habitació.

—Prepareu el bany de la Divina Adoratriu i ompliu-lo de perfums, que d'aquí ben poc vindrà el senyor d'aquestes terres —digué Nenhere. Després, es tombà cap a la seva senyora i abaixà la veu—. Quan Herihor torni victoriós, segurament prendrà possessió del palau de Ramsès III. Parlaré amb Butehamon i li diré que ens tingui al corrent de tot. Haurem de saber què pensa, què sent, amb qui es veu i si hi ha alguna dona que el pugui fer feliç.

—Sí —va fer Tahme.

Nenhere li dedicà una lleugera reverència i marxà, mentre les altres sacerdotesses desfeien les llaçades del vestit de Tahme, que va relliscar fins caure al terra per deixar al descobert la perfecció del seu cos.

*** ***

El sol queia quan les forces núbies embarcaven per dirigir-se a Luxor. Mentre, Penehasi començava a ser conscient de la greu situació en què es trobava. Si havia perdut Qus i estava perdent Luxor, significava que Herihor li havia pres el nord i el sud i que ara esperava que entrés a Karnak per ofegar-lo, perquè l'atacaria per tots costats, per terra i per l'aigua.

Com podia haver comès tants errors seguits?, bramà al seu interior.

—Seguiu Nil amunt i no us atureu —ordenà quan van ser a l'altura de Luxor.

—Però... —va fer un dels oficials.

—He dit que no us atureu! —cridà enfollit.

*** ***

Els soldats nubis de Karnak tenien prou clar quin seria el seu destí si l'exèrcit egipci entrava dins del temple i oposaren gran resistència, fins que dos mesos després, una matinada que Herihor i Pianj descansaven i Uaraktir estava al front dels soldats, les grans portes del recinte emmurallat s'obriren de bat a bat.

—Que es preparin els arquers. Desperteu Herihor —ordenà Uaraktir.

Quan el general va arribar es va trobar el seu home de confiança parlant amb uns sacerdots del temple.

—Ahir, mentre els nubis lluitaven per defensar Karnak, vam barrejar herbes amb el menjar perquè s'adormissin profundament i durant la nit ens hem rebel·lat i hem fet presoners tots els soldats de Penehasi —explicava un sacerdot ja gran, que semblava el cap de tots ells.

—On és Amenhotep? —demanà Herihor.

—Penehasi va ordenar tancar-lo en un magatzem —informà el sacerdot.

—En quines condicions?

—Ha estat tractat com un malfactor —digué el sacerdot, i abaixà la mirada.

—Deslliureu-lo, oferiu-li un habitatge digne, aigua, aliments i vestits. I, si cal, crideu un metge —ordenà el general—. Mentre jo sigui fora, que no li falti res de res. M'heu entès?

El sacerdot assentí.

—De qui ha estat la idea d'adormir els nubis?

Tots els sacerdots van mirar qui havia parlat.

—Quin és el teu nom? —demanà Herihor.

—Halep, senyor.

—Halep —repetí Herihor el nom d'aquell sacerdot per gravar-lo dins la seva memòria—. Et felicito Halep. Mai no havia vist guanyar una batalla adormint l'enemic i puc dir que és la millor de totes les victòries, perquè no he perdut ni un sol home —digué Herihor, amb un somriure —. No oblidaré el teu nom ni el que has fet.

Per tal d'assegurar-se que totes les seves ordres es complirien, Herihor va deixar Uaraktir al front del govern de Tebes i durant els tres mesos següents, acompanyat per Pianj, encalçà les tropes de l'usurpador fins que arribà a Núbia, on Penehasi, ajudat per la població, es va fer fort.

Llavors, un cop pacificats tots els pobles que havia anat deixant enrere, el general egipci va considerar que el perill s'havia allunyat i que el nubi s'ho rumiaria dos cops abans de tornar. La lliçó havia estat massa dura com per oblidar-la fàcilment. De manera que deixà una part dels seus homes als límits dels territoris alliberats, sota el comandament d'un jove oficial anomenat Mendiebet, i ordenà els vaixells posar rumb cap al nord, en direcció a Tebes. Havia arribat el moment de concedir als homes un merescut descans.

Quan va tornar a Tebes, es dirigí al palau de Ramsès III, que durant aquells anys havia ocupat Penehasi, i va demanar pel responsable del servei.

—El meu nom és Butehamon i sóc el majordom de palau —se li presentà un home d'uns quaranta-cinc anys.

—A partir d'ara, em serviràs a mi —va fer Herihor.

Després va fer enviar un missatge a Ramsès per comunicar-li que ara sí, tots els territoris del sud havien estat alliberats i que podia venir-hi quan volgués.

Per fi la pau tornava a regnar en aquelles terres!

L'endemà, un cop va enllestir tots els afers, es dirigí al temple de Seti I, on va trobar Tahme que estava dempeus davant l'estàtua de Nejbet, la deessa protectora de l'Alt Egipte. Llavors, amb calma, va contemplar la seva figura. Oh, grans déus! Fins i tot la seva imaginació no hauria estat capaç de dibuixar tanta bellesa!

—Has trigat molt a tornar —va fer ella, sense tombar-se, amb veu dolça, els ulls clucs i les mans obertes en senyal de pregària.

—Vaig dir que tornaria, però no vaig dir quan —respongué Herihor.

Tahme es va tombar, abaixà les mans, obrí lentament les parpelles, va fer tres passes i es quedà a ben poca distància, gairebé fregant-lo amb el seu cos, mentre el mirava directament als ulls.

Aquella dona era terriblement torbadora, Herihor ja portava massa dies lluny de casa, lluny de la vida, massa a prop de la mort i... i... aquell perfum... encisador...

1.5 – LA SOLEDAT DE LES TOMBES

La notícia va arribar amb un vaixell procedent del sud i va córrer per tots els carrers de Tanis, abans d'entrar a palau i atrapar l'oïda del faraó.

—Herihor ha vençut i Tebes ha estat alliberada — va fer el majordom reial—. Tot Tanis ho pregona i pertot arreu s'escolta el nom del gloriós general.

—I el meu? —demanà Ramsès.

—El teu, més que cap altre —s'escoltà que feia la veu de Smendes, a la porta de la sala del tron.

—De debò?

—Acompanya'm fins a la terrassa —digué Smendes.

Ramsès es dirigí cap a la terrassa i en abocar-se a l'avinguda principal va veure la multitud que mirava cap amunt i que va arrencar en una forta cridòria en l'instant que aparegué la figura del faraó.

—És cert! —exclamà Ramsès, inflant el pit i aixecant els braços ben enlaire per saludar al poble.

El majordom va contemplar la multitud. Juraria que molts dels que victorejaven el faraó eren soldats vestits de comerciants. Llavors, mirà Smendes, que li dedicà un somrís.

A l'altra punta de Tanis, a la residència de Herihor, Pinediem corria esperitat. Havia escoltat la notícia i volia ser el primer de comunicar-la a Nodime.

—Àvia, àvia... —cridava quan tot just atrapava el jardí.

—Què et passa ara? —demanà Nodime, un xic espantada davant l'ímpetu del noi.

—L'avi ha vençut i Penehasi és fora de Tebes. Tothom crida el seu nom...

—Lloem els déus! —va fer Nodime, i es va dur la mà al cor.

Aquella nit havia tornat a somiar amb la gran serp que embolcallava el seu marit i l'embruixava amb la mirada, mentre l'abraçava amb traïdoria. Però, segurament, només havia estat un somni. Respirà fondo i abraçà Pinediem.

—Lloats siguin els déus —repetí en veu baixa, quasi una oració. Una de les moltes que les darreres setmanes havia pronunciat davant de les imatges dels déus per implorar la seva protecció per al seu marit.

—Ara hem d'anar amb ell —digué Pinediem.

—De seguida que ens cridi —respongué Nodime.

—Tu vas dir que ni tan sols t'ho hauria de demanar —replicar Pinediem.

—Tens bona memòria —Nodime assentí amb un somriure—. Ens haurem de preparar.

Sí, ho haurien de preparar tot per marxar, perquè ja feia dies que esperava aquella notícia. I més dies encara que pensava en el seu marit. Malgrat que feia una estona havia imaginat que l'enorme serp dels seus somnis només era això, un somni, ara tornava a pensar que un gran perill assetjava Herihor i el seu cor li deia que hi havia d'anar, i força aviat. Tentamon ja havia après tot el que ella li podia ensenyar i, per tant, esperava que la reina li atorgués el seu permís per abandonar Tanis i viatjar cap a Tebes.

*** ***

Des de la terrassa est del temple de Seti I, Herihor contemplava Tebes. Com havia crescut des que ell hi havia estat, anys enrere!

Situada a la riba esquerra del Nil havia estat durant força anys la capital del sud d'Egipte i era una ciutat gran i rica, amb carrers amples que la creuaven d'un costat a l'altre i avingudes que desembocaven al Nil.

El seu territori abastava tota la plana que s'estenia des de la vora del riu fins a la frontera natural que representa la muntanya Tebana. En aquell ampli espai s'alçaven les cases que servien d'habitatge a tots els que no vivien a l'altra riba, on havien edificat el temple de Luxor, les portes del qual estaven flanquejades per dos obeliscos que s'aixecaven davant dels colossos que Ramsès II va ordenar plantar per guardar l'entrada principal que dona al pati que duu el nom del mateix faraó. Més al sud, s'hi trobava l'immens complex de temples de Karnak, que comprenia el santuari d'Amon, el de Mut i el de Mont, mentre que un llarg traçat, ben recte, que partia de la mateixa falda dels dos obeliscos, constituïa el camí obligat perquè desfilessin les nombroses processons que tenien lloc durant tot l'any i que recorrien els més de quaranta *khets* de distància que separaven els dos complexos religiosos que havien rebut el favor de Ramsès II i de Ramsès III, dos faraons que havien deixat la seva empremta en els temples, els pilons i els patis que duien el seu nom. Així, Luxor havia estat beneït per Ramsès II amb els obeliscos, els colossos, el piló i el pati, mentre que Karnak havia rebut la magnificència desplegada per Ramsès III en els tres temples que havia repartit entre els tres santuaris que conformen el complex. Malauradament, la devoció dels següents ramèsides havia anat minvant fins a l'extrem que Ramsès XI havia triat Tanis com a centre de la vida d'Egipte, mentre no fos edificada Pi-Ramsès, on també hi volia ser enterrat, i si no arriba a ser per la insistència de Herihor, possiblement Tebes ja no seria egípcia.

—La porta del cel —va escoltar que feia la veu de Tahme, darrere seu.

L'aire del matí, de tota la terrassa, s'omplí del perfum d'aquella dona, que també s'havia quedat enganxat a la pell del general després de tota una nit durant la qual va perdre la consciència del món i es va sentir enlairat a les esferes més sublims del plaer.

—Haig de començar a prendre decisions —va dir Herihor, recolzat damunt de la barana.

—Sí —va fer ella, i l'abraçà per l'esquena, tot fregant-li el pit amb les mans—. Has de prendre decisions. Grans decisions, perquè tu seràs qui governarà aquestes terres.

Herihor es tombà i es perdé en la immensitat d'aquells ulls que semblaven dos firmaments de nit que brillaven com si estiguessin quallats d'estrelles. Llavors va veure que Nenhere apareixia per la porta de la terrassa i dipositava alguna cosa damunt la taula.

—Què hi fa ella, aquí? —demanà, amb un toc de disgust.

—Nenhere és la responsable de les habitacions privades —respongué Tahme, amb un somriure.

—Entesos, però és que l'haig d'aguantar tothora. Anit la sentia tan a prop que m'imaginava que ens estava observant, i hi ha coses que un home... Ja m'entens.

—No en facis cas. Pensa que només és un moble.

Ella s'obrí el vestit i s'arrapà al cos masculí sense deixar a l'aire ni una polsada de pell. Llavors, ell la besà amb passió i el món desaparegué de nou.

—El llit és ben a prop, a unes passes d'aquí —va dir Herihor, mentre apartava lleugerament el rostre per poder contemplar-la.

—Massa lluny —murmurà ella, a cau d'orella, i aprofità per mossegar-li el lòbul—. No hi arribaràs —afegí, mentre el mirava amb un somriure picardiós i la seva mà baixava per buscar l'ofrena que el general tenia preparada per a ella.

Sense deixar de mirar-lo als ulls, Tahme l'agafà per les mans i tibà d'ell mentre s'estirava damunt de la taula, amb el vestit obert, i es passava la punta de la llengua pels llavis.

Quin home podria resistir-se a la visió d'aquell cos de pell fosca i brillant, de totes i cadascuna de les corbes que el definien? Evidentment, Tahme tenia raó i Herihor havia d'acceptar que no arribaria al llit.

En l'instant que li obria les cames, ella el va aturar i li mostrà l'objecte que Nenhere havia deixat damunt la taula.

—Per què m'he de posar aquest budell de cabra? —es queixà Herihor.

—Prou que ho saps —respongué ella—. Soc la Divina Adoratriu, el temple dels déus. Cap home no pot ejacular dintre meu. Seria un sacrilegi.

Herihor va somriure i va prendre aquella bossa feta amb el budell d'una cabra. No faria enfadar els déus.

*** ***

Era el primer cop que Uaraktir visitava aquella regió, de la qual ja n'havia sentit parlar a bastament, i havia d'admetre que cap paraula podia fer justícia a la grandesa dels seus monuments, que l'havien impressionat vivament, o a la riquesa dels temples, que no tenien igual, o la frondositat dels seus jardins, que el delta difícilment podia superar. Els sacerdots i els servidors dels temples sempre havien tingut molta cura de cercar la perfecció en tot allò que feien i els fruits de la gran quantitat d'esforços que hi esmerçaven eren ben visibles, naturalment.

Però allò que més el va sorprendre va ser la immensitat que representaven les possessions dels temples i del clergat. Només en el Ramesseum hi havia uns magatzems amb capacitat suficient per guardar una quantitat de blat que permetria omplir més de quinze mil estómacs durant tot un any.

I les sorpreses encara van ser més fortes quan va descobrir que les possessions del clergat no es limitaven a Karnak i a Luxor, ni a les terres de les rodalies ni a Tebes ni a la suma de les ribes esquerra i dreta, sinó que s'estenien pertot l'Egipte i es comentava, sense que ningú pogués afirmar-ho del cert, que un terç de la terra cultivable li pertanyia i que la cinquena part dels habitants del país treballaven d'una manera o altra per al clergat.

Potser per al poble planer els sacerdots eren la garantia i els dipositaris del coneixement i de la relació amb els déus, però per algú com Uaraktir, que ja n'havia vist de molts colors, significaven alguna cosa més: el poder econòmic, que en el fons és el que acaba prenent les decisions.

Aquestes dades el van impressionar tant, que de seguida va entendre que Penehasi mirés de quedar-se amb tot i que acusés Amenhotep de qualsevulla cosa per poder destituir l'Alt Clergat i nomenar-se ell mateix virrei de Qus.

Déus! Havien arribat al paradís. Sens dubte! Exclamà mentre respirava l'aire de la matinada.

*** ***

El missatger va desembarcar d'un vaixell que venia del nord. La carta duia el segell reial. Pianj la va obrir i va llegir-ne el contingut. Ramsès els anunciava que volia visitar Tebes. Pianj cridà Uaraktir i ràpidament van dur la carta a Herihor, que s'estava a les habitacions de Tahme.

—Ho haurem de preparar tot per rebre'l com cal —digué el general— Encarregueu-vos vosaltres dos, que jo, després de tanta lluita, necessito reposar.

—De quina lluita m'estàs parlant? —preguntà Uaraktir—. Ja fa dies que vas tornar del sud.

—Sí, però encara estic cansat —digué Herihor.

—Doncs, no sé si has triat la millor manera de descansar —replicà Pianj, i li dedicà un somriure de complicitat, mentre dirigia els ulls cap al llit que presidia aquella habitació.

—Confio plenament en vosaltres —respongué Herihor, i li tornà el somriure.

—Amenhotep vol parlar amb tu —va fer Pianj.

—M'imagino que ha intentat recuperar el seu càrrec de Primer Profeta —Herihor assentí diversos cops, lentament.

—Així ha estat, però els sacerdots, seguint les teves instruccions, li han dit que abans ha de parlar amb tu.

—Ja parlaré amb ell quan hagi descansat.

Pianj i Uaraktir van marxar i es repartiren la feina. Pianj s'encarregaria d'organitzar la cerimònia de benvinguda i la visita del faraó i Uaraktir faria un inventari de tot per determinar què havien robat i qui ho havia fet. Bé haurien de presentar resultats a Ramsès.

Els sacerdots s'estranyaren quan Uaraktir els va ordenar fer un inventari complet de totes les possessions i pertinences dels temples i del clergat. Mai ningú no havia fet una cosa com aquella.

—Les riqueses dels déus són moltes i no cal comptar-les, perquè ells ja saben allò que els pertany —li va dir un.

Tanmateix, Uaraktir va deixar ben clar que ho volia tot perfectament inventariat, sense que no hi quedés res de res per remenar. Els sacerdots encara li van advertir que és perillós desafiar els déus, però davant de la seva insistència obeïren.

Dues setmanes després, el que va començar gairebé com una diversió que havia de durar uns dies, segons havia previst Uaraktir, es revelà com un treball gegantí. Els sacerdots no paraven de dur-li documents i més documents de propietat, que un petit exèrcit d'escribes i comptables procurava ordenar, classificar i inventariar. En poc temps van haver d'habilitar una sala de generoses dimensions i portar més taules per poder tractar tota la documentació que no paraven d'amuntegar-hi.

Quan Herihor en va tenir prouestar del descans que s'havia pres en companyia de Tahme, va decidir que ja era hora de fer una visita i comprovar si Uaraktir i Pianj havien tingut cura de tot.

—Què és tot aquest enrenou? Què hi fan tots aquests escribes i sacerdots? —demanà quan visitava les dependències del temple d'Amon a Karnak i es va trobar amb l'espai que Uaraktir havia habilitat com a sala de treball.

—He ordenat que es fes un inventari de totes les possessions i de totes les pertinences del clergat per esbrinar què hi han robat i poder fer un informe per al faraó —explicà Uaraktir.

—I vols dir que no existeix ja, aquest inventari? —s'estranyà Herihor.

—Ningú no ha estat capaç de dir-m'ho —va fer Uaraktir.

—On és Halep? —demanà Herihor.

—Que vingui Halep —ordenà Uaraktir.

Dos sacerdots van anar a buscar el vell sacerdot que havia estat l'instigador i l'artífex de la revolta que va obrir les portes de Karnak a les forces egípcies.

—Mai no s'ha fet cap inventari, perquè sempre s'ha considerat que és una feina inútil —explicà Halep—. La classe sacerdotal, amb tots els seus funcionaris, constitueix un cos altament ensinistrat i meravellosament ordenat. Cadascú té assignada una tasca que es transmet dels uns als altres. Cadascú ha de donar comptes al seu superior i els de més amunt només s'han de preocupar perquè tota aquesta complexa organització segueixi funcionant. És el resultat de segles i segles que han anat millorant una estructura que ha esdevingut quasi perfecta. No cal inventariar res, perquè el seu inventari és permanent. No cal saber quant n'hi ha, de cada cosa, sinó simplement demanar-se si poden cobrir-se o no les necessitats, i fins al present sempre les han cobert.

—I si algú decideix prendre algunes possessions dels déus? —demanà Uaraktir.

—Tothom és conscient que els déus, tard o d'hora, recuperen allò que els pertany i, si algú ho ha pres sense permís, passen factura pel temps que n'han estat privats, que evidentment cobrem els altres sacerdots —respongué Halep tot passant-se la mà plana pel coll en un gest que deixava prou clar que qui ho fes s'hi jugava el cap—. Per altra banda, els temples apliquen una política que converteix en absurd qualsevol intent d'enriquir-se il·legalment. Quan algú assoleix el grau de sacerdot rep unes terres, més que suficients, per tal que en tingui cura. La meitat del que tregui serà per al temple i l'altra meitat per a ell. D'aquesta manera, si és treballador, diligent i intel·ligent, deixarà als seus fills uns bons beneficis. Quan mor, les terres tornen al temple. Puc assegurar-te que, des de fa llarg temps, mai no hem tingut el més petit problema.

—Però bé hem de donar comptes al faraó del que ha passat durant aquests anys que Penehasi ha estat aquí i de qui ha robat què —tornà a dir Uaraktir.

—Si voleu saber què ha passat durant aquests anys, dirigiu els vostres ulls cap a les tombes, perquè els vius prou que sabem guardar les nostres pertinences, mentre que els morts no poden —Halep li dedicà un somriure—. Tindreu molta més llum si ordeneu un informe exhaustiu de tot el que hagi pogut passar a les tombes de la Vall dels Reis i de la Vall de les Reines que no pas si ordeneu fer un estudi de l'acumulació de riqueses que la classe sacerdotal ha estat capaç d'amuntegar des de l'inici dels temps fins avui.

—Bé! Ja sabem per on hem de començar —digué Herihor, i dirigint-se a Halep, va fer—: I qui millor per fer aquesta tasca, que algú que la coneix bé? Posa't a les ordres d'Uaraktir.

Halep es dirigí cap a la porta i Uaraktir aprofità.

—Amenhotep...

—Sí, ja ho sé. Haig de parlar amb ell. Fes-lo passar —respongué Herihor.

Poc després entrava un home que ultrapassava els setanta anys, prim i amb el rostre arrugat. Caminava lentament, recolzat en un bastó. Va recórrer les quinze passes que el separaven del general i es va plantar davant, mirant-lo directament als ulls i sense acotar el cap.

—Fa molt de temps que no ens vèiem —va dir Amenhotep.

—Quinze anys, pel capbaix —respongué Herihor.

—Siguis benvingut a Tebes, Herihor —saludà Amenhotep.

—Siguis benvingut a la llibertat, Amenhotep —respongué el general.

—Llibertat que construirem plegats —replicà el sacerdot.

—Llibertat que no cal bastir, perquè ja existeix, i de la que tu pots gaudir des d'ara mateix, perquè prou que t'has guanyat un descans, després de tot el que has patit i de tot el que has hagut de passar.

—Sóc el Primer Profeta d'Amon...

—Eres el Primer Profeta fins que Penehasi et va desposseir del càrrec i del títol —el va tallar el general.

—De manera il·legal —puntualitzà Amenhotep.

—T'equivoques. Va ser sota l'autoritat del faraó, perquè en aquells dies era jutge i encara no s'havia rebel·lat.

—Això vol dir que no em tornaràs el que és meu? —Amenhotep es posà tens.

—Això vol dir que vas perdre el que se t'havia confiat i que ara el faraó té la darrera paraula.

—Doncs, li escriuré.

—No cal —va dir Herihor, es tombà cap a la taula, va prendre el papir que havia rebut de Tanis i l'hi allargà —: D'aquí ben poc el tindràs davant teu. Tanmateix, jo t'aconsellaria que siguis prudent i que et conformis amb el que tens, que és molt més del que Penehasi et va deixar.

Ramsès no està gaire content amb tu i podria ordenar-me que et retirés tot allò que t'he ofert en record dels vells temps.

Amenhotep va fer un silenci, que Herihor no va trencar, sinó que es quedà mirant-lo als ulls. Pobre home! Ja era vell i no tenia prou força per lluitar.

—Tinc esposa i fills —va fer, finalment, amb el cap baix, derrotat.

—Tant tu com ells podreu viure dignament. Se us assignaran prou terres, mentre jo sigui aquí no us faltarà res i quan jo marxi totes les terres que us hagi assignat quedaran per a vosaltres i per als vostres descendents —respongué Herihor.

—Que els déus et beneeixin —el saludà Amenhotep amb una reverència.

—I a tu et concedeixin el descans que mereixes.

*** ***

La Vall dels Artífexs era un poble que havia estat construït durant l'època de Tutmosis I amb l'objecte de proporcionar un habitatge digne a la gran quantitat de picapedrers, obrers, pintors, escultors i artesans que iniciaren la construcció de les tombes de la Vall dels Reis i de la Vall de les Reines. En aquella època, a cadascun d'aquells homes se li va proporcionar una petita casa d'una sola planta, que constava d'una sala per rebre les visites, una cuina i una altra habitació més gran.

Amb el temps es decidí que aquells homes, tots ells treballadors a les tombes reials, havien tingut accés als secrets més ben guardats, i per tant no podien abandonar aquell lloc, perquè tots els amagatalls, passadissos i paranys sortirien a la llum pública. De manera que s'envoltà el poble d'una muralla i cada matí, escortats per soldats, recorrien la distància que els separava de la Vall dels Reis i de la Vall de les Reines per anar a treballar. La jornada laboral tenia una durada de vuit hores durant nou dies seguits. El desè dia podien descansar o dedicar-lo a bastir i decorar la seva pròpia tomba, màxima aspiració de tot egipci que té clar que la vida més enllà de les Grans Aigües és més important que aquesta, que només és un pas cap a la dimensió infinita.

—Què se n'ha fet, d'aquest poble de treballadors? —demanà Herihor quan Uaraktir li va comunicar que a la Vall dels Artífexs només hi quedaven quinze artesans, a tot estirar.

—Segons explica Halep, són els que no han pogut marxar, perquè la resta, l'immens exèrcit de treballadors que en altres temps ocupaven tots els tallers, va fugir per escapar de la còlera i de les bestialitats dels soldats nubis —contestà Uaraktir.

Ara Herihor entenia moltes coses. Havia estat d'aquesta manera com la major part dels secrets gelosament guardats durant segles s'havia escampat pertot l'Egipte. I, per causa d'aquest desastre, nombroses tombes havien estat obertes i saquejades.

—Quan va ser això, dels robatoris de tombes? —preguntà a Halep.

—Sempre, d'una manera o d'una altra, hi ha hagut gent que ha espoliat tombes, però la gran disbauxa arribà durant els últims temps de Penehasi, l'usurpador del títol de virrei de Qus, que després de torturar bona part dels habitants de la Vall dels Artífexs per tal d'obtenir la informació de les cambres secretes i dels amagatalls, es dedicà al pillatge de les tombes de Seti I i de Ramsès II, de les quals poca cosa o res n'ha quedat —digué Halep—. Llavors, els supervivents de la Vall dels Artífexs, abans no vingués a buscar-los, van decidir arreplegar tot el que poguessin endur-se amb ells i fugir. Perseguits i encalçats, no resulta gens estrany, per exemple, que el sarcòfag d'or de la reina Habadjilat fos trencat en petits bocins i repartit entre els mateixos artesans.

—Buscarem tots els responsables i pagaran pel seu crim —va fer Pianj, que també hi participava, de la conversa.

—Quan un home veu que la seva família és en perill de mort, pren certes decisions de les quals no se'l pot fer responsable —digué Halep—. Qui no faria el mateix?

Herihor assentí lentament.

—Vull que escampis la notícia que cap dona ni home ni nen, dels que vivien a la Vall dels Artífexs, serà castigat —va fer—. Que sàpiguen que poden tornar lliurement, que seran admesos de nou i tornaran a treballar com abans i que, en compensació pel que han hagut de patir, se'ls pagarà la quarta part del salari que haurien d'haver cobrat en tot el temps que han estat lluny d'aquí.

L'encert d'aquella decisió es revelà en tota la seva dimensió quan, de mica en mica, els artesans que havien fugit van anar tornant. La veu que deia que ningú no els faria cap mal i que serien compensats havia corregut per totes dues ribes del Nil, cap al nord i cap al sud.

Tal com va ordenar Herihor, no hi va haver interrogatoris, sinó converses; no hi va haver desig de revenja, sinó afany de perdó; no hi va tenir lloc cap judici, sinó una oferta de col·laboració. I a través de les paraules dels artesans, que es van sentir segurs i van parlar, es van assabentar, no sense horror, de l'extrem fins on havia arribat la barbàrie durant el darrer any del poder opressor de Penehasi.

De les paraules d'aquella gent es desprengué que pràcticament totes les tombes que eren conegudes havien estat espoliades en un moment o altre pels mateixos homes de l'usurpador. El desastre, l'abandó d'aquell lloc sagrat i la degradació dels soldats que havien de fer guàrdia havien adquirit proporcions tan grans que cinc lladres van aconseguir entrar a la tomba de Ramsès VI i s'hi van estar quatre dies sense que ningú no els molestés. Amb total impunitat i absoluta tranquil·litat, ho van despullar tot, però, curiosament, ni tan sols van tocar el sarcòfag. I el mateix havia passat amb molts altres fèretres.

—Passejar-se entre les tombes excavades a la roca, enmig del silenci, on només el vent arrenca queixes a la terra, representa una experiència indescriptible — explicava Herihor a Tahme, una tarda—. He ordenat obrir la porta de la tomba de Seti I, que més que una porta ja és una petita muntanya de runes. Oh, gran Amon! He baixat el primer tram d'escales fins atrapar el primer passadís, que he recorregut lentament tot contemplant la figura de Seti en presència de Ra. Després he baixat el segon tram, però no m'he aturat en el segon passadís. Una força invisible m'empenyia a seguir. Quan he arribat a la sala dels quatre pilars m'he vist jo mateix en presència d'Osiris i de Toth, que m'ha parlat i m'ha dit: segueix i busca. Jo li he demanat: què haig de buscar? Però ell només ha dit: segueix. I després ha emmudit per sempre més. Llavors he baixat fins al tercer passadís i he tingut l'estranya sensació que arribava a les profunditats de la terra, molt lluny del cel. Finalment he desembocat a la cambra dels sis pilars i he baixat els dos graons que condueixen fins a la cambra del sarcòfag, darrere de la qual s'hi amaga el recinte sagrat. Allà dins, a les entranyes de la terra, he respirat un aire enrarit que es manté quiet. He resat damunt del sarcòfag de Seti que encara roman sense rebentar i he sentit la presència d'esperits que m'envoltaven, mentre una veu interior m'ha dit: uneix totes les ànimes i fes-les teves per tal que tinguin un descans etern.

Tahme l'abraçà amb tendresa, el besà i després es quedà mirant-lo als ulls.

—He resat a Nejbet i ella m'ha rebel·lat que tu has de ser el més gran entre els grans, perquè estàs cridat a ser el tronc d'un arbre molt poderós —li va dir.

Herihor es va quedar contemplant aquell rostre i un pensament l'atrapà: forçosament havia de ser veritat, tot el que deia aquella dona, perquè els déus només poden beneir tanta bellesa.

L'endemà va cridar els seus dos homes de confiança: Pianj i Uaraktir.

—Aquesta nit m'he despertat sobtat. He tingut un somni en el qual les ànimes dels nostres avantpassats vagaven perdudes i buscaven un lloc on reposar, mentre em demanaven que les aplegués perquè poguessin trobar el camí que travessa les Grans Aigües —els va dir, recolzat a la terrassa de les habitacions de Tahme, mirant l'horitzó.

Uaraktir es va adonar que el general pronunciava aquestes paraules en un estat d'èxtasi diferent del que ja li havia notat en altres ocasions.

Pianj, va sortir d'allà amb una ordre ben concreta. Tancaria la Vall dels Reis i la Vall de les Reines i hi posaria soldats de la seva absoluta confiança per tal que ningú no hi entrés. Després ordenaria els sacerdots que traguessin tots els sarcòfags de totes les tombes, en farien un inventari i els dipositarien a la gran sala hipòstila del temple de Ramsès III, però no el de Karnak, sinó el que hi havia davant de la Vall de les Reines, a Medinat Habu.

Així es va fer i els magatzems del temple de Ramsès III es van omplir de sarcòfags, fins a un total de quaranta.

Aquella vesprada, quan tota la feina estava enllestida, Herihor no va anar al temple de Seti I per allitar-se amb Tahme, ni va dormir en tota la nit, sinó que romangué despert assegut a les habitacions que havien servit de residència de Penehasi al palau de Ramsès III.

Quan tot ja era en silenci, s'aixecà, es dirigí al cofre que havia ordenat portar de Karnak, l'obrí i tragué el collar del summe sacerdot, tancà el cofre i el contemplà durant una estona.

Gairebé mai no som conscients de la força que amaga un objecte. I pot arribar a tenir proporcions incalculables! Sobretot si es tracta d'una joia que ha pertangut i ha penjat del coll de qui ha ocupat un càrrec de tanta significació com el de summe sacerdot, que implica la participació en totes les grans cerimònies i en tots els esdeveniments del país, sent l'intermediari entre els déus i els éssers terrenals. Sembla talment que totes aquelles cerimònies, la gran quantitat d'oracions que ha presidit i les vibracions de totes les ànimes que l'han envoltat, hagin quedat gravades damunt l'or i a l'interior de les pedres precioses, pensava.

De sobte, Herihor va notar que aquell collar adquiria vida i li parlava sense paraules, directament al seu cor, mentre una estranya força l'arrossegava a sortir d'allà i dirigir-se al temple.

Estranyat davant del fet que Herihor, per primer cop, arribada la foscor no havia marxat cap al temple de Seti I, sinó que s'havia quedat al palau de Ramsès III,

Butehamon no s'havia retirat a descansar i romania despert per si el general havia de menester alguna cosa.

Ben entrada la nit, va veure que s'obria la porta de les habitacions del palau. Va fer esma d'atansar-s'hi, però s'aturà. De fet, encara ningú no l'havia cridat. Llavors es fixà que Herihor abandonava les habitacions amb el collar de summe sacerdot a les mans. Recordant les instruccions de Nenhere, decidí seguir-lo.

El general creuà la sala del tron, on els cinc sentinelles es van quadrar, després la sala hipòstila on hi havia quatre soldats més, i finalment sortí per la porta de les columnes fins arribar al primer pati, just entre el primer i el segon piló, damunt dels quals els guàrdies passejaven i vigilaven sense aturar-se. Allà respirà l'aire fresc de la nit i observà el cel clar i serè, sense lluna i quallat d'estrelles. Va buscar l'estrella Sirius i li dedicà una curta oració per demanar-li forces.

Abans de creuar el segon piló, Herihor s'aturà per llegir les primeres paraules del jeroglífic que explicava les gestes militars del gran faraó que havia donat nom a tot aquell conjunt arquitectònic, la perfecció del qual resistiria qualsevulla comparança i en sortiria guanyadora.

Es fregà els ulls, creuà el segon piló per endinsar-se en el pati de Ramsès III, il·luminat per les torxes que penjaven dels murs, deixà enrere el sis pilars osiríacs i es plantà davant de la porta que guardava la gran sala hipòstila, on havia ordenat ficar-hi tots els sarcòfags que havien rescatat de la Vall dels Reis i de la Vall de les Reines. Els dos sacerdots de guàrdia, en veure qui era, van obrir immediatament i li dedicaren una profunda reverència.

Butehamon, emparat per les ombres, l'havia seguit a distància i allà, en veure que els sacerdots tornaven a tancar les portes, es quedà amagat darrere de les columnes i esperà pacientment. Amb quina excusa hi entraria?, es demanava.

La gran sala romania en silenci. Herihor es passejà entre les columnes. Les seves passes ressonaven i els sostres multiplicaven aquell soroll per tots els cops que l'eco li retornava. Lentament, sortejà alguns dels sarcòfags, es dirigí al centre i dipositá al terra el collar que duia a les mans.

Llavors s'apartà unes passes, obrí els braços i allà, entre els quaranta sarcòfags perfectament ordenats en fileres, va tancar les parpelles i va respirar la pau i la quietud dels morts.

—Oh, gran Amon, il·lumina el teu servent i assenyala-li el camí —pregà, i la seva veu viatjà per tota la sala i s'engrandí tornant-se més greu.

Allà, enmig de la sala hipòstila, només hi havia ànimes. La resta, els cossos, fins i tot el seu, no eren altra cosa que embolcalls. Ell, en moltes ocasions, havia recordat que tots plegats som ànimes que caminen enganxades a un cos. Això ho havia après dels seus mestres, al temple, quan era un infant. Li deien: «la ment és el gran engany i la lògica és la cadena que ens manté atrapats al món. Amb la lògica neix el desig de posseir. Ella s'avança al temps i construeix un futur imaginari on la desgràcia ens envolta en un món inexistent. I és per preveure les desgràcies que la lògica ens condueix a ser avariciosos, a desitjar la seguretat, a buscar la riquesa i a prendre més del que necessitem, sense tenir en compte que els déus ens van posar damunt la terra i ens van dotar de la capacitat de viure-hi».

Herihor respirà fondo, pel nas, ensumant els perfums que havien llençat per tota la sala. «Com pot el pensament entendre l'esperit? És impossible, perquè el pensament és l'eina que ens manté enganxats a la terra», reflexionava. «Però, la lògica és tan forta que arriba un instant que oblida que només és una eina i esdevé el centre de la nostra vida, la raó de la nostra existència, fins al punt que acabem vivint dins la nostra ment, buscant el plaer de la seguretat, enganxats al limitat i petit univers dels nostres pensaments, i perdem la capacitat de sentir, la immensitat de les dimensions de l'amor sense límits, per convertir-lo en egoisme. La ment ens enganya i ens fa creure que tot el que existeix va ser creat per a nosaltres i que ho podem posseir».

Deixà anar tot l'aire dels pulmons, fins que no hi va quedar res. Llavors, escoltà el silenci.

«El cos és la matèria sota l'imperi de la ment. La ment no pot entendre, de cap de les maneres, l'esperit, que és l'energia que arrenca de l'ànima i s'estén en totes direccions per atrapar-ho tot. Els sacerdots ordenen els embalsamadors que menyspreïn el cervell, que el treguin fet miques pel nas del cadàver que serà momificat. Per contra, els ordenen que guardin curosament les vísceres en els vasos sagrats, perquè en elles habiten els sentiments».

Aixecà els ulls cap al sostre, sense mirar res, sense permetre que cap detall atrapés la seva atenció.

«L'ànima no pensa, sinó que sent i contempla. No fa preguntes, no busca respostes, no raona. Simplement observa, sent i aprèn. És a dir: creix constantment. La ment, el cervell, és un llast que li impedeix expandir-se. Els ensenyaments, des de fa més de cent generacions, diuen que un cervell mai no podrà traspassar les Grans Aigües per entrar dins del cel. Per aquesta raó s'elimina abans d'iniciar la travessa, per estar ben segurs que ha mort definitivament. En cas contrari, els desitjos de la ment ompliran el cor i pesaran tant damunt la balança que la ploma de Maat sempre serà més lleugera. L'ésser humà ha d'arribar a la prova final amb el cor ple d'esperit, que flota i que no pesa res, i completament net de qualsevol desig, que pesen perquè només serveixen per estacar-nos a la terra. ¿I com poden estacar-nos, si no és pesant molt per estirar-nos dels peus i mantenir-nos lluny del cel?»

Va mirar els sarcòfags. Allà dins no hi havia pensaments.

«La mort és la fi de la foscor del pensament i és l'inici del sentiment pur, de la pujada cap a la llum clara i neta».

Sense adonar-se, de mica en mica, Herihor va deixar de sentir els peus, les mans, les cames, els braços, el front, els ulls, el nas, la barbeta, el coll, les espatlles... i així va continuar fins que no sentia cap part del seu cos, excepte la respiració.

El pensament es va anar diluint fins desaparèixer i tot ell esdevingué... tot ell era... Oh! Tot ell s'havia transformat en un alè que semblava flotar a l'ambient. Quina millor manera hi havia per definir aquell estat que no semblava...? Exacte! Ja no era ell! Aquesta era la gran realitat. Tot d'un plegat acabava d'abandonar el món mortal per enlairar-se fins a un univers desconegut i a partir d'aquí tot era sorprenent i nou.

Va traspassar una porta imaginària i invisible, va mirar de caminar i es va trobar que les cames no li obeïen; de sobte, el terra s'obrí als seus peus, el món va deixar de ser una superfície ferma i va imaginar que queia en un pou molt profund. Primer es va espantar, gairebé sentia pànic davant de la possibilitat que aquella caiguda no s'aturés mai o, pitjor encara, que acabés en el món de les tenebres. Tanmateix, es va calmar i va seguir respirant pausadament; la caiguda s'aturà i es va trobar en un lloc que no era enlloc, però que ho abastava tot. No hi havia sons ni gent ni llum ni terra ni sostre... No hi havia res de res! Era el buit absolut, l'absència de tot. I ell se sentia penjat de no-res i abandonat de tot i de tothom. Allò representava la més dura i absoluta de les soledats. La solitud de les tombes!

«Oh, gran Amon! Jo només tinc una ment que pot fer preguntes sobre l'esperit, però que no aconsegueix respostes, perquè les respostes de l'ànima viuen en una altra esfera, lluny del món mortal. Ajuda'm! T'ho imploro. Mira aquest servent amb compassió i demana-li què vols que faci, i ell t'obeirà».

«No temem la mort, sinó el dolor», pensava Herihor, convençut que allò era un avançament del que podia significar deixar aquest cos mortal. Només un avançament, perquè seguia respirant. Per tant, si més no, hi havia aire, va pensar amb un petit somriure. Si més no, encara era viu.

«No patim amb la mort dels altres, sinó amb el buit que la seva absència deixa en nosaltres. No som capaços d'endinsar-nos en la nostra ànima i cercar la via de l'esperit per descobrir que ells segueixen presents, encara que no els veiem».

De mica en mica va deixar de pensar i continuà sentint la respiració, la respiració, la respiració...

L'entorn es va fer clar, tot i que continuava sense haver-hi res, excepte la llum, que no podia dir d'un sorgia, sinó que simplement l'envoltava, sense més ni més, sense cap mena de suport, sense colors, sense brillantors... Únicament era llum, una llum càlida i agradable que no produïa ombres. I ningú no li va parlar, no va escoltar la veu dels déus ni de les ànimes dels morts que ocupaven els sarcòfags que l'envoltaven ni dels mortals ni dels habitants de les tenebres. Però, va sentir milers, milions!, de paraules contingudes dins del silenci. I tot allò va durar... Quant de temps havia transcorregut...?

No seria capaç de precisar la durada d'aquella visió. O no havia estat una visió? Com podia dir que era una visió, si no havia vist res, excepte la llum...?

En tornar al món humà no estava cansat ni res li feia mal. Seguia amb els braços oberts, tal com havia encetat l'oració a Amon. Va moure les mans per comprovar que allò era real; plegà els braços, lentament; es palpà els ulls, que va obrir també molt lentament per recuperar la visió de l'entorn; després abaixà les mans tot fregant-se el rostre, estirà el coll i...

Què és això?, s'estranyà quan les seves mans van ensopegar amb un objecte que abans no hi era.

—Oh, rei dels déus, Amon! —va fer en adonar-se que duia el collar de summe sacerdot al voltant del coll.

Com havia arribat fins allà, aquell collar? Ell no era conscient d'haver-lo agafat del terra ni d'haver-se'l ficat. I per què havia anomenat Amon el *rei dels déus*?, es demanà, confós.

Butehamon es va fixar que Herihor, quan sortia, lluïa el collar del summe sacerdot penjat del coll. El seguí altre cop fins a la sala del tron, on va veure que el general es treia el collar, el contemplava una estona i finalment el guardava i es dirigia cap a les habitacions privades.

Però, allò que el tenia amoïnat eren els ulls del general, la seva mirada, que no sabria descriure en paraules. Només podia dir que mai no havia vist uns ulls com aquells, grans, fixos en el collar, que gairebé l'il·luminaven enmig de la foscor i que semblaven haver vist les ànimes dels morts, sense que això signifiqués que reflectien el mes petit sentiment de por, ben al contrari: en ells es reflectien la pau i la serenor. La serenor que proporciona una força impossible de mesurar, però, sens dubte, capaç de conquerir el món sencer.

1.6 – EL MISSATGE DELS DEUS

Tahme es va llevar d'hora, malgrat que la nit anterior s'havia allitat tard perquè no li havia fet gens el pes que per quart cop Herihor no hagués vingut a dormir amb ella. I menys encara que no l'hagués avisada, tal com havia passat els quatre dies anteriors.

Les sacerdotesses que la maquillaven, la pentinaven i la vestien li van dur la bata i l'hi van posar. Llavors sortí a la terrassa, contemplà Tebes i respirà l'aire del matí, però no en va gaudir, ni de l'espectacle del sol que s'aixeca a l'altra banda del Nil i escalfa els terrats de les cases ni de la puresa d'un aire que encara conserva la frescor de la nit. El seu cap seguia pensant en Herihor. Què podia ser tan important que li impedís buscar els seus braços?, no deixava de demanar-se.

Abandonà la terrassa, entrà al dormitori, es va seure davant de la taula on reposaven els perfums, les pintes i tots els estris que li permetien assolir la perfecció i allargà la mà.

Una noia s'agenollà davant de la cadira i començà a arreglar-li les ungles.

Tahme premé els llavis, respirà fondo, deixà anar tot l'aire dels pulmons, d'un sol cop i amb energia, i es relaxà. Cal mantenir el cap fred, malgrat que el cor cremi. Això és el que deia Nenhere, però no era tan senzill de fer.

Darrere seu, una de les sacerdotesses preparava la perruca, mentre que una altra triava les pintes, els pinzells, els colors i els perfums.

—Ai! Ves amb compte! —va fer Tahme, de sobte, i enretirà la mà.

No estava d'humor per suportar la més petita contrarietat i a aquella estúpida se li havia escapat la llima i li havia fet una lleugera punxada a la punta del dit.

La noia, abaixà el cap, amagà la llima a l'esquena i es quedà quieta i en silenci, procurant que la seva presència no es notés.

—Perdona —va fer Tahme, i acaronà la galta d'aquella noia, que no tenia cap culpa del seu neguit.

En aquell instant va aparèixer Nenhere, que es dirigí cap a la taula, prengué un raspall, apartà les altres sacerdotesses, abaixà el coll de la bata de Tahme i li pentinà el cabell mentre li feia un massatge a la nuca. La Divina Adoratriu va fer el cap enrere i deixà escapar petits gemecs de plaer. Allò la relaxava de debò.

—Ha arribat un servent de Butehamon —escoltà que feia la veu de Nenhere, tendra i a cau d'orella, mentre li arribava l'alè càlid.

Tahme obrí els ulls, girà el cap d'una embranzida i la mirà.

—Per què no m'ho has dit immediatament? Que passi —digué, després de comprovar que Nenhere li transmetia, sense paraules, que el missatge havia de ser important.

La sacerdotessa encarregada de les dependències privades de la Divina Adoratriu dipositià el raspall damunt la taula i dedicà una petita reverència a la seva senyora.

Tahme es va tancar la bata i adoptà una postura majestàtica. Llavors, Nenhere picà de mans i la porta s'obrí per deixar pas a un home que venia acompanyat per Sahura. L'home era jove i vestia com un sacerdot, amb el tors nu. Va caminar darrere del camarlenc, amb el cap baix. Sahura es va aturar i assenyalà el terra tot apuntant amb el dit. Llavors, el jove sacerdot es va llençar al terra sense gosar mirar la Divina Adoratriu.

—Què m'has de dir? —demanà Tahme, mentre contemplava la seva imatge reflectida al mirall de coure, sense ni tan sols dirigir un instant els ulls cap al missatger.

—Butehamon m'envia per donar-te això —digué el servent, i, sense aixecar la mirada, allargà la mà per lliurar un rotlle.

Sahura prengué el rotlle per passar-li a Tahme, però Nenhere l'hi prengué de les mans i el traslladà fins a Tahme, que el desplegà i en va llegir el contingut.

A mesura que avançava en la lectura, els llavis de la Divina Adoratriu s'allargaren en un ampli somriure, les celles deixaren d'estar tenses i els ulls se li endolciren.

—Dóna-li les gràcies a Butehamon —va dir.

—Enretira't —ordenà Nenhere, i va fer un gest amb la mà, com si se l'espolsés del damunt.

El servent s'aixecà del terra i va sortir caminant enrere, però sense mirar-la.

—Tu també pots marxar, Sahura —va fer Nenhere.

El camarlenc es posà tens, però no protestà, sinó que dedicà una reverència a Tahme i també sortí. Abans, amb Nediemge, l'anterior Divina Adoratriu, algun cop, quan el que havia de comunicar-li era prou important, li havia permès quedar-s'hi mentre les sacerdotesses la rentaven. Però, des que Penehasi havia nomenat Tahme la nova Divina Adoratriu, ell havia perdut molt poder i moltes prerrogatives. Aquella bruixa de Nenhere ho dominava tot i ell s'havia de conformar amb les engrunes.

Un cop Sahura va sortir, Tahme passà el rotlle a Nenhere, que simulà llegir-lo. Prou que en coneixia el contingut! Havia parlat amb Butehamon...

—Ja t'ho he dit, que no hi havia cap més dona. Qui pot rivalitzar amb la teva bellesa? —digué Nenhere.

—Els morts, sembla —respongué Tahme.

—Si algú ho pogués fer, en tot cas serien els déus, perquè Herihor té aspiracions espirituals —replicà Nenhere.

La Divina Adoratriu assentí lentament, amb un somriure de complaença.

—Hem de reflexionar sobre el que acabem de llegir, perquè el que ha vist Butehamon representa una informació que ben utilitzada ens proporcionarà molts beneficis —va fer Nenhere, i guardà el rotlle en un cofre de fusta. Després es tombà cap a les altres sacerdotesses —. Què hi feu, aquí aturades? —exclamà, i les sacerdotesses s'afanyaren a posar la perruca a Tahme—. I tu? —es tombà cap a la noia que li arreglava les ungles.

La noia s'atansà arrossegant-se i s'agenollà de nou per agafar la mà de la Divina Adoratriu.

No hi ha res millor que una tasca manual per poder meditar, pensà Nenhere, mentre Tahme tornava a centrar-se en la seva imatge reflectida al mirall. Llavors, Nenhere li abaixà de nou el coll de la bata per deixar-li les espatlles nues i reprengué el massatge, que s'estengué pel coll i pel pit, mentre la Divina Adoratriu tancava els ulls i s'abandonava amb un ampli somriure als llavis.

Nenhere tindria cura d'ella i de que tot fos com havia de ser. Sempre havia estat així: des que ella va arribar del sud, de les terres altes del Nil, de més enllà de les cascades, i aquella dona la va acollir com a una filla, la va fer créixer, la va preparar, li va presentar Penehasi i va aconseguir que la nomenés Divina Adoratriu.

—Escolta bé els meus consells i seràs reina —li havia dit temps enrere.

*** ***

Feia dues setmanes que Herihor anava tan atrafegat, amunt i avall, que no visitava el temple de Seti I. Dedicava bona part del dia a parlar amb Halep, amb qui mantenia llargues converses sobre els déus, la religió i el més enllà, tot demanant-li dades i més dades sobre les tombes, la forma com es guardaven els sarcòfags, els amagatalls...

Després que Penehasi hagués estat expulsat, quedaven tantes coses per fer!, no parava de repetir el general. Havien de reorganitzar de nou la major part dels serveis dels temples, refer el govern de la ciutat, nomenar nous jutges i reposar els nombrosos càrrecs d'una administració complexa que aquell bàrbar havia desmantellat: des del conseller reial fins l'escriba del tresorer, sense oblidar el majordom del palau reial, l'escriba reial, l'astrònom d'Amon, l'inspector dels jardins d'Amon, l'inspector dels graners, el comptable dels graners, el cap dels escribes, el cap dels intendents... En fi! Que s'havien de prendre una bona colla de decisions.

Uaraktir primer s'havia sorprès. Veure'l arribar un matí, dues setmanes abans, amb aquella expressió al rostre i aquells ulls que semblaven veure més enllà del que miraven, el va sobtar. Després, l'energia que desplegava. Tot eren ordres, tot eren instruccions, com si tot s'hagués de fer en un sol dia. I l'endemà i l'altre i l'altre i l'altre... van ser iguals.

Pianj, per la seva banda, no deia res. Simplement obeïa. Se'l veia content.

—Herihor ja torna a ser el mateix de sempre —havia comentat, quan Uaraktir li havia volgut parlar de tota la feina que els queia al damunt.

Bé! Uaraktir no estava tan segur que el general tornés a ser el mateix, però, si més no, sortosament, la història de Tahme havia conclòs. I això ja era prou motiu d'alegria. Ell ja ho havia dit de bon començament, només conèixer-la: aquella dona era molt acaparadora. Tant, que amb ella pel mig ningú no era capaç de fer res més que estar pendent dels seus capricis. Evidentment, no es queixaria per la feina, perquè era bo que Herihor hagués pres de nou el comandament i deixés de banda les batalles damunt d'un llit que era més perillós que el Nil ple de cocodrils.

Per això, quan va veure arribar Nenhere, que deia que volia parlar amb el general, la pell se li esborronà, va prémer els llavis amb preocupació i va fer un senyal als guàrdies perquè l'aturessin. Si Herihor li havia dit que ara no era moment per dedicar-se al plaer i que no volia ser molestat amb cap excusa ni sota cap circumstància, aquella ordre s'estenia a tothom, fos qui fos i vingués d'on vingués.

—M'envia la Divina Adoratriu —va fer Nenhere.

Uaraktir somrigué. No calia que digués de part de qui venia, ni que pronunciés el càrrec de qui l'enviava com si es tractés d'un salconduit que pot obrir totes les portes.

—El general ha donat instruccions precises de no ser molestat. Està molt enfeinat. Digues a la teva senyora, que ja hi anirà quan pugui —respongué Uaraktir, mirant de barrar el pas a aquella sacerdotessa, que havia rebut el càrrec i el títol per la gràcia de Tahme, que, si era Divina Adoratriu no l'hi devia precisament als déus ni als seus dots espirituals, sinó a altres virtuts més terrenals.

—Porto un missatge molt important i de la màxima urgència per a Herihor i no marxaré sense haver-li donat —digué Nenhere.

—Dóna-me'l a mi i m'encarregaré que li arribi —replicà Uaraktir—. Tens la meva paraula.

—No. L'hi haig de donar personalment al teu general —respongué Nenhere amb insolència, recalcant que Herihor era el seu general, per deixar ben clar que ella no parlaria amb un subaltern. I va intentar passar.

—Ja t'he dit que no pots parlar amb ell —repetí Uaraktir, i l'aturà de nou.

—I qui m'ho impedirà? Tu? —va fer Nenhere, desafiadora.

L'home de confiança de Herihor va copsar la determinació als ulls de la sacerdotessa, però no es va sentir gens impressionat. Ans al contrari: la va prendre pel braç, amb força, i l'obligà a dirigir-se cap a la sortida.

Ja anava a fer-la fora, quan al fons del pati es va obrir la porta de la sala del tron i aparegué Herihor.

Ja és mala sort!, exclamà Uaraktir al seu interior i s'afanyà a empènyer aquella serp verinosa, tal com la qualificava ell.

Nenhere, abans que Uaraktir l'obligués a creuar el piló d'entrada, va poder veure de refilada la figura del

140

general i va forcejar per escapar-se de la grapa que la immobilitzava, però Uaraktir la fermava i tibava amb energia. Llavors, ella es tombà i li mossegà la mà.

Uaraktir la deixà anar amb una forta empenta que la va fer caure a terra. En aquell instant Nenhere començà a cridar com una boja, omplint tot el pati de brams, com si l'estiguessin matant.

—Calla, malparida! —va fer Uaraktir i l'agafà pel coll.

—Què passa, aquí? —s'escoltà que feia la veu de Herihor, que s'atansava alertat pels crits de Nenhere.

—Res. Una boja, que no vol marxar —digué Uaraktir, mentre aixecava la dona i la prenia ben fort pel coll, per tal d'impedir que el tornés a mossegar.

—La Divina Adoratriu té un missatge urgent per a tu i vol que vagis a visitar-la —deixà anar Nenhere, tot d'una, amb la poca veu que li permetia la mà que li tenallava el coll.

—Ara no tinc temps —contestà Herihor, i es tombà per marxar.

—Estic molt amoïnada per ella —digué Nenhere, mentre mirava de desfer-se de les mans d'Uaraktir—. Fa tres nits que no dorm, perquè viu reclosa dins del temple i gairebé no menja.

El general s'aturà i la mirà, mentre aixecava la mà per tal que Uaraktir la deixés parlar.

—Li he dut aliments, però ella els rebutja i no deixa de repetir que ha de parlar amb tu.

Herihor es quedà pensarós.

—Segur que no és tan greu. Ja menjarà quan tingui fam —digué Uaraktir, amb una rialla forçada per causa de l'esforç que havia de fer per aguantar aquell escurçó que no deixava de moure's ni un instant.

—Has de venir o em temo que morirà —insistí Nenhere, sense fer cas de les paraules d'Uaraktir.

—Ja seguirem parlant després —digué Herihor, tot dirigint-se a Halep, que havia sortit amb ell i s'esperava a unes passes.

—No facis cas d'aquesta dona —va fer Uaraktir— Si vols hi vaig jo i...

—No —el tallà Herihor—. Hi aniré, veuré què passa i tornaré de seguida.

—Si hi vas, no et deixarà escapar tan fàcilment —digué Uaraktir.

—Què creus que em farà? Potser lligar-me de mans i de peus?—Herihor deixà anar una riallada.

—A una dona com aquesta no li calen cordes per lligar un home —digué Uaraktir, tot mirant Nenhere, que es deslliurà de les seves mans i el mirà amb ràbia.

—No siguis infantil! —Herihor continuà rient, agafà Nenhere pel braç i marxà.

Durant tot el camí Nenhere no havia deixat de parlar i parlar. No feia res més que repetir un i altre cop que estava molt amoïnada per la vida de Tahme.

Arribats al temple de Seti I, Nenhere el va conduir fins a la sala que albergava l'estàtua de Nejbet, la deessa voltor, protectora de l'Alt Egipte, i ella es quedà a la porta.

Herihor va entrar-hi. La sala només estava il·luminada per una llum tènue que procedia d'unes llànties penjades de les columnes i que creaven una atmosfera d'intimitat i de recolliment. El general va haver d'esperar uns instants, fins que els seus ulls s'habituessin a l'absència de la claredat del poderós sol d'Egipte. Llavors, va poder discernir les diverses figures que omplien tots els racons i la que presidia el centre.

Tahme romania agenollada davant la deessa Nejbet. Herihor s'hi atansà i la mirà. Ella tenia els ulls clucs i anava coberta només per un vestit de fil, molt lleuger. Tant, que fins i tot a la penombra de la sala es podia veure clarament que s'arrapava al seu cos com una segona pell, fins al punt que Herihor creia que gairebé es podia endevinar cada plec dels seus mugrons.

—T'he pregat que vinguessis perquè els déus m'han enviat un missatge —va fer Tahme, movent els llavis amb sensualitat, deixant que tremolessin i sospirant com si patís calfreds.

De sobte arquejà el cos enrere i va deixar escapar un gemec produït per un dolor imaginari que les seves mans van localitzar a la part baixa del seu ventre.

Herihor es va sentir trasbalsat, es plegà de genolls al seu costat i l'abraçà per evitar que caigués. El cos de Tahme es desmaià als seus braços i la seva boca va quedar a ben poca distància de la de l'home. Tan curta era que l'alè d'un i de l'altre es confonien. Ell no va poder resistir la temptació i la besà. Ella respongué al petó, però només amb els llavis, perquè els seus braços romangueren caiguts i tot el seu cos desmaiat. Després, quan ell apartà un xic el rostre, ella obrí lentament els ulls, apujà el cap i amagà la cara contra el pit d'ell, simulant una debilitat extrema, producte de la manca d'aliment.

—Els déus volen cridar-te, però tu no els escoltes —va dir, gairebé un murmuri—. Llavors em torturen a mi perquè saben que el meu amor per tu és infinit. I jo ho accepto de bon grat.

—Quin és el missatge? —demanà Herihor, encara més trasbalsat per les paraules d'aquella dona que s'oferia en sacrifici per ell.

—T'han triat per servir-los des del lloc més alt —digué Tahme, amb un fil de veu.

—Des de la cadira del summe sacerdot? —preguntà Herihor—. Un soldat convertit en el cap dels sacerdots? És absurd!

Tahme es va dur la mà al front i lentament recuperà l'energia, obrí els ulls i incorporà el cap.

—Els déus no paren de repetir-me que han mirat de parlar-te i que tu els rebutges, i m'ordenen que jo et faci arribar el seu missatge.

—M'han demanat un impossible. Que no ho entens? —respongué ell amb vehemència.

—Els déus mai no demanen impossibles. Només és que, de vegades, tenim por de fer el que hem de fer —digué ella.

—He lluitat contra exèrcits ben poderosos i mai no he reculat ni he tingut por, però no puc pretendre el lloc de summe sacerdot.

—I per això treballes dia i nit, incansable, per escapar del teu destí?

—No és cert. No és el meu destí, sinó un honor que no mereixo.

—Jo tampoc et mereixo i tanmateix m'he lliurat a tu —digué Tahme, i enfonsà el rostre en el pit de Herihor, mentre plorava.

El general, absolutament trasbalsat, sense saber què respondre ni què fer, es va quedar en silenci, abraçant-la amb força.

Finalment, la prengué en braços, s'aixecà i sortí d'allà. Era lleugera com una ploma i tan flexible que s'adaptava al seu pit com una segona pell, càlida i agradable.

Un cop fora, Nenhere se li aplegà.

—Com està? Es posarà bé? —va fer amb una veu que denotava una profunda preocupació.

Herihor va fer que sí, amb el cap, i va dur Tahme fins a les habitacions, on la diposità damunt del llit. En el moment de deixar-la, ella l'abraçava amb tanta força que ell va quedar agenollat al seu costat.

—Em quedaré aquí —va dir Herihor.

Llavors, Tahme el deixà anar, però seguí agafant-li les mans.

—No pots restar aquí —digué la Divina Adoratriu, i va fer esma d'empènyer-lo amb les mans cap a la porta, però sense deixar-lo anar—. Tens un deure i l'has de complir.

—No marxaré fins que no t'hagis refet i fins estar ben segur que els déus ja no et torturen —respongué ell, prengué les mans de la noia amb força i la besà als llavis amb tendresa.

Nenhere, a unes passes d'ells, es tombà cap a les sacerdotesses i va fer un gest amb el cap per indicar-les que allà hi havia massa gent, tot fent-les sortir. Quan totes havien sortit, ella tancà la porta, obrí el cofret que guardava damunt d'una taula, va treure una de les bosses de budell de cabra, s'atansà fins el llit de Tahme i la va deixar a prop de la mà de la Divina Adoratriu. Després es retirà, s'assegué en un racó des d'on ho podia veure tot i somrigué, mentre es fregava les mans.

*** ***

Pianj va bufar amb força. Ell també estava preocupat.

—Tres dies! Tres dies sencers, amb les seves nits. I havia dit que aniria a veure què passava i que tornaria de seguida —cridà Uaraktir.

—El temps passa i Ramsès aviat serà aquí —digué Halep—. No podem adormir-nos.

—Aniré a buscar-lo i l'arrencaré dels seus braços —intervingué Pianj.

—No caldrà —s'escoltà que feia la veu de Herihor, des de la porta de la sala.

—Per fi t'has escapat? —va fer Pianj, enfadat.

—El que va explicar Nenhere era cert. Em necessitava i ara ja es troba bé —respongué Herihor.

—No crec que... —anava a replicar Pianj.

—Per on hem de continuar? —preguntà Uaraktir, tallant l'inici d'una discussió que s'endevinava que podia ser molt llarga.

Ja havien perdut massa temps i ara que tot semblava tornar a la normalitat, havien d'anar per feina.

—Busca el millor arquitecte i porta-me'l. Però, sobretot, assegura't que és el millor en tots els sentits —ordenà Herihor.

—Què has pensat? Potser, un monument per commemorar la vinguda del faraó...? —demanà Uaraktir.

—Busca l'arquitecte i porta-me'l al temple de Seti I —repetí Herihor.

—Ara hi tornaràs? Que encara no n'has tingut prou? —demanà Pianj, obrint les mans amb els palmells enlaire.

—Quan has tastat el cel, la terra esdevé insulsa —respongué Herihor, enfadat. Ja n'hi havia prou, d'aquell color. I se n'anà.

—El cel... —va fer Pianj, i assentí lentament amb el cap. Llavors, murmurà—: El *shedeh* primer enlaira i anima, però si segueixes bevent, l'endemà no saps ni on tens el cap. I Tahme és pitjor que cinquanta nits de celebracions, l'una darrere l'altra.

Uaraktir va recórrer tot Tebes per preguntar a tothom qui era el millor arquitecte d'aquelles contrades, i va seguir buscant pertot arreu fins que va trobar que les veus coincidien. Si volia el millor de tots els constructors, havia de trobar Sharek, un sacerdot del temple d'Amon, dins de Karnak. Aquell home tenia fama de ser molt intel·ligent i d'haver contribuït a la construcció de molts monuments. Ell era la persona que buscava. Sens dubte.

No va ser difícil localitzar Sharek. Tothom el coneixia. Uaraktir va interrogar els homes que ocupaven la plana que hi havia entre el temple de Jonsu i el d'Amon, on centenars d'obrers, enmig de la pols, picaven la pedra que després col·locarien, i li van anar indicant per on havia de buscar.

Es va desplaçar entre aquell exèrcit d'operaris, escoltant el soroll cadenciós dels martells, fins que algú li va assenyalar un home d'uns quaranta anys, alt, prim i amb un crani ben dibuixat. S'hi va atansar i va descobrir que tenia uns ulls profunds, un nas lleugerament corbat, uns llavis molsuts i una barbeta que donava idea clara de la seva ferma voluntat. Estava dempeus en un racó de la sala hipòstila amb uns papirs a la mà, observant les columnes que estaven restaurant.

—Ets tu, aquell que anomenen Sharek, i que és arquitecte? —demanà Uaraktir.

—M'anomenen Sharek. És cert —respongué l'home amb un somriure—. Però no sóc arquitecte.

—No? —va fer Uaraktir, amb estranyesa.

—Faig d'arquitecte. Perquè el fer és circumstancial, mentre que el ser és substancial —va dir Sharek.

Uaraktir va mirar aquell home als ulls. No era moment per discussions filosòfiques.

—És tu o no ets tu, qui dirigeix aquestes obres? —
va fer.

—Sí, sóc jo —afirmà Sharek.

—Llavors, sent o fent d'arquitecte, més ben igual,
tu ets la persona que busco. Acompanya'm —ordenà
Uaraktir.

Mentre es dirigien camí del temple de Seti I, a les
habitacions privades de Tahme, on el general semblava
fer més vida que no pas fora, no van parlar, però Uaraktir
no va deixar d'observar aquell home. Caminava amb
seguretat i els seus moviments eren elegants. Tot i que el
pas que duien era viu, juraria que no li calia fer cap
esforç, perquè la seva respiració ni s'alterava.

Quan van arribar a presència de Herihor, Uaraktir
va veure que Sharek era una mica més alt que el general.
I també es va adonar que ambdós tenien una barbeta
quadrada i poderosa que denotava una voluntat ferma i
decidida. Uaraktir va tenir la sensació que aquells dos
homes s'havien d'entendre de seguida.

—Si haguessis de construir un amagatall per
encabir-hi tots els sarcòfags que hem trobat, quin lloc
trairies: la Vall dels Reis o la de les Reines? —demanà
Herihor.

—Ni l'una ni l'altra —respongué Sharek—. Més
aviat els amagaria darrere del temple de Hatshepsut.
Excavaria un pou ben fondo, dins la roca, i al final hi
posaria una sala ben gran.

—Per què darrere del temple de Hatshepsut?

—Suposo que ja t'has adonat que per preservar la
Vall dels Reis has de situar soldats a les portes i a dalt de

cadascun dels turons que l'envolten. En cas contrari, els lladres arribaran i s'ho enduran tot. I el mateix passa amb la Vall de les Reines. No hi ha cap mur que ho impedeixi i qualsevol pot accedir a ella només donant la volta per la muntanya —explicà Sharek—. En canvi, el temple de Hatshepsut té a la seva esquena una muralla natural que poden baixar, però que difícilment pujaran, i menys carregats. De manera que només guardant la porta en tens prou.

Sharek semblava intel·ligent, escoltava amb molta atenció i responia amb precisió, va pensar Herihor.

—Fes construir aquest pou i posa-hi tots els sarcòfags que hem trobat i que hem aplegat al temple de Ramsès III, i la teva recompensa serà gran —digué Herihor.

—Puc triar homes que no siguin d'aquí per fer la feina?

—Per què vols triar homes que no són d'aquí?

—Imagino que tu vols que el treball es faci ràpid. No és així?

—Ha de començar ara mateix i està enllestit el més ràpid que puguis —respongué Herihor—. Abans que no arribi el faraó —afegí.

—Si vols que ho faci de pressa, no tindré prou homes amb els que hi ha a la Vall dels Artesans, que encara trigarà temps a tornar a omplir-se. De manera que haig de buscar més braços, Però, si després no es volen quedar i, seguint el costum, els haig de fer matar per tal de preservar el secret, no vull tenir l'odi de ningú d'aquí i haver de dormir per sempre més amb una espasa a la mà —respongué Sharek.

Herihor el mirà als ulls i somrigué.

—Ets prudent i intel·ligent, però no sé si t'adones que m'acabes de donar una idea que, fins i tot, puc utilitzar amb tu.

—Si t'he donat una bona idea, te'n puc donar d'altres. Si m'has vingut a buscar, significa que possiblement tinc alguna virtut que t'és útil. Mataria un home assenyat a qui li és útil i li pot oferir més idees? —Sharek li tornà el somrís.

—No, a menys que no pugui confiar en ell.

—L'obra que m'has demanat no es farà en dos dies. Per tant, disposo d'una mica de temps per demostrar-te la meva lleialtat. Després, qui mana decidirà amb justícia i amb seny.

Tenien raó els que deien que era un home intel·ligent. Sens dubte, Uaraktir havia trobat el millor de tots els constructors. Només quedava una prova per passar.

Lentament, Herihor es tombà cap al racó des d'on Tahme els observava en silenci, va caminar unes passes, com si reflexionés, i en arribar davant de Tahme, la mirà i va fer un moviment d'ulls, sense bellugar el cap, tot senyalant Sharek. Acte seguit va aixecar les celles i es quedà esperant una resposta. La Divina Adoratriu somrigué, va mirar Sharek, després tornà a mirar Herihor, va tancar les parpelles i va fer un lleuger, gairebé imperceptible, moviment afirmatiu amb el cap. El general es va tombar de cop, simulant que havia rebut una inspiració.

—A partir d'ara i fins que no decideixi el contrari, en aquest afer manes tu —va fer Herihor—. Pots triar qui vulguis que, com molt bé has dit, al final seré jo qui decidirà.

—Gràcies —Sharek li dedicà una reverència i abandonà la sala.

—Et felicito, Uaraktir —digué Herihor, dirigint-se al seu home de confiança, mentre contemplava Sharek que marxava—. Aquest home ens serà ben útil per poder fer fora els antics costums i crear una nova administració.

—Amenhotep ha demanat de parlar amb tu —informà Uaraktir—. Li dic que estàs ocupat?

—No. És un home molt gran, ha acumulat molta experiència i ara, malgrat que el seu cap ja no és el que era, mereix tot el nostre respecte. Fes-lo venir.

—Podries restituir-li el càrrec i així, quan vingui el faraó, ara que Tebes ja està pacificat, podrem tornar a Tanis.

Herihor somrigué.

—Ja vaig discutir aquest punt amb Amenhotep i vam quedar entesos. Ell s'ha retirat i, malgrat que vingui el faraó, encara quedarà molta feina per fer. El que ara em vol demanar és que li canviï les terres que li he assignat. No li acaben d'agradar —digué Herihor, i somrigué.

Uaraktir assentí i també va sortir d'aquelles habitacions. Ell sí que havia estat al cas de la mirada que s'havien dirigit, Tahme i el general. L'home de confiança de Herihor era ben conscient que ja feia dies que durava aquella història, entre aquell parell. Tanmateix, tenia prou clar que el seu superior podia fer el que volgués i que no era de la seva incumbència si s'escalfava en un llit o bé en un altre. El que li preocupava era que el general, per prendre una decisió, consultés una dona. Mai no ho havia fet. Ni amb Nodime! De manera que allò podia resultar força perillós, perquè Tahme no es conformaria amb les engrunes i de mica en mica estendria el seu poder.

*** ***

A Egipte, la retirada de les aigües marca l'inici del cultiu dels camps. La terra, després d'haver estat submergida durant uns mesos, apareix fèrtil i qualsevulla llavor fructifica. És una època que tots els treballs s'alenteixen i finalment s'aturen per poder dedicar tots els esforços a aconseguir el gra, la fruita i les verdures que serviran per omplir els magatzems fins dalt de tot.

Herihor va veure com la gent abandonava les obres per dirigir-se als camps. Tanmateix, també va veure que algunes obres prosseguien sense interrupció, tot i què a un ritme més baix. Llavors va cridar Uaraktir i Sharek i els va rebre a la terrassa de les habitacions de Tahme, amb la Divina Adoratriu asseguda al seu costat.

—Per què tots els obrers que treballaven al pou han marxat? —demanà.

—És hora de llaurar els camps, hi ha feina per a tothom, és a l'aire lliure i paguen un bon jornal —digué Sharek.

153

—I és clar —va fer Herihor, acceptant l'explicació de l'arquitecte.

—Llavors, com és que hi ha tombes a la Vall dels Nobles que segueixen construint-se? —intervingué Nenhere, que s'estava dreta al costat de Tahme.

L'arquitecte la va mirar, i després mirà Herihor, que va aixecar les celles tot demanant-li una resposta.

—Hi ha nobles que paguen molt bé —respongué Sharek—. I els obrers volen cobrar.

—Tothom que no treballi els camps, treballarà per mi. Pagaré el mateix que estiguin cobrant ara —digué Herihor—. Fes-ho saber.

—I si els nobles apugen el preu...? —demanà Sharek.

—No puc ni vull entrar en una disputa de preus —medità Herihor.

—Ni tan sols no has de perdre el temps —digué Tahme, amb un somriure— Seria tant com acceptar que un noble pot discutir les ordres de qui mana de debò.

Herihor es va quedar mirant Tahme. La Divina Adoratriu tenia raó: governar vol dir que tothom sap qui mana i quan ha d'obeir.

—Si el que té els obrers apuja el preu, talleu-li una mà. I si torna a pujar el preu, talleu-li l'altra. Llavors, sense mans, no podrà pagar. Fes-ho saber a tothom —digué el general, prengué la mà de Tahme i l'hi besà.

Sharek dedicà una reverència a Herihor, després una altra a Tahme i finalment una mirada a Nenhere.

Uaraktir va copsar el gest de Sharek. Aquella dona, que abans s'asseia i no badava boca, ara era al costat de

Herihor i fins i tot la seva serventa es permetia el luxe de parlar. No era d'estranyar que Sharek li hagués dedicat una reverència. Cada cop tothom tenia més clar que, si tot seguia igual, les que acabarien manant de debò serien la Divina Adoratriu i la seva serp verinosa, i no pas el general.

Tanmateix, Uaraktir, per la seva banda, tot i que va dirigir una mirada prou significativa a Nenhere, no va dedicar cap reverència a Tahme. Una cosa és copsar un perill i una altra, de ben diferent, acceptar-lo com un fet inevitable.

Aquella tarda Uaraktir va parlar amb Pianj, que també li confessà la seva preocupació. Pensava com ell i també havia arribat a la conclusió que aquella relació ja començava a resultar més que perillosa.

—Potser hauríem de fer alguna cosa —digué Pianj.

I Uaraktir assentí en silenci. Segur que havien de fer alguna cosa! El problema era saber què podien fer.

Les ordres de Herihor es compliren immediatament i els soldats van anar a buscar tots els obrers que no treballaven al camp, els preguntaren quan cobraven i se'ls endugueren.

Cap noble no va protestar, els obrers acceptaren l'oferta de Herihor i els treballs es reprengueren amb celeritat. Cada cop estava més a prop l'arribada del faraó.

Les notícies apuntaven que la seva sortida de Tanis era imminent.

1.7 – EL VIATGE DEL FARAÓ

No hi ha res pitjor que una estúpida capriciosa que, a més, és reina.

Això és el que pensava Nodime quan es dirigia a casa de Tentamon. Caminava de pressa, amb energia i certament furiosa. Baketourel, en el darrer instant, havia decidit que no acompanyaria Ramsès en aquell viatge Nil amunt, fins a Tebes. Tots els vaixells carregats, tot a punt per desplegar veles i salpar i la reina, que s'havia llevat de mala lluna, va ordenar que descarreguessin el seu equipatge.

—Va prometre que hi aniríem —li havia recordat Pinediem amb cara trista.

No calia que ho fes! Nodime sabia molt bé què havia promès la reina! I sabia moltes més coses.

—Vindràs amb mi —li havia dit quan ella li va demanar permís per marxar i reunir-se amb el seu marit.

Tanmateix, ara, ningú no podia marxar. La reina s'havia enfadat. Per què? Perquè Ramsès volia sortir el més aviat possible i no volia esperar fins que haguessin acabat les festes dedicades a Bastet.

S'aturà un instant per poder respirar i recuperar l'alè. Estúpida reina! Que no se n'adonava que allò era justament el que desitjava Ramsès? Tothom sabia que Baketourel mai no es perdria la festa dedicada a Bastet, la deessa de les embarassades, de les malalties i dels dimonis, que va néixer a Bubastris i que es va estendre de seguida per tot Egipte. A ningú no li estranyava tanta devoció, si tenia en compte que durant aquestes celebracions era costum que beguessin i beguessin fins acabar tots borratxos per donar les gràcies a una divinitat tan amable. I la reina no era una excepció.

Com s'ho manegaria, ara, per poder anar a Tebes? Perquè, evidentment, si Baketourel no hi anava, ni Tentamon ni ella hi anirien. S'havien de quedar per fer-li companyia. Companyia...? A aquella idiota...?

Parlaria amb Tentamon i li diria que... No! S'havia de calmar. No podia insultar la reina. Una cosa era parlar del seu germà i dir tot allò que li vingués de gust, però no era el mateix emprar segons quina paraula per definir o qualificar Baketourel. Aquí s'imposava la diplomàcia.

Potser Ramsès era curt d'enteniment, però no pas completament idiota. El seu rostre havia reflectit la gran satisfacció que li havia produït la decisió de la Gran Esposa. I no havia trigat ni un instant a donar l'ordre perquè desembarquessin tot l'equipatge de la reina i el duguessin a palau. Marxaria tot sol. Evidentment, no li podia haver sortit millor! Exclamà Nodime, ben enfadada.

Tentamon l'ajudaria a convèncer la reina, meditava Nodime. Smendes acompanyava el faraó i aquests viatges significaven celebracions, festes, cerimònies, vestits, joies i regals. No s'hi podia negar. Sobretot si, a més, aconseguien marxar sense la reina.

Va arribar a la porta de la casa de Tentamon mentre recordava la promesa que havia fet a Pinediem.

—Hi anirem. D'una manera o d'una altra, però hi anirem. Pots estar ben segur.

I per tal de deixar prou clara la seva determinació, havia donat ordre que no desfessin l'equipatge.

I tant que hi anirien! Ja eren massa nits amb el mateix somni. Herihor la necessitava, perquè estava en perill.

*** ***

La carta del faraó va arribar uns dies més tard. En ella anunciava que quan la rebessin ja hauria sortit camí de Tebes.

Herihor tan bon punt la va llegir es va reunir amb Pianj i Uaraktir per comprovar com avançaven els preparatius i per determinar on i com havien de rebre Ramsès.

Després d'analitzar les diverses alternatives, convingueren que el més adient era que desembarqués davant del temple de Luxor, on l'esperarien per obsequiar-lo amb tots els honors deguts a un representant dels déus. Allà posarien a la seva disposició tot el que calgués perquè fes l'ofrena a Amon-Ra.

Aquella mateixa tarda va sortir un missatger cap al nord amb una carta on s'explicaven els detalls de la cerimònia. Segurament atraparia els vaixells del faraó quan encara no havien fet ni un terç del viatge, perquè Ramsès remuntaria el riu lentament i s'aturaria a totes les ciutats que trobés pel camí. Feia tant de temps que no visitava el país que no podia privar els seus súbdits de la joia de gaudir de la seva presència. A més, ho podria fer sense haver de patir amb la companyia de Baketourel. A la carta deia que venia tot sol...

De tota manera, ja no disposaven de gaire temps. Herihor ordenà que part dels obrers abandonessin les seves tasques i es dediquessin a netejar i pintar el primer piló de Luxor, a restaurar la sala hipòstila i a repassar els colossos de Ramsès II; una altra part netejarien tot el camí que conduïa fins a Karnak per tal que un carro hi pogués passar sense patir cap entrebanc; un tercer grup treballaria per preparar el temple d'Amon a Karnak; la població hi contribuïa netejant les seves cases i carrers i buscant motius de decoració i de benvinguda; i, finalment, l'últim contingent d'obrers seguiria les instruccions de

Sharek per enllestir la cova que estaven excavant darrere del temple de Hatshepsut.

A partir d'aquell moment, la ciutat sencera, d'un extrem a l'altre, s'hi abocà en els preparatius del que havia de ser el major esdeveniment de les darreres dècades i la pau i el silenci dels carrers d'una ciutat dedicada al culte fou substituïda per un bullici tan gran que semblava que tots els mercats de Tanis s'havien traslladat a Tebes.

Herihor acabava molt tard i moltes vegades es quedava a dormir al palau de Ramsès III. Tahme havia mirat de convèncer-lo perquè traslladés el seu despatx a les dependències del temple de Seti I, però el general volia prendre les decisions a prop del lloc on havia tingut la visió, a la sala hipòstila del temple de Ramsès III, entre els sarcòfags que havien rescatat de la Vall dels Reis. I davant d'aquest argument, Tahme no va poder fer res per evitar que la quantitat de visites per part de Herihor disminuís de forma ostensible.

—Per què no haig d'anar a viure al palau de Ramsès III? —demanà Tahme una nit.

—Això no ho has de fer mai —respongué Nenhere, negant amb el cap—. Què hauria passat si no haguessis seguit les meves instruccions, quan te'l vaig portar al temple?

—No crec que calgués enganyar-lo d'aquella manera, tot fent-li creure que els déus m'havien parlat.

—Però, què dius, criatura? ¿Que no te n'adones que aquesta representació teatral t'ha permès dominar-lo? Segueix així i mai no et rebaixis davant d'un home.

—Em sento molt sola, sense ell —es queixà Tahme.

—Vols que aquesta nit em quedi amb tu? —demanà Nenhere

—No —contestà Tahme.

Nenhere s'atansà per l'esquena i posà les seves mans damunt les espatlles de la Divina Adoratriu per iniciar un massatge, però Tahme se la tragué del damunt i sortí a la terrassa. Llavors, Nenhere premé els llavis, creuà les mans davant del pit i abandonà les habitacions.

Un matí la Divina Adoratriu ordenà que li preparessin la llitera. Volia anar al temple de Hatshepsut. Sabia que el general el visitava cada dia per comprovar la marxa dels treballs que hi tenien lloc. Sharek dirigia l'excavació de la cova que seria la llar que acolliria els sarcòfags que esperaven al temple de Ramsès III.

Dalt de la llitera anaven Tahme i Nenhere. Les altres sacerdotesses i els servents caminaven al darrere. Quan ja eren a prop, Tahme va fer que un dels servents s'avancés per comunicar la seva arribada.

El criat va sortir cames ajudeu-me, va pujar les dues rampes fins desaparèixer i va tornar de seguida.

—Herihor ha vingut més d'hora del que té per costum i ja ha marxat —informà entre esbufegades.

Tahme se sentí molt contrariada i donà l'ordre de tornar al temple de Seti I. Tanmateix, Nenhere baixà de la llitera.

—Què fas? —demanà Tahme.

—Jo vindré mes tard —digué Nenhere, amb un somriure prou significatiu.

Tahme la mirà i no va dir res. Només assentí i després ordenà que aixequessin la llitera i marxessin.

Nenhere arribà fins a la porta dels jardins.

—On és l'arquitecte? —demanà als guàrdies.

—Ocupa una petita dependència al costat de la capella d'Anubis —l'informà un dels soldats.

Nenhere travessà els jardins, pujà la primera rampa, tombà a la dreta només passar pel costat del primer estany i enfilà cap al nord per dirigir-se a la zona dels despatxos del temple. Just a la porta, demanà per l'arquitecte a un obrer que sortia en aquell moment. Aquell home li indicà el camí de l'estada on treballava Sharek, i ella s'hi dirigí.

Es tractava d'una habitació que donava al primer pati del temple, el que albergava els tres estanys, no gaire espaiosa però ben il·luminada. Al mig hi havia una taula plena de papirs i dibuixos.

Nenhere hi entrà i Sharek, en veure-la, s'apartà de la taula i li dedicà una petita reverència amb el cap.

—Estàs fent una bona tasca —lloà Nenhere el treball de l'arquitecte, després de tafanejar els dibuixos.

—Sempre procuro seguir les ordres el millor que puc —respongué ell.

—Abans no era ben bé així —somrigué ella.

163

—L'experiència ensenya i Herihor no és Penehasi —li tornà el somrís.

—Cert. No són iguals. Amb aquesta idea d'excavar una tomba per guardar els sarcòfags, Herihor sembla més un sacerdot que no pas un guerrer.

Sharek no badà boca, malgrat que Nenhere esperava una resposta.

—M'han dit que de vegades es comporta d'una manera si més no curiosa, quan baixa a la cova per controlar els treballs —seguí explicant Nenhere—. Diuen que s'hi queda força estona i que respira d'una forma estranya, com si estigués apamant cada racó i comprovant si el lloc és agradable. També diuen que un dia, a palau, els guàrdies el van veure entrar a la sala hipòstila del temple de Ramsès III, on s'hi guarden els sarcòfags reials, i després el van veure sortir caminant amb lentitud, com un sacerdot. I, a més, expliquen que duia penjat al coll el collar d'Amon.

—Si tu ho dius, deu ser cert —respongué Sharek.

—Si ell fos summe sacerdot de Tebes, esdevindria el Primer Profeta d'Amon i bé necessitaria un Segon, un Tercer i un Quart Profetes —reflexionà Nenhere en veu alta, callà un instant, desvià la mirada, com si contemplés els murs de pedra de la muntanya, i abaixà la veu—: Jo podria suggerir-li algun nom... si... sabés que qui ha de rebre aquest honor ha après la lliçó i ha esdevingut algú agraït.

—L'experiència ensenya que en aquesta vida cal saber qui pot fer-te un favor i a qui se li ha d'estar agraït.

Nenhere somrigué, assentí i marxà. Després, naturalment, de dedicar-li una llarga i significativa mirada, que Sharek va aguantar sense moure un sol múscul.

Dos dies abans de l'arribada de Ramsès, Herihor va dormir al temple de Seti I, però malgrat que Tahme s'encarregà que acabés prou esgotat per dormir profundament, al matí es llevà neguitós. Alguna cosa no anava com havia d'anar, no parava de repetir.

—La cova és gairebé a punt, mai no havia vist la ciutat de Tebes com ara, Luxor llueix en tota la seva esplendor, els treballs de Karnak han avançat més del que podies desitjar i el palau de Ramsès III està preparat per rebre el faraó. Ningú, en tots aquests anys passats, ha fet tant com tu. Què és el que et preocupa, llavors? —li demanà Tahme, al matí, quan s'havien llevat, mentre Nenhere ordenava que preparessin la roba de la Divina Adoratriu.

—He tingut un somni molt estrany —explicà ell—. Veuràs: jo estava enmig de la ciutat i els carrers eren plens de gent, el faraó era lluny i somreia, mentre que jo em sentia cansat, esgotat i amb la respiració alterada, com si hagués corregut una llarga distància. Allà, en el meu somni, he intentat seguir avançant, però les cames no em responien i se enrigidien, eren gairebé impossibles de moure. No obstant això, encara he fet esforços, que m'han semblat immensos, i he aconseguit caminar alguna passa. Tanmateix, de sobte s'ha fet fosc, la gent ha marxat i m'he quedat tot sol. He aixecat els ulls i he vist que un gegant, que tapava la llum del sol, es dirigia cap a mi. Cada cop m'he sentit més i més petit i he sabut que el gegant volia aixafar-me. He mirat de fugir, però les cames cada cop esdevenien més feixugues. Quan el seu enorme peu queia damunt del meu cap, que jo intentava protegir amb les mans, m'he despertat suant.

—I què creus que significa?

—No ho sé.

Nenhere, dempeus al costat de Tahme, seguia el fil de la conversa sense badar boca.

Durant el matí es van rebre notícies que corrien entre els pescadors. Deien que ja havien vist l'estol del faraó que pujava pel Nil i s'aturava a Dendera, última etapa del seu viatge abans de Tebes. De manera que tot anava segons el que havien previst i al cap d'un parell de dies, a tot estirar, seria allà.

Per la tarda Herihor va anar a veure Sharek. Tal com li havia ordenat el general, havia aconseguit enllestir la feina abans d'allò que havien previst. Van visitar la cova i després es van reunir a la sala on Sharek guardava els dibuixos per acabar de discutir els detalls de la cerimònia que, si tot anava bé, l'endemà al vespre, abans no arribés el faraó, serviria perquè els sacerdots d'Amon transportessin els quaranta sarcòfags rescatats de les tombes profanades i els dipositessin a la cambra que hi havia al final del pou. Aquell seria un bon regal de benvinguda per a Ramsès XI.

Quan tot just havien començat a parlar, va entrar un guàrdia.

—La Divina Adoratriu és aquí, senyor —anuncià.

—Fes-la passar —ordenà el general.

Tahme va aparèixer acompanyada de Nenhere. Ell la va rebre amb una abraçada i un petó a la galta.

—Sharek ha aconseguit acabar la cova —anuncià Herihor, tot mostrant el dibuix que hi havia damunt la taula.

—És un home molt diligent —digué Tahme, i dirigí un ampli somriure a Sharek, que l'hi agraí amb una petita reverència amb el cap.

—Un gran arquitecte —lloà Herihor.

—Que també va ser deixeble de Nadhetep —va dir Tahme, sense donar-li major importància.

—Va ser un gran mestre per a mi —respongué l'arquitecte, sorprès, i va llençar un esguard a Nenhere.

Podria haver afegit que Nenhere també havia estat alumna de Nadhetep, però la mirada d'aquella dona i la seva prudència el van convidar a callar.

—Segons tinc entès, tu demostraves unes qualitats més que dignes i eres capaç d'interpretar qualsevol somni —prosseguí Tahme, i Sharek es posà tens.

—És cert? —demanà Herihor.

—Si més no, ho era. Però ja fa molt de temps i potser me n'he oblidat —digué Sharek.

—Aquesta nit he tingut un somni ben curiós, i no sóc capaç d'interpretar-lo —digué Herihor—. Potser el voldries escoltar?

—Segur que sí —va fer Tahme.

Sharek la va mirar, després va mirar Nenhere i finalment mirà Herihor i assentí. No li quedava altre remei...

El general li va explicar el somni i, en acabar, Sharek li va formular unes preguntes sobre detalls que al general li van semblar banals, però que va contestar amb la màxima precisió.

—Que els carrers fossin plens de gent es pot interpretar com la rebuda que Tebes ha de fer al faraó. És simplement el reflex del teu neguit perquè tot quedi bé —digué Sharek—. Però que el faraó fos lluny és un detall que, possiblement, significa que ell i tu us trobeu distanciats per alguna raó —va fer, i Herihor assentí lentament—. Tanmateix tu vols reconciliar-te amb ell i has fet molts esforços per aconseguir-ho. Els quaranta sarcòfags que demà dipositarem a la cova que hem excavat a la muntanya Tebana és la prova més evident del teu desig d'acabar amb una situació que t'incomoda. Però, per més que ho intentes, sembla que et resulta impossible i ja et sents esgotat, fins al punt que les cames es neguen a seguir caminant. Tot i així, encara t'hi esforces, sense adonar-te que la reconciliació no és a les teves mans, perquè algú, que tu veus com un gegant, però que possiblement només ho és dins del teu cap, s'interposa entre tu i la claredat, ho enfosqueix tot i de mica en mica i fa més i més petit als ulls del faraó i, si pot, t'aixafarà.

—Una molt bona interpretació —va fer Nenhere, tot dirigint a Sharek un somriure—. Ningú no ho hauria pogut fer millor.

168

En aquell instant va entrar un servent per anunciar que havien arribat uns sacerdots d'Amon.

—Els he dit que vinguessin a avisar-me quan tot fos a punt. Ara, si m'ho permets, marxaré amb ells per comprovar que demà no fallarà res i que podrem traslladar els sarcòfags sense cap entrebanc —es disculpà Sharek, i marxà.

Quan Sharek havia sortit, Tahme mirà Herihor als ulls i només va pronunciar una paraula:

—Smendes.

I el general assentí amb un sol cop de cap, mentre premia els llavis. De vegades creia que aquella dona era capaç de llegir-li els pensaments.

Tahme mirà Nenhere, que somreia beatíficament. Tot havia sortit tal com aquella dona havia planificat.

*** ***

La llarga processó de sarcòfags va recórrer la distància que separa Medinat Habu del temple de la reina Hatshepsut i va arribar a l'avinguda dels esfinxs i dels obeliscos que apunta cap a l'oest just quan el sol començava a amagar-se darrere de la muntanya Tebana, moment que havien triat perquè significava el pas de la llum del sol a la foscor de la nit, del món dels vius a l'univers dels morts.

Halep marxava al capdavant. Darrere seu caminaven Herihor, Pianj i Uaraktir i immediatament després la Divina Adoratriu i les sacerdotesses del temple de Seti I que entonaven càntics. Finalment venia la llarga processó de sacerdots que carregaven a les seves espatlles els quaranta sarcòfags.

Amb assajada lentitud, la processó creuà el fastuós jardí i es dirigí cap a la rampa que pujava fins a la primera terrassa, on els petits estanys d'aigua permetien purificar les ànimes i fer-les entrar en harmonia amb el més enllà. Després la llarga fila de sacerdots accedí a la segona terrassa, però no va entrar al pati en forma de porxo que és l'avantsala del santuari d'Amon, sinó que Halep tombà a la dreta i es dirigí cap a la rampa de fusta que Sharek havia ordenat construir per accedir al peu de la muntanya, on havien excavat una porta que tot just permetia passar els sacerdots arrossegant els sarcòfags, davant de la que els esperava l'arquitecte.

Tot havia estat perfectament calculat per disposar de l'espai útil just i necessari. Ni més ni menys.

Tahme i el cor de sacerdotesses es van quedar fora, entonant melodiosos càntics, mentre els sacerdots anaven introduint els sarcòfags, l'un darrere l'altre, per l'estret forat.

Un cop traspassada la boca, els sacerdots podien posar-se dempeus, perquè l'altura pujava fins a quatre *mehs*. Llavors apareixia una cambra quadrada de set *mehs* de costat, al fons de la qual, al terra, hi havia l'obertura d'un pou que feia tres *mehs* d'amplada per sis d'allargada. Damunt del forat, cinc fustes en forma de cavallet permetien que quatre sacerdots, amb l'ajut de quatre cordes i una taula, poguessin baixar els sarcòfags per la boca del pou fins a una altra cambra de generoses dimensions, on altres quatre sacerdots anaven dipositant els sarcòfags en perfecte ordre.

Sharek va dirigir tot el procés, però Herihor va seguir amb tot detall cadascuna de les operacions i va baixar a la cambra del fons del pou per comprovar que tot s'havia fet segons les seves ordres, i no va quedar satisfet fins que va contemplar els sarcòfags afilerats damunt dels pedestals que els obrers havien anat deixant sense excavar, en forma de taules que emergien del terra de la cova. Uaraktir, al seu costat, feia cara de cansat.

Un cop tots els sarcòfags van quedar instal·lats, Halep va iniciar el ritual de l'ofrena i va dipositar les gerres d'aigua i els recipients carregats amb cereals als peus de cadascun dels pedestals. Després, lentament, va anar recorrent els estrets passadissos que els obrers havien excavat entre els pedestals i a cada encreuament encetava una oració per demanar la protecció d'Osiris, d'Anubis, d'Isis, de Nejbet, de Maat i de Tot. Finalment, quan va haver acabat el recorregut, s'aturà a la boca de la cova i demanà la protecció d'Amon.

—Que surti tothom —ordenà Herihor, un cop acabada la cerimònia.

Halep i els sacerdots van ser elevats amb la taula lligada a les cordes i dins la cambra només restaren Uaraktir i Herihor.

—Fes que marxi tothom i després torna. Jo em quedaré aquí i ja t'avisaré quan desitgi sortir —digué el general.

—Pensa que el faraó arriba demà i que has de descansar.

—No t'amoïnis, que hi haurà temps per a tot —li contestà Herihor i l'empenyé amb suavitat cap a la taula lligada a les cordes.

Uaraktir assentí, s'assegué a la taula i tibà lleugerament d'una de les cordes. La taula es posà en moviment i va anar pujant fins a la boca del pou. Quan va arribar, sortí a l'exterior.

—Herihor es queda aquí —anuncià.

—L'esperaré —digué Tahme.

—Em temo que passarà tota la nit dins la cova, perquè ha ordenat que Sharek t'acompanyi i que després es retiri a descansar —explicà Uaraktir.

—És millor que marxem a dormir. Demà serà un dia molt llarg —va fer Nenhere, i s'endugué la Divina Adoratriu.

Tothom va marxar, excepte Uaraktir, els quatre sacerdots que hi havia dins la primera cambra i els soldats que feien guàrdia davant la porta de la cova.

Uaraktir s'assegué en un racó, ben a prop de la boca del pou, i es disposà a esperar. L'única cosa que podia fer era resar i demanar que la nit no fos massa llarga.

L'endemà, a primera hora del matí, quan tot just despuntava el sol, es va sentir la veu de Herihor que sorgia del fons del pou. Uaraktir, que s'havia quedat adormit, es despertà i va veure els quatre sacerdots estirats al terra i també ben adormits. Badallà amb força, s'espavilà, s'aixecà, despertà els sacerdots i els ordenà que pugessin la taula.

—Has trigat molt —va dir, quan va veure el cap del seu general—. El sol ja ha sortit i Ramsès arribarà cap al migdia.

—De vegades les veus no s'escolten amb claredat i cal fer la mateixa pregunta més d'un cop —respongué Herihor.

Uaraktir va copsar en els ulls del general una brillantor com mai no l'havia vista. Segur que no havia dormit en tota la nit i, tanmateix, no feia cara de cansat, sinó que semblava haver rejovenit. Llavors es va adonar: Herihor duia penjat al coll el collar del summe sacerdot de Karnak!

De sobte, va sentir un calfred, com si una ràfega de *hawa*, el vent fresc del desert, s'hagués aixecat de cop i l'hagués envoltat, i va observar les parets d'aquella cova tot buscant d'on podia haver sorgit aquella alenada.

—Et trobes bé? —demanà Herihor, quan ja era al seu costat.

—Sí —respongué Uaraktir, sense gaire convenciment—. I tu? —preguntà.

—Anem, que queda molta feina per fer —ordenà Herihor i s'ajupí per passar per la petita porta i sortir a la llum del dia.

Un cop fora, es dirigiren a Palau. El general caminava de pressa. Uaraktir anava al seu costat. Els soldats els seguien. Ells tampoc no havien dormit en tota la nit i estaven cansats.

—Ves a buscar Pianj i veniu a palau. Hem de parlar del que passarà avui —digué Herihor.

Uaraktir obeí i va anar a buscar Pianj. Quan van arribar a la sala del tron, el van trobar reunit amb Sharek, que en aquell instant prenia notes del que li dictava el general. I se sorprengueren de valent, perquè Herihor no anava vestit com un soldat, sinó com un sacerdot, i Uaraktir va veure que encara duia penjat el collar del summe sacerdot.

—El piló contindrà una petita cambra que... —explicava Herihor quan van entrar Pianj i Uaraktir.

Semblava talment que res no tingués importància, excepte aquell nou projecte del qual parlava amb l'arquitecte.

Pianj s'atansà.

—Hem de preparar-nos, perquè el faraó és a punt d'arribar —va fer.

Herihor deixà de parlar amb Sharek i mirà el seu gendre. Llavors, apartà els dibuixos que tenia al davant i que Uaraktir ja havia endevinat que es tractava del temple de Jonsu, a Karnak.

—Us he cridat per comunicar-vos que hi haurà algun canvi en la cerimònia de rebuda del faraó —va fer.

Sharek recollí els papirs i va fer esma de marxar.

—El que haig de dir, tu també ho pots escoltar —digué Herihor, i després es dirigí als altres dos—: Quan arribi Ramsès, tu, Pianj, el rebràs a Luxor i el conduiràs a Karnak, on l'estarem esperant Tahme, Uaraktir i jo.

—Això no és el que està previst —va protestar Pianj.

—I què? —replicà Herihor.

—No podem canviar el trajecte...

—No canviem cap trajecte, simplement som nosaltres, que canviem de lloc —somrigué Herihor.

Sharek romania en silenci i amb els ulls baixos.

—Si no el reps personalment, Ramsès se sentirà terriblement ofès —va apuntar Uaraktir.

—No n'estic tan segur —respongué Herihor amb un somriure—. Prèviament a la seva arribada, vull que tota la gent de Tebes ocupi un costat i l'altre del camí que uneix Luxor i Karnak, com si fossin els arbres o, millor encara, petits colosos o esfinxs que guarden les passes del faraó. Que portin fulles de palmera i que les agitin a mesura que passa Ramsès, a qui Pianj farà pujar en un carro. Quan el faraó vegi que el conduïm en un carro, mentre la multitud l'aclama i agita les fulles de palmera, i que jo l'espero a peu dret davant les portes del temple d'Amon per donar-li la benvinguda, tenint al costat la Divina Adoratriu... —Herihor deixà la frase penjada, tot esperant la reacció dels seus homes de confiança.

—No seria millor comunicar-li els canvis? —digué Uaraktir.

—El factor sorpresa és molt important, perquè damunt del carro només hi anireu el faraó i tu, Pianj.

—I què haig de fer amb Smendes? —demanà Pianj.

—Res. Que camini tot el llarg passadís humà darrere del carro del faraó —contestà Herihor, i es quedà callat, mirant Pianj i amb les celles alçades.

—Potser sóc dur d'enteniment, però em sembla un joc absurd i no hi veig cap raó per aquest canvi tan sobtat —digué Uaraktir—. Tampoc no hi trobo cap benefici. Al contrari: només hi veig una font de problemes que bé que ens podríem estalviar.

—A mi tampoc no m'agrada gaire —va fer Pianj—. Em preocupa la reacció de Ramsès.

—El faraó no em preocupa gens ni mica —respongué Herihor.

—No voldria pensar que t'has begut l'enteniment, però les teves paraules són estranyes —digué Uaraktir—. Potser t'ha afectat quedar-te tota la nit en aquella cova.

—Quina cova? —va fer Pianj.

—La que Sharek ha construït i on hem estat tota la nit —respongué Uaraktir—. O potser t'has pensat que aquesta cara que faig és per causa d'alguna dona?

Herihor va mirar alternativament Pianj i Uaraktir i, finalment, recolzà els punys damunt la taula i tombà la cara cap a l'arquitecte i sacerdot d'Amon.

—Què en penses, tu, Sharek? —va demanar.

Sharek s'havia quedat amb els ulls clucs i semblava meditar.

—Si el que em demanes és si fas bé o malament, jo no sóc ningú per jutjar —va respondre, lentament, sense aixecar les parpelles—. Ara bé, si el que em demanes és que miri d'explicar les raons que et porten a fer el que fas...

—Just! Això és el que et demano. Ahir vas interpretar el meu somni i ara vull saber si de debò resulta tan difícil seguir el meu raonament o si, tal com suggereix Uaraktir, m'he begut l'enteniment —va dir Herihor, convidant Sharek a parlar.

Llavors, l'arquitecte i sacerdot va obrir els ulls i va mirar Herihor.

—Si, tal com has dit, el faraó no és qui et preocupa, potser significa que hi ha algú altre que és motiu de les teves decisions. Tal vegada algú que és molt a prop de Ramsès... —apuntà Sharek, i esperà per veure la reacció de Herihor.

—Vas per bon camí —acceptà Herihor amb un somriure.

—Smendes! —exclamà Uaraktir.

—Exacte! —Herihor va assentir amb un cop de cap. Després es tombà de nou cap a Sharek i va aixecar les celles per donar a entendre que esperava un final.

—Has comunicat al faraó que el rebràs a Luxor, però l'esperaràs a Karnak, que es troba abans, perquè ells venen del nord, tot remuntant el riu —va fer Sharek, lentament, mesurant cada paraula—. Si arriben fins a Luxor, Smendes no podrà dir res perquè el passeig triomfal afalagarà Ramsès. Si avisessis el faraó del canvi, Smendes encara tindria prou temps per parlar amb ell i fer-li veure que és una ofensa —va callar un instant, i aclarí—: Potser no en la forma, però en el fons jo diria que és una ofensa molt premeditada.

—Segueix —va demanar Herihor.

Evidentment, faltava la part més interessant, i Sharek es va prendre uns moments de reflexió abans de continuar.

—Podries rebre'l directament a Karnak, però li has dit que arribi fins a Luxor —va fer lentament, i afegí—: Per tant, penses que existeix la possibilitat que Smendes suggereixi al faraó que desembarqui a Karnak, perquè és més a prop. En aquest cas, si tu no hi fossis, hauries d'anar-hi i Smendes seria per damunt teu, perquè el faraó se sentiria afalagat per ell, després que li hagués suggerit una idea tan brillant que li permetria deixar clar que ell és qui mana i que tu, malgrat que ets un brillant general, segueixes estant per sota seu. I això, als ulls de tothom, seria una ofensa per a tu i un triomf per a Smendes. De manera que, per evitar aquesta circumstància, tu tries esperar-lo a Karnak. Si arriba fins a Luxor, el faràs viatjar per terra per venir-te a veure, però li has preparat un passeig triomfal, amb la qual cosa Smendes haurà entès el teu missatge; però, si Smendes el convenç per a què desembarqui a Karnak i obligar-te a tu a anar-hi, es trobarà que ja hi ets i quedarà en ridícul quan tu expliquis al faraó tot el que havies previst per a ell. És a dir: faci el que faci, Smendes rebrà un missatge clar i contundent.

Es va fer el silenci. Herihor somreia i Pianj i Uaraktir valoraven les explicacions de Sharek.

—Haig de reconèixer que no t'has begut l'enteniment —exclamà Pianj, tot assentint, però va afegir —: Encara que també haig de dir que ets molt enrevessat. No sé d'on pots haver tret que Smendes tingui previst desembarcar a Karnak. Ell sap que això representaria una ofensa per a tu que difícilment podries oblidar i et recordo que, quan marxàvem de Tanis, et va manifestar la seva eterna amistat.

—Fa molt de temps que hem abandonat Tanis, no tenim ni la més petita idea del que ha pogut passar i l'ambició és un monstre amb molta fam, capaç de cruspir-se les més grans devocions i les més fermes lleialtats —digué Uaraktir—. Si Smendes ja ha iniciat el camí cap al tron, hem de tenir en compte que no és dèbil, com Ramsès. Això significa que reclamarà aquestes terres i l'única manera d'aturar-lo és una ofensa que ni ell mateix pugui replicar. Llavors, no li quedarà altre remei que negociar. No és així?

Herihor assentí en silenci.

—Potser teniu raó, però jo segueixo pensant que és massa embolicat i no crec que hi hagi ningú capaç d'imaginar una situació tan absurda —digué Pianj.

—No cal creure en res ni esperar gaire —li replicà Herihor—. Avui mateix, quan el sol encara no hagi arribat dalt de tot, en tindrem la resposta.

*** ***

Des de la part més alta del primer piló del temple de Luxor, Pianj distingia l'estol de vaixells, que amb totes les veles desplegades al vent semblava un paó en l'instant de màxima esplendor, quan se sent observat per tothom.

Pianj recordava cadascuna de les paraules de la conversa que havia tingut lloc poc abans i es demanava quina seria la decisió del faraó. O millor dit: la de Smendes, si feia cas de Herihor. I, si era sincer, hauria de confessar que resava perquè vinguessin fins a Luxor. Només per poder seguir creient que la gent no és tan retorçada en els seus raonaments com els volia fer creure Herihor. Potser l'estada dins la cova li havia afectat el cervell. A qui se li ocorre quedar-se sol, sota terra i amb quaranta morts? O, tal vegada, Tahme ja li començava a xuclar el cervell, que al general se li anava desfent i se li escapava per la punta de...

Déus!, exclamà.

El sol emblanquia encara més les teles de les veles, que seguien avançant. Els primers vaixells van arribar a l'altura de la bocana del petit port que donava a la porta de Karnak. Pianj va contenir la respiració fins que els va veure que no s'aturaven i que enfilaven riu amunt.

—T'has equivocat, Herihor —murmurà, i fins i tot somrigué.

Tanmateix, el seu somriure s'escapçà quan va distingir que una de les veles, no pas la primera ni la segona, girava cap a l'est i s'endinsava en el canal que conduïa al petit port de Karnak.

Malparit!, va fer amb ràbia. El faraó no anava al capdavant de l'estol, sinó que havia triat un tercer lloc. Els primers vaixells arribarien a Luxor i ell seria a Karnak.

I tant que era un malparit! Així l'engany i la burla encara serien més punyents.

—No t'has equivocat, Herihor, sinó que jo sóc idiota —va fer entre dents.

1.8 – EL PACTE DE DOS GENERALS

Per a Smendes la sorpresa havia resultat doble i difícilment podia dir quina de les dues parts havia estat la més gran, perquè ambdues, ben analitzades, tenien les dimensions d'un colós. D'una banda, trobar-se Herihor davant de la porta de Karnak representà un cop que poc s'esperava, al qual havia d'afegir les successives bufetades que representaren les explicacions sobre totes i cadascuna de les cerimònies que el faraó va escoltar de boca de qui també portava al damunt l'aurèola d'haver lliurat Tebes i que no va escatimar cap detall de tot el que havia preparat i de la benvinguda que el poble havia reclamat poder oferir al seu senyor, amb el desencís que segurament hauria representat que Ramsès s'aturés abans d'arribar a Luxor.

Per altra banda, veure'l vestit amb la faldilla blanca i la capa, tot lluint el collar de summe sacerdot... Allò havia estat la gota que feia desbordar el vas. Però és que el faraó ni tan sols havia protestat!

Allà, davant de tot el poble de Tebes, en públic i tenint al seu costat la Divina Adoratriu... Déus!. Aquell acte no era altra cosa que la confirmació del càrrec que Herihor acabava d'usurpar, perquè tothom havia interpretat que Ramsès ho acceptava de bon grat i ell, aclaparat per les circumstancies, hàbilment apartat del seu lloc al costat del faraó, no l'havia pogut alertar del desastre i no li va quedar altre remei que contemplar, impotent, com Herihor lluïa el maleït collar, símbol del càrrec més alt dins del clergat que, per si fos poc, li donava accés al poder de Tebes i al control de les immenses riqueses de tots els temples d'Egipte. A partir d'aquell moment, tret del faraó, no hi havia home més poderós en tot el país.

Smendes va haver d'aguantar una llarga jornada d'ofenses sense límit, fins al punt que gairebé va estar temptat de saltar al coll del seu rival i escanyar-lo amb aquell collar, única peça que veia cada cop que mirava Herihor. Tanmateix, va aconseguir superar la prova que els déus li presentaven clavant-se les ungles quan havia de somriure. Mai, en tota la seva vida, havia patit una humiliació com aquella!

Herihor, durant tota la jornada, va guiar el faraó per totes i cadascuna de les dependències del temple d'Amon, i va allargar la visita tant com va poder, regalant l'oïda de Ramsès amb l'explicació detallada de cadascuna de les millores que hi duia a terme, aturant-se en cada detall de cada pintura, de cada columna, de cada sala...

Oh, gran Amon! Quan s'acabarà aquesta tortura?, es demanava Smendes. Però l'heroi del dia no semblava gaire disposat a concedir-li la més petita treva.

Després Herihor va conduir Ramsès al temple de Jonsu on li mostrà les obres que havia encetat per acabar el piló de la sala hipòstila; després traspassaren la muralla, on ja els esperava el carro per fer el trajecte que els separava del temple de la deessa Mut; després, van prendre el camí de Luxor, i Ramsès rebé el bany de multituds promès per Herihor; després...

Malparit! Fins quan t'ho faràs durar?, seguia demanant-se Smendes. I tot aquell recorregut, immens i inacabable recorregut!, el va haver de fer a peu, seguint el carro que conduïa Herihor com un criat, engolint-se la pols que aixecaven els cavalls. Oh, gran Osiris! Com es pot suportar tanta ofensa!

Quan ja creia que tot havia acabat, en arribar la tarda, Herihor va comunicar al faraó que tenia per a ell una grata sorpresa i el va convidar a visitar l'amagatall que havia ordenat excavar a la roca de la muntanya Tebana per acollir dignament els sarcòfags que ell mateix havia inventariat amb etiquetes. I ho va fer amb tanta eloqüència que el faraó ordenà que tothom l'acompanyés.

Una obra com aquella mereixia el reconeixement de tots plegats.

Ànimes de les tenebres! Una altra caminada darrere del carro i més pols per empassar-se, pensà Smendes, amb ràbia i odi.

Per fi, quan ja els atrapava la nit, Smendes va poder retirar-se a descansar a les habitacions que li havien preparat al palau annex al temple de Ramsès III.

—Difícilment oblidaràs aquesta lliçó! —murmurà Herihor, entre dents, quan el va veure marxar.

*** ***

Ja feia dies que el faraó s'estava Tebes i acabada l'estació del *peret*, quan les llavors ja havien germinat i les plantes començaven a créixer de valent, van arribar dos vaixells procedents del nord.

Pianj era al port i els va veure atracar. Els mariners van llençar la passarel·la i el passatge començà a baixar a terra. De sobte, va descobrir Tentamon que desembarcava acompanyada d'un petit seguici de serventes, mentre no parava de donar ordres de com havien de tractar tot l'equipatge. Pianj somrigué divertit. Segurament, després del fracàs que va representar la seva temptativa de deixar en ridícul Herihor, Smendes havia ordenat que vingués Tentamon perquè el consolés mentre durés l'estada del faraó en aquelles terres.

Tanmateix, el somrís se li estroncà quan va veure Hedai que apareixia per un costat del vaixell. Si Hedai era allà... volia dir que...

—Pianj! —escoltà el seu nom.

Es tombà i es trobà amb Nodime que somreia i l'abraçava. Acabava de baixar de l'altre vaixell, que havia atracat un xic més amunt. Llavors, es va sentir un crit.

—Pare! —s'escoltà que feia la veu de Pinediem.

Aquell era un matí de sorpreses. El noi va saltar per la borda del segon vaixell, menyspreant la passarel·la, per anar més de pressa i abraçà el seu progenitor.

—Oh, excelsa Bastet, deessa de l'alegria! El meu cor no pot ser més feliç. Com has crescut! —va fer Pianj, abraçà el seu fill i intentà aixecar-lo del terra, com sempre feia.

Tanmateix, Pinediem, que ja comptava catorze anys, si va resistir amb totes les seves forces, mirant també d'aixecar el seu pare.

Després d'una estona d'esforços infantils i juganers, Pianj serrà ben fort el cos de Pinediem per obligar-lo a desfer la seva abraçada i llavors l'aixecà del terra.

—Has crescut i estàs molt més fort, però encara no pots amb mi —digué orgullós, amb un ampli somrís.

Que el seu fill li plantés cara era un bon senyal. Significava que el llobató ja volia ser llop i començava a reclamar el seu lloc dins la llopada.

—Ha estat un viatge molt llarg —es queixà Tentamon.

Pianj li dedicà una lleugera reverència i ella l'abraçà.

—Aneu amb compte! —cridà Nodime, i es va apartar de Pianj per atansar-se a les serventes—. He dit que això és força delicat —va fer, tot assenyalant un paquet lligat amb cordes.

—Les peces més valuoses ja són a Tebes —va dir ell, mirant Tentamon als ulls.

En aquell moment Hedai, sense que ningú no li donés cap ordre, es va fer càrrec del paquet que preocupava Nodime.

—Veig que segueix sent un animaló que viu pendent del més petit neguit o desig de la seva ama —va fer Pianj.

—Durant tot el viatge no s'ha apartat ni deu passes d'ella —digué Tentamon—. Tan de bo tingués algun servent amb la mateixa devoció que Hedai —afegí amb un pessic d'enveja.

—Com és que no vau venir amb el faraó? —preguntà Pianj.

—Un parell de dies abans de marxar, Baketourel i Ramsès van tenir una... conversa —explicà Tentamon. No calia donar-hi detalls. I menys ella, que ocupava el lloc de responsable de les habitacions privades de la Gran Esposa —. De manera que van... acordar... que només vindria ell. Però, després, la Gran Esposa decidí que ella també volia visitar Tebes.

—No vol que el seu marit s'endugui tota la glòria —digué Pianj, amb un somriure, però Tentamon va tombar el cap interessant-se per l'equipatge, com si no hagués sentit res—. I on és Baketourel?

—M'ha enviat a mi, com a responsable de les seves cambres privades, per tal que m'ocupi personalment que tot estigui al seu gust, per quan arribi —respongué Tentamon.

—I jo he aprofitat el viatge de Tentamon per venir-hi —intervingué Nodime, i demanà—: Com està Herihor?

—Tindrà una immensa alegria en veure't aquí. Ningú no t'esperava, però sempre hem guardat unes habitacions al palau de Ramsès III, que ara és la seva residència i on també hi viu el faraó durant la seva estada a Tebes.

Mentre parlava, Pianj pensava en la millor manera de prevenir ràpidament el general, perquè aquella sorpresa podia resultar més sorprenent del que algú o... alguna... podia imaginar.

—Els déus han escoltat els meus precs i han ordenat els vents que bufin amb força per fer-te arribar més aviat —s'escoltà que feia la veu de Herihor.

Nodime, Tentamon i Pianj es tombaren i van veure la figura alta del general.

No havia canviat gens. Estava igual, pensà Nodime. No, millor!, corregí, perquè semblava més fort i els seus ulls desprenien aquella llum especial, aquella brillantor dels moments d'inspiració, de quan tenia al cap una idea i l'estava realitzant.

Nodime l'abraçà amb força.

—Quin déu pot negar-se a escoltar les súpliques d'una dona que estima el seu marit? —va fer ella, amb veu baixa, procurant que cada paraula sorgís acompanyada de convenciment.

—Com és que la reina s'ha avançat al meu desig d'enviar a buscar-te? —va fer ell.

—La Gran Esposa sempre viu pendent de la felicitat de les que l'envolten —intervingué Tentamon—. De manera que, quan va decidir enviar-me a mi, va ordenar Nodime que m'acompanyés. Els nostres respectius marits són aquí.

Herihor també l'abraçà i després es tombà cap a Pinediem.

—Ja estàs preparat per viure a Tebes? —demanà.

—Et serviré com el més fidel dels teus soldats —respongué el noi, ple d'orgull.

El seu avi li passà el braç per l'espatlla i l'acostà cap a ell en una forta abraçada. El noi es va sentir arrossegat i a punt de caure, però es llençà contra aquell cos que li passava gairebé un pam i també l'abraçà amb totes les seves forces.

—Hi ha molta feina per fer. De manera que no ens vindran pas malament un parell de braços que semblen forts —digué Herihor. Llavors es tombà cap als soldats—: Agafeu tot l'equipatge i porteu-lo a palau —Després es dirigí a les dues dones—: M'acompanyeu?

—Que no es trenqui res —féu Nodime i ordenà Hedai, amb gests, que vigilés molt.

Nodime, Tentamon, Pianj, Pinediem i Herihor es dirigiren cap als dos carros que els esperaven.

—A Tanis em vas demanar que et dugués al port en un carro. Ara et portaré a palau de la mateixa manera —digué Herihor, afegint-hi un somriure i una lleugera reverència i tocant-se el pit amb la mà en un gest delicat i elegant.

Nodime li tornà el somriure i allargà la mà cara avall, desmaiada, tot esperant que ell la prengués i l'ajudés a pujar al carro.

Un cop ja eren dalt, Herihor féu un cop amb les regnes i els cavalls van tibar amb força.

—M'imagino que Smendes t'espera, perquè Herihor el deu haver previngut —digué Pianj, i ajudà Tentamon a pujar al carro.

—Puc dur-lo jo? —demanà Pinediem.

—T'has avançat, perquè t'ho volia demanar jo. Vull veure què has après en aquest temps que he estat fora, per saber quines tasques et puc encomanar —digué Pianj, amb un somriure.

Pinediem pujà d'un salt i agafà les regnes. Havia de demostrar que ja podien comptar amb ell per a lluitar.

—Ves amb compte, que portem una dona —l'advertí el seu pare.

Oh, gran i poderós Ra!, va exclamar Pinediem, per a ell mateix, sense badar boca. Ara no podria ensenyar el seu pare com dominava els cavalls i els feia obeir-lo en tot.

Uaraktir, assabentat de l'arribada de Nodime, va enviar un missatger per dir que el disculpés per no haver baixat a port per donar-li la benvinguda. Afers urgents l'havien retingut a Karnak. Tanmateix, aquella mateixa tarda s'escaparia i s'atansaria al palau de Ramsès III per saludar-la.

Qui no va fer bona cara quan va veure les dues dones, i menys encara quan li van comunicar que Baketourel ja venia de camí, va ser el faraó.

—I quan tindrem el plaer de rebre la visita de la Gran Esposa? —demanà visiblement contrariat.

S'ho estava passant d'allò més bé rebent contínues mostres d'afecte per part de la població de Tebes, que no el coneixia ni estava acostumat a viure dels rumors sobre les disputes de palau.

—Amb l'arribada de la propera lluna, la tindrem aquí, pare —va fer Tentamon.

Si més no, a Ramsès li quedaven tres setmanes per gaudir de la popularitat. Després, l'hauria de compartir amb aquella dona. Com va poder caure en el parany que li havia parat i convertir-la en Gran Esposa? El pitjor error de la seva vida, reflexionà. Pocs mesos després d'haver pres aquella absurda decisió, va descobrir que tota la dolçor desapareixia i deixava pas a un autoritarisme que el treia de polleguera.

Smendes, per la seva banda, va estar molt amable, va saludar Nodime efusivament i es retirà amb la seva esposa.

La resta del matí Nodime va decidir prendre possessió del que serien els seus dominis a partir d'aquell moment i va cridar el majordom.

Butehamon va venir de seguida i es va desfer en somriures i en amabilitats. Immediatament, li va presentar tot el personal i la va acompanyar per mostrar-li el palau, preguntant-li tothora si tot estava al seu gust o hi havia alguna cosa que s'hagués de modificar o de millorar. El majordom tenia ben present que una dona és força diferent d'un home i que, pel que fa a la casa, poden prendre moltes més decisions. Entre elles, naturalment, confirmar-lo en el seu lloc o prescindir dels seus serveis.

Sortosament, per a ell, Nodime va quedar força complaguda de la visita.

Evidentment, tot i que ho havia dissimulat força bé, al faraó li havia caigut com una dutxa d'aigua freda la decisió sobtada de la seva Gran Esposa (l'anomenava així quan parlava d'ella, amb un deix de burla, mentre balancejava el cap), i arribat el moment de més calor del dia es tancà a les seves habitacions. Per fer una becaina, va dir. Tanmateix, tothom era conscient que el seu humor havia canviat i comentaven que la influència de la reina era tan gran que Ramsès, a tres setmanes, ja començava a patir.

Smendes, tot just encetar-se la tarda, va convidar Tentamon a visitar el temple de la reina Hatshepsut, mentre que Herihor marxava per fer-se càrrec d'assumptes pendents.

Uaraktir es presentà quan el sol ja començava a caure i Nodime sortí a rebre'l.

—És una gran alegria veure't aquí, de nou entre nosaltres —va dir ell, després d'abraçar-la i besar-la a la galta.

—Tan greu és? —demanà Nodime.

L'esposa de Herihor havia estat tot el dia pensant en aquella trobada i no podia allargar més el motiu del seu neguit, també força ben dissimulat. Uaraktir la va mirar als ulls. La comprenia perfectament. Més encara quan ell coneixia la veritable atrapada del perill. Respirà fondo i deixà anar tot l'aire dels pulmons, sense badar boca. No sabia per on havia de començar.

—Sempre ens hem entès molt bé, tu i jo —digué Nodime, acompanyant les seves paraules d'un somriure entre trist i forçat—. La teva carta estava farcida de detalls insignificants que s'havien de llegir amb molta cura, i confesso que em va deixar força preocupada. Sobretot quan vaig llegir que em demanaves que el meu marit no sabés que tu em pregaves que vingués a Tebes.

—Es tracta de Tahme, la Divina Adoratriu, una dona jove i embruixadora com poques n'he vist, que durant els darrers mesos ha anat agafant poder i protagonisme, fins a l'extrem que Herihor ja ha començat a consultar-li alguna decisió —explicà Uaraktir d'una sola tirada, amb un posat de circumstàncies.

—A mi també em consulta moltes decisions sobre la casa —replicà Nodime.

—A ella li consulta decisions sobre el govern de Tebes —digué Uaraktir amb certa por.

—Llavors, és greu de debò —murmurà Nodime i assentí amb moviments ben mesurats.

Herihor mai no li demanava el seu parer sobre assumptes que afectessin l'exèrcit o el govern, sinó que sempre havia pres les seves decisions i ella, si volia participar-hi, s'havia d'avançar als esdeveniments. Per tant, que consultés una altra dona, representava un gran perill. Per força!

—Sortosament, l'arribada del faraó... En fi! Que ara que ets aquí, ja em sento més tranquil —digué Uaraktir, procurant aportar un raig d'esperança.

—Sí —Nodime assentí de nou, amb un sol cop de cap—: Tu ja has complert amb la teva tasca i ara em toca a mi fer el que cal per redreçar les tortes i reprendre el camí correcte.

Quan Uaraktir va marxar, Nodime, asseguda al jardí de palau, recordà que, després de rebre la carta d'Uaraktir, se'n va anar a parlar amb Tentamon i la va convèncer de la necessitat de parlar amb la reina i fer-li veure que era molt important visitar Tebes. Tanmateix, Baketourel no volia ni sentir una sola paraula sobre el viatge ni sobre el seu marit. Sortosament, Nodime s'havia mostrat molt hàbil.

—Permetràs que el faraó s'endugui tota la glòria, quan tu ets la Gran Esposa d'Amon i Tebes és casa teva? —li havia dit.

Baketourel s'havia posat tensa, havia fet uns ulls com taronges, havia premut els llavis i havia negat amb ràbia.

—Torneu a fer l'equipatge —havia ordenat. Tanmateix, havia afegit—: Marxarem després de les festes en honor de Bastet.

Si havien d'esperar a marxar després de la festa dedicada a Bastet, no sortirien ni ara ni mai. De tothom era prou coneguda l'atracció que aquesta celebració exercia sobre Baketourel.

—Potser fóra bo que alguna de nosaltres s'avancés per preparar les teves estances —suggerí Tentamon, tal com havia convingut amb Nodime. I dirigí a la reina una mirada força significativa.

La reina es quedà en silenci. No era pas cap mala pensada. Prou que sabia que el seu marit perdria fins i tot la fam quan s'assabentés que ella anava de camí cap a Tebes.

—Sí —acceptà—. Tu hi aniràs.

—No puc anar-hi sola. Necessitaré ajuda —digué Tentamon.

—Tu l'acompanyaràs —va fer Baketourel, tot senyalant Nodime.

De bon matí, Nodime s'ho va fer venir bé per visitar el temple de Seti I. Volia resar davant la imatge de Nejbet, havia manifestat, i donar-li gràcies per haver protegit el seu marit. I és clar que s'havia guardat per a ella que no havia triat la deessa protectora de l'Alt Egipte per casualitat.

Va arribar al temple i va entrar-hi acompanyada per Butehamon, que s'havia ofert per guiar-la.

Hi va ser poca estona, la suficient per poder veure Tahme, encara que només va ser uns instants, quan es van creuar a la sala hipòstila.

Tot i que no la coneixia, només amb una mirada en va tenir prou per saber que era ella. Alta, esvelta, d'elegants formes, perfectament maquillada i pentinada, amb un vestit ben pensat per ressaltar el que calgués i més, responia fil per randa a la detallada descripció que li havia fet Uaraktir.

Tahme va passar pel seu costat amb el posat majestuós d'una reina, sense ni tan sols mirar-se-la. Darrere, les sacerdotesses que la seguien semblaven totes encongides davant la seva presència. Totes excepte una, que anava només mitja passa endarrerida. S'hi va fixar en ella i en que dirigia una mirada furtiva a Butehamon.

—Qui és? —demanà.

—És Tahme, la Divina Adoratriu —informà el majordom.

—La que t'ha mirat —aclarí Nodime.

—Ah... És Nenhere, la responsable de les habitacions privades de Tahme —va fer Butehamon, desconcertat. Aquella dona era més llesta del que havia imaginat.

Quan ja marxaven, un sacerdot prim i amb cara de pomes agres es va creuar amb ells i va saludar Butehamon amb una inclinació de cap i un mig somriure.

Nodime s'aturà un instant i mirà el majordom.

—És Sahura, el camarlenc de la Divina Adoratriu —va dir de seguida Butehamon.

—No sembla gaire feliç —comentà Nodime.

—Nenhere pràcticament l'ha anul·lat i podríem dir que de camarlenc només en té el títol.

Nodime va sortir d'allà força preocupada. Tahme era molt més atractiva del que havia pogut deduir de les paraules del bo d'Uaraktir, que degut a la seva animadversió cap aquella dona no li havia fet justícia. Però ella, només amb un sola mirada a aquell rostre i la contemplació de com es movia i com mantenia el cap ben dret, mentre caminava trepitjant amb força, ja sabia tot el que necessitava saber: tenia davant seu una dona ambiciosa, coneixedora del seu poder davant dels homes, jove, formosa i... en edat fèrtil.

Déus de déus, en edat fèrtil! Aquest darrer detall la convertia en una rival difícil de batre en condicions normals. Tanmateix, la seva intuïció femenina li deia que no era precisament de Tahme, de qui havia de témer el pitjor, perquè l'experiència supleix amb escreix la manca de moltes altres qualitats més físiques. No, pensava. L'altra dona, la que caminava al seu costat, Nenhere. D'aquella sí que se n'havia de malfiar. I necessitaria gairebé un prodigi, si volia guanyar.

L'endemà Nodime es va llevar amb mal gust de boca. No havia paït bé el sopar. S'hi havia esforçat perquè ningú, i menys Herihor, notés el seu estat interior. Anit, el seu marit la va visitar a la seva cambra, però només per desitjar-li bona nit.

—No vull destorbar-te —li havia dit ell—. Has arribat després d'un llarg viatge i no t'he deixat descansar ni un instant.

Ella va voler retenir-lo, però no va gosar-hi. No sabia com s'hauria trobat al llit, havent de fingir que no sabia res de res, pensant tota l'estona que Herihor la compararia amb Tahme i segurament (i tant que sí!) sortiria derrotada d'una batalla que s'havia trobat i que no havia demanat. I es va estimar més prendre's aquella manifestació com un delicat detall per part d'ell.

Ara, de bon matí, quan el sol despuntava i les serventes l'ajudaven amb les seves ablucions, es penedia per no haver insistit i ja no volia seguir enganyant-se. El pensament que va tenir a Tanis, poc abans de separar-se del seu marit, tornava cada cop amb més força. Era evident que el seu cos ja no despertava el desig de Herihor, va pensar mentre les serventes li treien la camisola per vestir-la. I és clar que no! Els seus pits començaven a penjar, les carns de la cara no es mantenien amb la fermesa d'altres temps i havia parit tants fills que els massatges ja no podien recuperar res del que tothom havia de donar per perdut, perquè la corba dels malucs havia desaparegut i la cintura ni existia. És l'ocàs del món físic i la constatació que algú arriba per darrere empenyent amb força i ens diu que ha arribat l'hora d'apartar-nos i de deixar-los passar.

—No! —va fer de sobte, i les serventes es van quedar quietes.

Què és el que estava malament?, es demanaven.

—No és amb vosaltres —digué Nodime, somrient.

Les noies van continuar amb la seva tasca sense badar boca, però a cap d'elles se li escapà que la seva ama somreia.

I tant que somreia! Acabava d'adonar-se d'un detall important. Herihor, anit, quan va anar a visitar-la a la seva habitació, duia penjat al coll l'escarabat sagrat. Allò significava que encara l'estimava i, per tant, tenia una oportunitat de vèncer.

Després de menjar una mica, Nodime va sortir al jardí envoltat de murs. Necessitava meditar i s'estava bé a aquella hora del matí, quan el sol tot just comença a pujar i les ombres encara són llargues. Va caminar lentament entre els arbres fruiters i va buscar el banc que hi havia al costat de l'estany d'aigua neta i pura que presidia la zona est del jardí, el lloc més aixoplugat de les mirades alienes.

—Què hi fas aquí? —va fer, sobtada davant de la presència de Tentamon.

—Necessitava una mica d'intimitat —respongué l'esposa de Smendes.

—Buscaré un altre lloc —digué Nodime.

—No te'n vagis. Queda't. T'ho prego —replicà Tentamon, tot fent un gest per indicar-li que hi havia prou lloc al banc per les dues.

—Passa alguna cosa? —demanà Nodime quan ja s'havia assegut.

—Smendes va aconseguir que Ramsès atorgués a Herihor permís per venir aquí, però ara... —començà Tentamon, i va callar.

—Quan tu i jo parlem, ens entenem força bé —digué Nodime, tot convidant-la a seguir.

Tentamon dubtà, es mossegà els llavis i, finalment, li explicà tot el que havia passat des de l'arribada del faraó a aquelles terres i com Herihor aprofitava la més petita ocasió per menystenir el seu marit.

—De vegades sembla que els déus ens envien proves insuperables, però només és una visió irreal, producte de la nostra manca de confiança en ells i en nosaltres mateixes —reflexionà Nodime mentre escoltava les paraules de Tentamon. Una idea estava naixent dins del seu cap. Tal vegada era la idea que necessitava trobar per poder lluitar contra Tahme en igualtat de condicions. De manera que mirà Tentamon i somrigué—: Tu em vas escoltar quan jo et vaig venir a demanar ajut. Ara, potser, tornem a tenir la fruita massa verda i cal fer-hi alguna cosa —va fer, i assentí diverses vegades.

—Parlaràs amb Herihor?

—Ho faré per tu —respongué Nodime, acompanyant les seves paraules d'un assentiment. I tant que ho faria!—. I tu parlaràs amb Smendes. Però, abans tu i jo haurem de pensar amb molta cura allò que hem de dir als nostres marits per tal que ells sàpiguen exactament el que un ha de dir a l'altre i el que l'altre li ha de respondre. I, el que encara és més important: hem de trobar el moment oportú.

*** ***

Pinediem havia crescut, sens dubte, en tots els aspectes. Era més assenyat i no tan impacient, sabia escoltar i callava quan calia. Pianj, el seu pare, va pensar que bé haurien d'assignar-li una tasca, se'n va anar a parlar amb Herihor, a qui va trobar parlant amb Nodime, i li va plantejar el fet.

—Sento per Pinediem un gran amor —va dir Herihor—. És el més intel·ligent dels meus néts i crec que la seva educació ha de tenir lloc al temple, entre els sacerdots que aprenen a obeir, a callar, a meditar, a sentir, a reflexionar i a prendre decisions assenyades.

—Però ell vol servir l'exèrcit —digué Pianj—. I jo li vaig dir, quan érem a Tanis, que aquí tot seria diferent.

—No —va fer Herihor, negant amb el cap—. Jo sempre he servit l'exèrcit i ara m'adono que l'experiència dicta que hi ha altres maneres més adients per començar un camí. Temps hi haurà perquè conegui l'art de la lluita i la grandesa de la mort. Però, ara, vull que cada matí vagi al temple d'Amon i ajudi a comptar les collites per poder determinar quina part s'ha de donar als que conreen les terres i quina ha de quedar en poder dels temples. Així aprendrà a administrar.

—Ara mateix el faré cridar i l'hi comunicaré —respongué Pianj, i marxà.

—Perdona. He comès la indelicadesa de prendre aquesta decisió sense demanar la teva opinió —digué Herihor, mirant Nodime.

—No calia —respongué ella, amb un somriure—. Jo ja el vaig educar quan em corresponia i en moltes ocasions tampoc et demanava el teu parer.

Tanmateix, darrere d'aquesta disculpa, Nodime amagava la seva tristor. Era el primer cop que el seu marit, tenint-la tant a la vora, no la consultava sobre un fet que afectava la família. Hauria d'afanyar-se o cada dia que passava les seves possibilitats minvarien.

Poc després Pianj tornava. Aquesta vegada venia acompanyat pel jove Pinediem, que s'agenollà davant del seu avi.

—El meu noble pare m'ha comunicat la teva decisió —va dir el noi, amb el cap cot—. No és el lloc que hauria desitjat, perquè els meus ulls se m'escapen tan bon punt veig tropes i vaixells, però considero que la teva decisió, com sempre ha estat, és la més assenyada de totes i volia donar-te les gràcies.

Herihor el va agafar per les espatlles, el va aixecar del terra i l'abraçà amb força.

—Arribaràs a ser molt gran —va fer.

Nodime també s'atansà i li va fer un petó a la galta. Pinediem somrigué i marxà. Pianj va mirar Herihor, que va prémer els llavis i assentí amb un bon cop de cap. Aquell noi era un gran projecte d'home.

Quan Pianj va marxar, Herihor va veure que els ulls de Nodime estaven humits. I la va abraçar.

Nodime es va adonar que podia aprofitar l'instant d'immens orgull que Herihor sentia en aquells moments, després d'haver rebut una mostra tan clara de la grandesa del seu nét.

—Ja que toquem afers domèstics, voldria que parléssim de Tentamon i de Smendes —va fer.

Herihor la mirà amb recança, però com estava de molt bon humor, es disposà a escoltar.

—Les dones, al contrari que els homes, sempre busquem l'entesa i defugim la baralla —digué Nodime—.

Potser perquè som més dèbils que vosaltres i d'entrada pensem que el nostre enemic ens aixafarà. Per això, quan veiem que els homes us enfronteu, patim. I no és que no tinguem confiança en la força dels nostres marits, sinó que sabem del cert, perquè és innegable, que un dels rivals ha de perdre per tal que l'altre en surti vencedor — llavors, somrigué—. Jo estic plenament convençuda que tu, en qualsevulla circumstància, series el vencedor. De fet has aconseguit que tothom vegi Smendes com un pobre aspirant i que el faraó t'escolti en tot allò que dius.

—Què vols, exactament? —demanà Herihor. Ja eren massa anys aplegats com perquè perdés el temps escoltant llargs discursos que perseguien adobar bé el terreny de cara a formular una petició.

—Tentamon m'ha explicat el que ha succeït entre Smendes i tu i és una llàstima que dos generals que poden aconseguir que Egipte recuperi tot el seu poder i torni a ser el que era, caminin per viaranys tan divergents...

—Digues exactament què vols que faci i no m'emboliquis amb explicacions —la tallà ell.

—Darrerament mai no em deixes acabar les explicacions i és molt important...

—Vols que parli amb ell? —insistí Herihor.

¿Tan difícil és per a una dona anar directament al gra, dir senzillament el que vol i deixar de banda la resta? Ell ja estava disposat a escoltar, però el treia de polleguera que Nodime emprés tantes paraules per dir una cosa ben senzilla.

—Sí, però si has de parlar perquè jo t'ho demano, no cal que ho facis —respongué ella—. Tentamon està convençuda, i jo també, que Smendes i tu no us enteneu perquè no parleu...

Oh, Osiris! S'aixecaran tots els morts de les seves tombes abans que els homes entenguin les dones!, pensava Nodime mentre mirava de fer veure el seu marit que una cosa és informar-se, que és el que els homes cerquen, i una altra de ben diferent és comunicar-se, establir una connexió, que és el que les dones desitgen. Perquè si s'estableix un lligam, la guerra és evitable. Tan difícil era entendre una veritat tan simple?

—... si vosaltres dos no us enteneu, què passarà amb Egipte? —demanava Tentamon a Smendes, a l'altre extrem de palau, gairebé al mateix temps—. El meu pare, el faraó que no té prou energia per governar i que depèn dels seus dos millors generals, no va ser capaç de veure el que podia arribar a succeir si Herihor no arriba a venir a Tebes.

—Entesos —va fer Smendes—. L'escoltaré, dialogaré amb ell i intentaré entendre'l.

—No n'hi ha prou —va fer Tentamon.

—Què més vols que faci?

—Si només has d'escoltar, no aconseguiràs que Herihor vulgui parlar amb tu. I jo, naturalment, no nego que la raó està de la teva part i que segurament guanyaràs, perquè tu, com a general més jove i amb més possibilitats de sobreviure Ramsès, hauries de tenir més dret que Herihor a ocupar el primer lloc i, tard o d'hora, el faraó s'adonarà d'aquesta gran veritat. Però, creus de debò que un enfrontament entre vosaltres serà bo per a Egipte? —demanà Tentamon, i abans que Smendes pogués respondre, continuà—: No. És necessari, per tant, que el més intel·ligent s'avanci a les passes del seu rival i el converteixi en aliat.

—Aliat? Herihor? —rigué Smendes.

—Proposa-li una sortida digna per a tots dos —va dir Nodime.

—I creus que ell acceptarà les meves idees? —demanà Herihor.

—Estic més que convençuda que, no tan sols les teves idees li seran grates, sinó que està desitjant trobar la solució a tot aquest enrenou —respongué Nodime—. Però, ell és tan caparrut com tu i mai no ho acceptarà, tret que tu li ofereixis una oportunitat sense que s'hagi de rebaixar.

—Li oferiré un pacte, però si no m'escolta o me'l discuteix, consideraré que no hi ha res a fer —digué Smendes.

—Un pacte és entre dues persones. En cas contrari seria una imposició —replicà Tentamon—. Li has d'oferir l'oportunitat de creure que ell també ha contribuït a la pau.

—Demà parlaré amb ell —acceptà Herihor, després de bufar amb força.

Les dones, quan volen aconseguir alguna cosa són pitjors que les mules. No hi ha manera de fer-les raonar i el millor és cedir.

—Entesos —respongué Smendes.

I ho va fer amb un deix de cansament. És bo, de tant en tant, fer creure a una dona que li fem cas, com si cedíssim a un caprici, va pensar, malgrat que tenia clar que el camí suggerit per Tentamon era el millor, per no dir l'únic, si volia evitar l'enfrontament directe.

1.9 – LA GRAN CONCUBINA D'AMON

Smendes s'havia llevat amb la sortida del sol, havia practicat les ablucions amb molta cura, mirant que qualsevulla part del seu cos quedés ben neta. Des que era ben petit, a Dyede, lloc on havia nascut i on havia viscut fins als deu anys, el seu pare li havia ensenyat que algú que és intel·ligent sap que aquest ritual de neteja va més enllà d'un simple acte mecànic i que persegueix encetar el dia com si cada sortida del sol representés un nou renaixement, com si cada cop que ens llevem del llit, després d'un son reparador, l'aigua que corre per la nostra pell fos xuclada pels porus i netegés el nostre esperit i la nostra ment fins que tant l'un com l'altra esdevenen transparents i purs i ens permeten mirar a través d'una atmosfera clara i diàfana.

El vespre anterior havia rebut una invitació de Herihor perquè l'anés a visitar a primera hora del matí i volia presentar-se en les millors condicions de ment i d'esperit.

Puntualment, tal com era de preveure, va arribar Butehamon amb instruccions precises per acompanyar-lo a les dependències de Herihor.

Smendes va seguir l'enviat del seu amfitrió i va recórrer els passadissos d'aquell palau que Ramsès III havia ordenat decorar als millors artesans que mai no han existit a Egipte.

Segurament, aquell sacerdot tenia instruccions d'allargar el recorregut, perquè procurava caminar a poc a poc i cerimoniosament, tot convidant Smendes a admirar i gaudir de la magnificència de les pintures. Tot allò devia de formar part d'una estratègia que perseguia posar-lo nerviós, va pensar el general. Evidentment, no calia ser cap llumener per adonar-se de seguida que, ni en tota la seva esplendor ni amb totes les obres que havia ordenat que s'hi bastissin el faraó, Tanis no podia comparar-se amb Tebes, que arrossegava segles de treballs sota l'experta direcció dels grans arquitectes pagats pels sacerdots. Si Herihor perseguia refregar-li per la cara aquesta realitat i fer-li veure que, a partir d'aleshores, tot allò estava sota la seva administració, ell ho acceptaria. Perdre una batalla no significa perdre la guerra.

El general somrigué divertit i encara alentí més el pas. Fins i tot va obligar Butehamon a aturar-se per contemplar alguna figura o llegir alguna de les gestes de Ramsès III, que hi figuraven entre la decoració del palau. Ara era Smendes que marcava el ritme. Com havia de ser!

Finalment, arribaren a unes enormes portes de fusta i els dos sacerdots que les guardaven les obriren per deixar passar el convidat de Herihor.

Smendes primer es va sobtar en veure que els guàrdies havien estat substituïts per sacerdots, però immediatament va comprendre el significat d'aquest fet. Herihor volia deixar ben clar que havia ocupat el lloc de summe sacerdot i que s'havia pres seriosament que el faraó l'hagués confirmat amb el gest d'acompanyar-lo i no dir res. Bé! Allò que està fet, està fet. Val més mirar de cara al futur.

Dins de la sala amb columnes que suportaven un sostre decorat amb motius de les batalles que havia guanyat el gran Ramsès III, Herihor passejava tot meditant. Havia triat, per rebre'l, vestir-se amb la faldilla blanca del sacerdoci, però no duia el collar. Si més no, no volia aclaparar-lo, pensà Smendes. I internament li agraí el detall.

Només veure el seu convidat, Herihor s'avançà i amb molta cortesia li pregà que l'acompanyés i que s'assegués al seu costat. No hi havia supèrbia en la seva veu, sinó més aviat desig d'amistat.

—Has descansat bé? —li demanà, quan ja s'havien assegut.

—He pogut descansar i meditar amb calma — respongué Smendes.

—Això és bo —digué Herihor— I has arribat a alguna conclusió?

—Sí —contestà Smendes—. Crec que és absurd que dos homes que regeixen els destins d'Egipte, no vagin de la mà.

—Ramsès és la veu d'Egipte. Ell és el faraó — replicà Herihor.

—Ramsès regna, però tots dos sabem que no governa. De fet tu has demostrat a bastament que qui de debò mana a Tebes no és precisament ell. Si més no, en aquest afer, jo no en tinc cap dubte.

—Llavors, tens raó, perquè jo també tinc clar que qui mana a Tanis, ets tu i no pas ell. És absurd que hi hagi enfrontament entre nosaltres —corroborà Herihor.

—Potser hauríem de buscar la manera d'entendre'ns —Smendes somrigué.

—Podríem arribar a un acord satisfactori que ens permetés delimitar els nostres territoris —suggerí Herihor, i guardà silenci.

—Jo també hi he pensat —digué Smendes, i afegí —: Des de Qus fins a Núbia serà teu, i el nord serà meu.

—Quan parlo de territoris, no penso en espais físics. Si parléssim de territoris reals, hauria de pensar en Hardai, per dividir Egipte.

—És un pèl massa al nord —Smendes negà lentament, amb el cap.

—Quan encara discutíem si havia de venir a Tebes per alliberar-la, Penehasi va arribar amb els seus homes fins a Hardai i la va destruir. Si no vam ser capaços de defensar-la des de Tanis, el més lògic és que pertanyi a Tebes. No creus?

L'argument era sòlid, però cedir tot aquell territori..., reflexionà Smendes.

—Ara les coses canviaran —respongué—. Un cop destronat el faraó, les decisions les prendrem nosaltres i jo puc assegurar-te que Hardai no quedarà sense defensa.

—Veus el perill de fer divisions físiques? Sense adonar-nos-en ja estem parlant de destronar Ramsès —va fer Herihor.

—Com podem, sinó, repartir-nos Egipte, si tenim un faraó?

Evidentment, per a ell, no hi havia cap més camí que la desaparició del faraó per poder establir la partició del territori.

—I per què hem de repartir-nos Egipte com si fos una poma o una figa? No veus que dividir és debilitar i sumar és enfortir? —Herihor negà amb el cap—. No podem prescindir d'ell, perquè Ramsès és la unitat i nosaltres la dualitat. Si es trenca la unitat, Egipte desapareixerà.

—Llavors no entenc el que vols proposar-me, perquè resulta evident que el faraó i nosaltres som oposats. No podem coexistir —replicà Smendes.

—Força sovint l'existència del contrari justifica la meva existència. Però, també força sovint, no m'adono de que els contraris també són complementaris. Sense algú que ha estat salvat no pot existir un que l'hagi salvat. És a dir: el que és salvat justifica l'existència del salvador. I l'un sense l'altre, malgrat que poden semblar contraris, no existeixen. Perquè, ben mirat, no són contraris, sinó complementaris. El dia existeix, perquè existeix la nit; l'ombra existeix perquè existeix la llum; el fred existeix, perquè existeix la calor. En el nostre cas, la unitat justifica la dualitat, i a l'inrevés. No podem pretendre que Egipte existeixi si nosaltres el dividim en dos. Per tant, malgrat que sembli contradictori, el faraó esdevé la garantia d'aquesta unió.

—Pretens que tot segueixi igual?

—Aparentment. Però només en aparença. Egipte té dos grans poders: l'administratiu i el religiós. Tu seràs el cap de l'administració reial i virrei del nord i jo seré el Primer Profeta d'Amon i virrei de Qus. Tu governaràs Tanis i jo Tebes; tu seràs qui dirigeixi els funcionaris i jo els sacerdots; tu manaràs l'exèrcit del nord i jo el del sud. I cap dels dos interferirà en les decisions de l'altre —respongué Herihor.

—I quin serà el límit dels nostres territoris? —demanà Smendes.

—No hi ha límits, perquè el poder administratiu no interfereix en el poder religiós, ni el religiós en l'administratiu. Tu arribes fins a Tebes i jo arribo fins a Tanis.

—I l'exèrcit, fins a on arriba?

—Fins a Hardai.

Smendes es quedà callat, pensarós.

—Acceptaré aquest límit, si tu acceptes que de cara a l'exterior, quan pactem amb els països de l'est, de l'oest, del sud i de més enllà de les aigües del mar, la representació d'Egipte correspongui a Tanis.

—Accepto.

—Entesos —Smendes assentí—. Hardai serà el límit del poder dels exèrcits.

Nodime escoltà en silenci totes les explicacions de Herihor, sobre com havia anat l'entrevista amb Smendes.

Quan el seu marit va acabar, ella el mirà als ulls.

—Ramsès no ha dit res pel fet que hagis emprat el collar de summe sacerdot, però en cap moment t'ha nomenat Primer Profeta d'Amon —va fer.

—Smendes ha acceptat que jo sigui el Primer Profeta. Per tant, l'acceptació de Ramsès és tàcita —respongué Herihor.

—Sí, però d'aquí pocs dies arriba Baketourel i ella no és com el meu germà. De seguida s'adonarà del significat d'aquesta acceptació, tàcita com tu dius, i li farà veure que és un error. Llavors, Ramsès anirà a buscar Amenhotep i el restituirà, tot dient que tu havies ocupat el càrrec de summe sacerdot interinament i que la prova és que no has estat nomenat Primer Profeta d'Amon. Llavors, traurà l'excusa que et necessita a Tanis i... —reflexionà Nodime, i deixà la darrera frase en suspens.

—Smendes...

—Smendes ha quedat bé amb tu, que d'això es tractava —el tallà Nodime.

—Però no has estat tu, que m'has fet parlar amb ell i arribar a un acord?

—I és clar que sí! Era necessari. No creus? —va fer ella—. Tanmateix, Baketourel, encara que només sigui per portar la contrària al seu marit, pot fer veure Ramsès que tu has fet el mateix que Penehasi i has usurpat un càrrec que no et pertany.

Herihor es va quedar pensarós. No podia demanar Ramsès que el nomenés Primer Profeta, perquè seria tant com acceptar que només era summe sacerdot i el faraó, que fins aquell moment segurament ni tan sols hi havia pensat, podia començar a reflexionar i prendre decisions que no convenien. Tampoc no podia parlar amb Smendes i demanar-li que l'ajudés a convèncer Ramsès, perquè manifestaria la vulnerabilitat de la seva posició i tot el llarg raonament sobre la unitat i la dualitat, la divisió de poders, la partició dels territoris, les responsabilitats compartides i tota la pesca se n'aniria en orris.

—Haurem de resar als déus per demanar-los que Baketourel no faci cap inconveniència —digué, finalment.

—Demanes als déus un prodigi que està fora del seu abast, perquè la reina, quan s'enfada, fa tremolar fins i tot els temples —respongué Nodime amb un somriure, i negà amb el cap—: ¿No esperes que Baketourel vingui i marxi sense haver deixat la seva empremta? Si ha decidit viatjar fins aquí és per arrabassar-li la glòria a Ramsès i deixar-lo un cop més per idiota. Ja la coneixes.

—Doncs, ara sí que estic perdut —va fer Herihor, i es quedà en silenci.

—Hi ha una manera d'aconseguir que el faraó et nomeni Primer Profeta, sense que li hagis de demanar —digué Nodime, i Herihor la va mirar als ulls—. L'esposa del Primer Profeta ha d'ocupar el càrrec de Gran Concubina d'Amon. Però, jo no he arribat fins ara. De manera que tu m'has de nomenar. Si en aquesta cerimònia hi és present el faraó, significarà que t'ha confirmat en el càrrec de summe sacerdot i que ha acceptat que ets Primer Profeta d'Amon. No de forma interina, sinó permanent.

——I això cal fer-ho abans no arribi Baketourel —va fer Herihor, mentre assentia lentament.

—Exacte! —confirmà Nodime, i afegí—: Hem de preparar la cerimònia en silenci, sense que ningú, tret de nosaltres, se n'assabenti fins al mateix dia, com si fos una sorpresa que tu em prepares a mi, perquè no siguin a temps de reaccionar.

—No serà tan fàcil —digué Herihor—. Hem d'involucrar Smendes, sense que se n'adoni, i preparar tota la cerimònia sense que ningú no sospiti.

—No. Smendes és perillós. Pianj i Uaraktir et poden ajudar —replicà Nodime—. Però, sense que no ho sàpiga ningú més.

—És impossible —Herihor negà amb força.

—No, si em deixes fer a mi.

*** ***

Ramsès va trobar que era una molt bona pensada la idea de commemorar la reconquesta de Tebes amb una gran cerimònia que anomenarien *del Renaixement* i que significaria un abans i un després, per recordar a tothom

215

que Egipte tornava a ser un país poderós que havia de ser respectat. I la va fer seva.

—Magnífica! —va lloar la iniciativa, i respirà fondo per omplir els seus pulmons de l'aire de la tarda—. Ja ho podeu preparar tot. Que els sacerdots dissenyin la cerimònia.

—I que ho preparin tot per a l'arribada de Baketourel —intervingué Nodime.

—Ah! Sí. I és clar! L'arribada de Baketourel... —va fer Ramsès, contrariat. Fins aquell instant tot havia estat positiu, però, en escoltar el nom de la Gran Esposa...

—No sé si podrem esperar —digué Herihor, pensarós, i Ramsès el va interrogar amb la mirada—. Sirius apareixerà d'aquí quinze dies, que és l'inici de l'any.

Ramsès es va quedar en silenci. Si la Gran Esposa arribava abans de la cerimònia, segurament voldria prendre decisions i remenar-ho tot. I l'excusa suggerida per Herihor per no esperar era prou bona. Sirius mai no ha alentit el seu pas. Ni per plegar-se al caprici d'una reina!

—És la Gran Esposa d'Amon! —exclamà Nodime, simulant sorpresa.

—Cert, però si deixem passar l'arribada de l'estrella Sirius, haurem d'esperar un altre any. Podríem enviar un missatge per demanar a la reina que s'afanyi —va dir Ramsès i va mirar Herihor, que assentí.

—I si no arriba a temps? —demanà Nodime.

—Haurem de celebrar el Renaixement sense ella —respongué Ramsès, i somrigué divertit.

—Els teus desigs són ordres. Ara mateix enviaré un missatger, encara que no sé si hi serem a temps d'arribar-hi —Herihor va fer una reverència, i es dirigí cap a la porta.

Nodime també dedicà una reverència al faraó i seguí el mateix camí que el seu marit.

—Hem d'afanyar-nos —va dir Nodime, quan ja eren fora de la sala del tron—. Si Baketourel arriba a temps, és capaç d'evitar la cerimònia del Renaixement i esguerrar els nostres plans.

—Sí. Les darreres notícies deien que la reina ja era a punt de salpar. I seria una llàstima que s'ho perdés —afegí un somriure.

—Tens raó. Tots hem pogut veure que el faraó sentiria una gran pena —conclogué Nodime, i també somrigué.

*** ***

Als seus cinquanta anys, Nenhere ja no podia córrer, i caminar tan ràpid la feia esbufegar i posar-se vermella com un pebrot. Però, bé ho havia de fer.

Va arribar a les habitacions de Tahme quan les altres sacerdotesses enllestien la delicada tasca de maquillar la Divina Adoratriu, va entrar i va haver de descansar per recuperar les forces.

—A què treu cap tanta presa? —demanà Tahme.

—Avui, a Karnak... —va dir Nenhere, i va haver de reposar per respirar fondo i recuperar l'alè.

217

—Què passarà a Karnak? —preguntà Tahme, i apartà amb la mà la sacerdotessa que li arreglava la perruca.

—Nodime serà nomenada Gran Concubina d'Amon. —Nenhere acabà la frase i abaixà el cap.

Els ulls de Tahme s'obriren fins que gairebé li sortiren de la cara.

—Avui? —va fer, incrèdula.

—Durant la festa del Renaixement del faraó —digué Nenhere.

—Fa dies preparant la festa i no te n'has assabentat fins ara? —demanà Tahme, amb ràbia.

—Butehamon diu que ningú no ho sabia, perquè Herihor vol donar una sorpresa a la seva esposa.

—Una sorpresa... —Tahme assentí lentament—. Doncs, ho ha aconseguit —murmurà, i s'aixecà d'una revolada—. Anem! Ho hem d'impedir!

—No pots —digué Nenhere, i l'aturà tot agafant-la pels braços i negant amb el cap.

—Ho haig d'impedir. Que no ho entens? —va fer Tahme, amb ressentiment a la mirada.

—No hi pots fer res —digué Nenhere, i seguí negant amb el cap.

Tahme es quedà quieta, amb els braços desmaiats, mirant Nenhere. De sobte, es deixà anar d'una embranzida i sortí a la terrassa per clavar els ulls al nord-est, cap a Karnak.

Nenhere va fer un senyal perquè les sacerdotesses sortissin de l'habitació i les deixessin soles, i ella es quedà a la porta de la terrassa.

Tahme es tombà cap a Nenhere i la mirà. Els seus ulls eren durs com una roca i freds com el vent de les nits al desert. Respirava agitadament i es mossegava els llavis.

—Jo havia de ser la Gran Concubina d'Amon. Jo i només jo! —cridà, mentre prenia la gerra d'aigua que reposava damunt de la taula i l'estavellava contra el terra.

Nenhere s'atansà i mirà d'abraçar-la, però Tahme la va apartar i començà a plorar mentre s'agenollava i es plegava. Nenhere s'atansà de nou, s'agenollà al seu costat i l'abraçà. Ara, Tahme no s'hi resistí, sinó que s'arraulí com una criatura.

—Vaig fer fora Penehasi perquè no em volia atorgar el títol de Gran Concubina d'Amon; em vaig lliurar a Herihor perquè ell podia concedir-me'l; i ara Nodime me l'ha robat —digué Tahme entre sanglots.

—Ja trobarem la manera...

—Com? —va fer Tahme, i s'apartà de Nenhere—: Nodime serà la Gran Concubina d'Amon, la primera de totes, i jo seguiré sent la Divina Adoratriu. Sempre la segona. Mai la primera! —La mirà amb ràbia, i prosseguí —: No t'hauria d'haver escoltat i hauria d'haver permès que Herihor ejaculés dintre meu. Llavors hauria quedat embarassada i ell hauria repudiat Nodime. Però, vaig ser tan estúpida que vaig fer cas de les teves paraules i no vaig anar a buscar-lo ni el vaig cridar. Tu deies que amb el faraó aquí i amb la seva esposa, no era el moment adient. I què ha passat? Mira!

Nenhere s'avançà i la prengué per les espatlles, amb força.

—Herihor no hauria repudiat Nodime encara que t'hagués deixat embarassada, i tu ho saps prou bé. És la germana del faraó i tu només ets una núbia arribada d'Assuan —li contestà—. Ja has oblidat que jo vaig aconseguir que Penehasi et nomenés Divina Adoratriu? T'he ensenyat a tractar els homes; t'he mostrat l'art de la interpretació i de la seducció; t'he vestit, t'he maquillat i t'he pentinat com ningú no podria fer-ho; t'he explicat que no has de permetre que cap home ejaculi dintre teu, perquè aquest és l'immens regal que oferiràs a qui t'ha de merèixer. Ni Penehasi ni Herihor eren per tu. Maleïda siguis! —La sacsà—. T'he ensenyat tot el que saps i jo t'asseguro que, si fas el que et dic, tu seràs la Gran Concubina d'Amon i Nodime perdrà el que més s'estima i haurà de callar. Però, cal que tinguis paciència. Ho has entès? —Llavors, respirà fondo, somrigué, l'abraçà i digué, amb dolçor—: Ara et vestirem i assistiràs a la cerimònia com si res no hagués passat.

*** ***

Durant tot el matí s'havien anat congregant dins els murs del conjunt de Karnak sis mil sacerdots i dues mil sacerdotesses en la que seria la més fastuosa cerimònia que mai no havia acollit aquell recinte.

Arribat el migdia, enmig del llac sagrat de Karnak, envoltats de petites barques plenes de sacerdotesses que cantaven, Herihor, vestit de summe sacerdot, dirigia les oracions que recitava l'exèrcit de sacerdots que s'havia distribuït per tot el recinte, en perfecta formació, mentre que Ramsès, tocat amb el *pszheut*, símbol de les dues corones d'Egipte, l'Alt i el Baix, feia l'ofrena a Amon davant del foc que cremava damunt l'altar, tot d'alabastre negre, que hi havien bastit expressament per aquella celebració i que era ple de flors.

L'aigua del llac apareixia completament coberta de pètals i des de les parts més altes dels murs del temple els sacerdots llançaven més pètals de tots els colors imaginables que en la seva caiguda dansaven empesos per la lleugera brisa i competien i es confonien amb la riquesa cromàtica de les pintures de les façanes del temple, de les columnes, dels capitells i dels sostres.

Les sis mil veus dels sacerdots, recitant les oracions amb la cadència que només és capaç d'imprimir qui ja porta anys i panys dins del temple, se sumaven a les dues mil veus femenines dels càntics de les sacerdotesses, tot creant un conjunt harmoniós, barreja de tons greus i aguts, que podia escoltar-se de ben lluny mercès al lleuger vent que transportava els sons.

Al costat oest del llac, davant dels murs del temple d'Amon, Smendes, Tentamon, Pianj i Uaraktir es mantenien dempeus darrere de Tahme, que com a Divina Adoratriu presidia els cors de les sacerdotesses, repartides en quatre grups de cinc-centes, cadascun sota el comandament de cadascuna de les caps dels quatre *phylaes*.

Nenhere també hi assistia, però estava situada a l'extrem sud del llac. Només hi faltaven Nodime i

Pinediem, que Ramsès no havia vist enlloc. I és clar que tampoc no s'havia preocupat ni s'havia estranyat massa. Estava tan pendent de l'espectacle...

Tot era magnífic, tot era grandiós, tot era immens, tot a la mida d'un faraó. I tothom era conscient que les parets dels temples, muts testimonis de la història, acabarien per reflectir en imatges aquell dia com un dels més importants de tots els temps, de totes les dinasties i de tots els regnats. Per això, cada moviment de les seves mans i dels seus braços, tant si era per prendre l'encens i llançar-lo al foc, com si s'alçaven per reclamar l'atenció dels déus o s'obrien per poder abastar tot el llac, d'un extrem a l'altre, seguien una cadència voluntàriament alentida per allargar aquells instants de màxima plenitud. Tothom estava pendent d'ell: del que feia, del que deia, del seu somriure beatífic, de les seves paraules, del seu vestit, dels seus moviments... Oh, déus! Mai no havia estat tan feliç com allà, enmig del llac.

Un cop acabada l'ofrena, Tahme aixecà els braços i les sacerdotesses emmudiren. Herihor també aixecà els braços i es va fer un gran silenci, només trencat pel lleuger vent que xocava amb les cavitats de les roques, hàbilment dissenyades per obtenir notes musicals que acompanyaven les paraules del faraó.

—Egipte torna a ser una gran nació! —cridà Ramsès—. Amb aquesta cerimònia queda proclamat el Renaixement, perquè a partir d'avui s'inicia una nova era.

—Amb l'arribada de Sirius, encetem el primer dia del primer any de la nova era del regnat gloriós de

Ramsès XI, a qui els déus han beneït amb la victòria sobre l'usurpador Penehasi —recità Herihor.

Una cridòria eixordadora s'alçà i inundà tot l'espai, des d'una punta a l'altra de Karnak.

Ramsès estava eufòric i aixecava els braços per portar aquells crits fins a ell i quedar-se'ls o empassar-se'ls, perquè obria la boca i respirava mirant d'arrabassar tot l'aire del matí.

Herihor aixecà les mans i la cridòria callà. Ramsès es va quedar amb les mans enlaire i de mica en mica les abaixà i després tancà la boca. Llavors, el summe sacerdot va estendre la seva mà cap al costat est del llac, les barques de les sacerdotesses s'apartaren i aparegué una altra barca damunt de la qual s'atansava Nodime en companyia del seu nét Pinediem i de quatre sacerdotesses, cadascuna representant d'un *phylae*. L'esposa del summe sacerdot duia un vestit nupcial.

Ramsès posà cara de babau. Què significava allò? No recordava que ningú li hagués explicat aquella part del programa.

Al costat est del llac, Smendes interrogà amb la mirada a la seva esposa, que posà uns ulls com taronges, va negar lleugerament amb el cap i alçà les espatlles. Ella no n'estava al corrent i no entenia res del que estava passant.

Quan la barca va arribar a l'altar, Herihor oferí la seva mà a Nodime, que la prengué i baixà per reunir-se amb ell.

—És l'any del Renaixement i et demano que ens facis reviure el nostre matrimoni en la nova forma —va dir Herihor.

—La nova forma? —demanà Ramsès.

—Estimat germà, Herihor, summe sacerdot i Primer Profeta d'Amon, com la seva esposa que sóc, em reclama com a Gran Concubina d'Amon i jo m'ofereixo humilment. Per això demano la teva benedicció, de la mateixa manera que el nostre pare, i aleshores faraó, va beneir la nostra unió —digué Nodime, i abaixà la mirada amb humilitat.

—Bé! Teniu la meva benedicció —va fer Ramsès, amb un gran somriure. Què podia fer, sinó!

—Amb la benedicció de Ramsès XI, senyor de l'Alt i del Baix Egipte i fill predilecte dels déus, Nodime, esposa de Herihor, Primer Profeta d'Amon, queda proclamada Gran Concubina d'Amon —cridà Pinediem, ben alt.

Una nova cridòria s'enlairà i el jove se sentí transportat fins a l'infinit en imaginar que les seves paraules havien desencadenat aquella eufòria. Llavors, es tombà, prengué el collar d'or i de turqueses que una de les sacerdotesses duia damunt d'una safata i el posà al voltant del coll de la seva àvia.

Des de l'extrem sud del llac, Nenhere escoltà la veu d'aquell noi. Era un dels nombrosos néts de Nodime i Herihor. Després mirà Tahme. La Divina Adoratriu havia fet el seu paper a les mil meravelles. Com sempre, perquè havia tingut una gran mestra en l'art de la interpretació i havia après a somriure en els pitjors moments.

—I ara què faré amb Herihor? —havia demanat la Divina Adoratriu, quan Nenhere la pentinava.

—Herihor ja no existeix per a tu —havia dit Nenhere—. Ja no et visitarà més. Nodime és massa poderosa i hem de saber tenir paciència.

—Tu em vas dir que jo seria reina —va fer la Divina Adoratriu.

—Pots estar ben segura de que tu seràs enterrada a la Vall de les Reines. Ho he somiat. T'ho juro! —havia respost Nenhere, amb veu profunda.

La cerimònia acabà a mitja tarda i el faraó es retirà a descansar. Tothom recordaria aquell dia, no parava de repetir Ramsès quan la barca el duia a l'altra riba del Nil. Ell s'havia estimat més anar dret damunt la barca, amb la mà al pit, mirant l'horitzó i respirant fondo.

—El nou Egipte ja és una realitat —comentà Tentamon a Smendes, aquell vespre, quan es retiraven a dormir.

—Sí —va fer Smendes—. Herihor ha estat molt hàbil. Ara ningú no li discutirà la seva legitimitat. Ni tan sols Baketourel.

—Tanmateix, la seva ambició l'ha fet triar quedar-se aquí, lluny de Tanis, i t'ha deixat el camí lliure per esdevenir el successor del meu pare —replicà Tentamon.

—Sí. I, quan jo sigui faraó i Herihor mori, Egipte tornarà a ser una sola nació, perquè el faraó és el senyor de tot i el representant dels déus i cap sacerdot és per damunt d'ell —digué Smendes, i acompanyà les seves paraules amb una rialla.

—Quan Baketourel arribi a Tebes i descobreixi que la idea de no esperar-la ha sortit de Nodime, la nova Gran Concubina d'Amon caurà en desgràcia i arrossegarà el seu marit, que perdrà totes les opcions a ser el successor de Ramsès —Tentamon també somrigué—. No crec que la Gran Esposa sigui cap entrebanc en el teu camí cap al tron. Menys encara, quan escolti les meves explicacions.

A l'altre costat de palau, dins de les habitacions especialment preparades per acollir la Gran Concubina d'Amon, Herihor va fer sortir totes les serventes i es va quedar sol amb la seva esposa.

—Fa molt de temps que tu i jo no contemplem plegats les estrelles i avui no hi haurà lluna —va dir.

—És cert —respongué ella, i s'assegué al llit.

Herihor apagà les sis llànties que penjaven de les columnes i s'assegué al seu costat. El blau del cel s'enfosquia cada cop més i ja començaven a aparèixer els primers forats platejats del gran sedàs de l'univers.

Nodime va veure que del coll del seu marit penjava l'escarabat sagrat. No se l'havia tret ni quan es va penjar el collar de summe sacerdot. En silenci, recolzà el cap a l'espatlla de Herihor, que la va abraçar amb tendresa.

«Malgrat que ets més jove, més formosa i en edat fèrtil, t'he vençut», va pensar Nodime, i somrigué enmig de la foscor, sota un univers d'estrelles.

SEGONA PART

2.1 – UNA TOMBA PER A UNA REINA

On havien d'enterrar l'àvia?, es demanà Pinediem només llevar-se, l'endemà de la mort de Nodime. No havia deixat de pensar-hi en tota la nit. Fins i tot hi havia somiat.

Beder segurament ja devia haver començat a embalsamar-la. Possiblement, dies abans de la mort de la que havia estat la gran reina de l'Alt Egipte ja tenia preparats els banys, els olis, els perfums, les sals i els estris. Sí, tot ben disposat per treballar.

Pinediem recordava el dia... o millor dit... la nit, cinc anys enrere, que va entrar dins del cau d'un embalsamador i va veure tot aquell desplegament de ganxos de diverses mides que servirien per buidar el cap del difunt, destrament endreçats l'un al costat de l'altre; les pedres de sílex, magníficament trencades en forma de mitja lluna per poder esquinçar la pell del cadàver amb un tall net i polit; els ganivets perfectament esmolats per poder extreure les vísceres; i el fil i les agulles per cosir-lo un cop enllestida la feina.

La veritat era que Beder no tindria molta feina amb el cos de Nodime. Era tan petit...

El rei de Tebes va practicar les seves ablucions, amb calma, amb molta cura i posant tot l'interès en sentir l'aigua que relliscava per la seva pell. On l'enterrarien, a l'àvia?, es demanà de nou. Potser, el millor era parlar amb Sharek i demanar-li consell.

Asdebej, el seu majordom personal, li va dur la roba, però no el va ajudar a vestir-se. Pinediem havia après a fer-ho tot sol quan comandava l'exèrcit i va continuar amb aquest costum quan esdevingué Primer Profeta d'Amon, Rei de l'Alt i del Baix Egipte, Senyor dels Dos Països, Fill Corporal de Ra, Fill d'Amon i Comandant de l'Exèrcit.

Els cuiners de palau havien servit una taula plena de menjar, on fins i tot hi havia peix i carn. El peix l'havien pescat la tarda anterior, perquè a Egipte, degut a les altes temperatures, el peix s'havia de consumir ràpidament o llençar-lo. Pel que feia a la carn, evidentment no n'hi havia de porc, perquè aquest animal és la representació de Seth, el déu del mal que va assassinar el seu germà Osiris i els sacerdots consideraven que aquest aliment produeix residus superflus que el cos ha d'eliminar. Entre els costums alimentaris dels sacerdots de Tebes tampoc existia la carn de moltó, per ser justament la representació d'Amon, ni les cebes, perquè creixen en lluna minvant i, a més, fan plorar. Finalment, durant les èpoques de purificació, eliminaven la sal de la seva dieta, perquè estimula la fam i obliga a menjar i a beure més.

Pinediem havia decidit purificar-se abans de l'enterrament de la seva àvia. De manera que només va menjar fruita. Tampoc no tenia gaire gana. S'havia llevat tens, sense haver descansat prou bé. Sempre que el neguitejava alguna cosa perdia la fam. Però, el més curiós era que no podria definir exactament el motiu del seu neguit. Tampoc no era el primer cop que li passava. Des que era petit, en diverses ocasions, s'havia llevat preocupat, sense saber-ne la causa. Després, durant el dia, tenia lloc algun fet que justificava la preocupació. I sempre era negatiu. Què podia passar aquell dia?, es demanà. Bé! Ja havia après que no calia capficar-s'hi. El que hagués de passar, passaria.

Va acabar de menjar la fruita i s'aixecà per dirigir-se al despatx que tenia al costat de la sala del tron. Pel camí va recordar el dia que va morir el seu pare, Pianj, d'accident, quan el carro que duia va perdre una roda i ell va caure amb tan mala fortuna que es va trencar el coll. En aquella ocasió Pinediem es va sentir orfe i perdut, però va ser un pensament passatger, perquè tenia davant seu el repte de posar-se al front del govern de Tebes i el pes de la responsabilitat li impedia pensar en ell mateix. No va ser fàcil, però, sortosament, comptava amb la seva àvia.

Tanmateix, ara, amb la desaparició de la que havia estat la mare de Tebes, el sentiment d'orfenesa deixava pas a la certesa que tots els que tenia davant seu havien marxat i que ell constituïa la nova primera línia. Darrere seu vindrien els fills i els néts, però per llei de vida, ell seria el primer a enfrontar-se amb la mort.

A primera hora es va reunir amb Sharek. El Segon Profeta era un home molt assenyat i intel·ligent, que va gaudir de la confiança del seu avi i del seu pare. A la mort de Pianj, Pinediem també l'havia confirmat en el càrrec a instàncies de Nodime. I era una bona tria. Sens dubte!

—Ja fa setmanes que temia l'arribada d'aquest moment —va dir Pinediem—. És curiós. El meu pare va haver d'enfrontar-se a una situació ben difícil, que no tenia res a veure amb la decisió que jo haig de prendre. Tanmateix, em sento com si... No sé com expressar-ho.

—Normalment, la millor manera de comunicar una cosa és fer-ho de la forma més senzilla —digué Sharek, amb un somriure que convidava a parlar.

—Hi ha qui diu que Nodime ha de ser enterrada a la Vall de les Reines, però n'hi ha d'altres que diuen que si Herihor no va ser enterrat com un rei, ella no pot ser enterrada com una reina. D'altra banda, el poble diu que la seva reina (la seva reina!) mereix una tomba de dimensions colossals.

—I el teu cor, què diu?

—Està dividit. Veuràs: dintre d'uns mesos seré pare per primer cop i recordo que el dia que Henut-Taui em va comunicar la bona notícia, no sé perquè, però em va venir al cap la imatge de Tahme. I aquesta nit he tornat a somiar amb ella. He vist el seu cos estirat al meu costat. Estava despullada, amb el cap recolzat damunt la mà i aquell somriure que il·luminava el seu rostre. Oh, déus! Com la vaig estimar! —va fer Pinediem, i es va quedar mirant Sharek als ulls.

El Segon Profeta no va contestar, sinó que abaixà la mirada i es quedà en silenci.

—Recordo que van ser uns dies més que horrorosos. La veritat és que se'm fa difícil trobar un sol qualificatiu que em permeti definir totes les vivències que van ocupar tan poc temps, però que van canviar completament la història d'Egipte i la meva vida —seguí parlant Pinediem —. Seré pare per primer cop i sóc feliç amb Henut-Taui, però Tahme... Oh, déus! —Va sospirar, negà amb lents moviments de cap i el seus ulls s'humitejaren.

Sharek se li atansà i li posà la mà damunt l'espatlla.

—Sé que la que va ser Divina Adoratriu va significar molt per a tu, perquè et vaig veure plorar la seva pèrdua, però no has d'oblidar que Tahme és el passat i Henut-Taui és el present que també duu dins seu el teu futur fill, el que de debò naixerà —respongué Sharek.

—Sí. Tens raó —Pinediem es va refer, s'eixugà la llàgrima que amenaçava de caure i respirà fondo—. Nodime era un gran reina! No creus?

—Bé! Si més no, ja has pres una part de la decisió i ara ja saps com l'enterraràs. Com una reina. Ara només has de decidir on —va dir Sharek.

—Avui mateix, abans que el sol desaparegui, hauré pres la decisió —va fer Pinediem.

Durant tot el matí, el rei de Tebes va despatxar diversos temes i va rebre algunes visites. Mantenir-se ocupat neteja el cap de cabòries i les idees apareixen més clares. De tota manera, la tensió amb què s'havia llevat seguia present, i no va desaparèixer.

Cap al migdia va decidir descansar una estona i es va retirar a les seves habitacions, però tampoc no va servir per a res. Ans al contrari, el ròssec que tenia a l'estómac no el va deixar reposar.

A primera hora de la tarda es dirigí a la sala que hi havia al costat de la del tron, on tenia desplegats els plànols i els dibuixos de la part final del temple de Jonsu, la decoració del piló principal.

Va ser llavors que li va venir al cap que Herihor havia fet decorar la sala hipòstila i, abans de morir, havia deixat ordre per tal que acabessin de construir el pati i que el vestissin seguint els dibuixos de Sharek, cosa que va tenir lloc durant el regnat de Pianj. I ara que pensava en aquest detall, tenia l'estranya sensació que hi havia alguna cosa que no hi lligava. Què era?, es demanà mentre observava el dibuix del piló que tenia davant seu. Què era?, no deixava de repetir-se.

O no era ben bé el dibuix, sinó unes paraules pronunciades pel Segon Profeta... Sí... què havia dit Sharek, exactament? Havia dit que... No... allò era impossible! No, no podia ser. I negà diversos cops.

Tanmateix, es va quedar quiet i en silenci, i la seva ment va ser un salt en el temps i va anar a petar a aquella nit, cinc anys enrere, quan acabava de morir un rei.

2.2 – ON ÉS EL REI?

Quina nit, aquella!, recordava Pinediem. Cinc anys enrere, dormia al costat de l'habitació del seu pare. Tal vegada per causa de la mort del seu avi, que l'havia afectat de valent, li va costar molt agafar el son i, quan ho va aconseguir, va resultar tan lleuger que es despertava amb qualsevol soroll, per ínfim que fos. Tornava a tenir la sensació de perill que tant el neguitejava quan era nen, cada cop que tenia lloc un fet que l'afectava de ben a prop, i als vint-i-un anys encara no havia aconseguit superar-la plenament.

Quan ja era fosc, el palau de Ramsès III, a l'oest de Tebes, romania en silenci i semblava que la son per fi l'atrapava, es va despertar sobtat en escoltar unes passes i hi va parar atenció.

Butehamon havia creuat la sala del tron, havia sortit al pati, havia enfilat el passadís que donava als dormitoris (aquí era on Pinediem s'havia despertat), havia obert la porta de la cambra de Pianj, havia dipositat la llàntia damunt la taula, s'havia dirigit cap al llit, s'havia aturat a dues passes del cos masculí enterament depilat, fins i tot amb el cap rapat, que hi reposava, i havia tossit lleugerament, tal com tenia per costum fer quan havia de despertar el seu senyor. I ara, malgrat que el seu senyor n'era un altre, seguia fent el mateix, d'idèntica forma i amb idèntica energia.

Pinediem, en la foscor de la nit, es va incorporar per poder escoltar el que passava a l'altre costat del mur.

En veure que Pianj no es despertava, Butehamon repetí la tos simulada, però més forta. Llavors, el gendre de Herihor, obrí els ulls i el mirà.

—Ha arribat un missatger de Karnak —anuncià el majordom en veu baixa—. Arriba suat —afegí.

Amb aquelles dues paraules va creure que n'hi havia prou, que ho deien tot i que no calia escarrassar-hi per fer veure que el missatge sens dubte era important i urgent.

—I què vol a aquestes hores? —demanà Pianj, mig enterbolit.

El majordom no havia comptat amb el fet que a Pianj, després d'un dia tan llarg, li costaria despertar-se i que potser no copsaria el valor de cada paraula. Potser hauria de ser un xic més explícit, conclogué.

—No ho sé, senyor —va dir—. Només diu que porta un missatge molt important de Yenes, que li ha ordenat que te'l comuniqui personalment. Sembla molt urgent —afegí, tot inclinant el cap lleugerament a un costat i aixecant les celles.

Pianj s'incorporà i es fregà la cara per foragitar tota la son.

A l'altre costat del mur, Pinediem va recordar que la mort de Herihor, el seu avi i Primer Profeta d'Amon, malgrat que ja era un desenllaç esperat per tothom des de feia dies, havia representat un bon enrenou. A totes les complicacions que representaven haver de preparar la cerimònia de l'enterrament i preveure-ho tot per al gran moment en què el seu pare es proclamaria successor, s'hi havia de sumar que Herihor no havia deixat cap instrucció sobre el lloc on volia ser enterrat.

—Totes les teves energies són per al temple de Jonsu i cap per bastir la teva tomba. Ni tan sols has decidit on vols ser enterrat —recordava Pinediem que li havia dit un dia.

—Encara soc viu —havia respost el seu avi.

—Sí, però al temple ens ensenyen que hem de començar a pensar en la mort de ben joves, perquè els déus poden cridar-nos en qualsevol moment.

—Per mi és més important el present que no pas el futur. Què hauria passat amb mi, si hagués mort al camp de batalla i el meu cos hagués quedat allà i hagués estat devorat per un animal?

—No hi havia pensat —havia fet Pinediem—. Llavors, segurament, els déus farien alguna cosa.

—És molt possible —havia respost Herihor—. Si més no, jo confio en ells.

Bé! Potser el lloc de l'enterrament no era cap complicació. Nodime decidiria pel seu marit i com de tombes buides n'hi havia a carretades...

Altra cosa eren les implicacions polítiques que tindria aquell fet luctuós, si tenia en compte que la notícia de la mort del Primer Profeta d'Amon ja devia d'haver viatjat fins a Tanis. Tothom sabia que Smendes disposava dels seus informadors per mantenir-se ben assabentat del que passava a Tebes i que no se'n refiava del que ells li poguessin comunicar. I el faraó, impulsat per Smendes, que ocupava el càrrec de visir del nord i havia estat nomenat hereu al tron, feia temps que esperava aquella oportunitat per reclamar l'Alt Egipte.

Per aquesta raó, Pianj, en veure la imminència del desenllaç de la malaltia de Herihor, s'havia reunit amb Uaraktir i amb Pinediem per preveure un possible atac de l'exèrcit del nord i s'havia passat els dos darrers dies pensant l'estratègia de la defensa. No volia cometre els mateixos errors que Penehasi.

De manera que se sentia exhaust i necessitava descansar.

Què podia ser tan important que Yenes s'atrevís a molestar el seu pare?, es demanà Pinediem, Segur que Pianj encara lluitava amb la son i que aquell despertar sobtat no li havia fet gens el pes. Ni a la seva ment ni al seu cos ni al seu esperit. Prou que el coneixia! Si bé era capaç de mantenir-se despert tres dies sencers si era necessari, quan s'adormia ja no hi havia qui el despertés.

—Que entri —escoltà Pinediem que feia la veu del seu pare, després de badallar un parell de cops.

Butehamon va sortir. La poca llum que emergia de l'única llàntia convidava a tornar a dormir. Pianj badallà de nou. Dues llàgrimes li saltaren dels ulls. Li costava mantenir-los oberts. «Com no sigui res important...», va fer mentre es tornava a fregar els ulls i badallava per quart cop. Déus! Si tancava els ulls, encara que només fos per parpellejar, es quedaria ben adormit, va pensar i les parpelles van caure sense que ell se n'adonés.

Tanmateix, la porta s'obrí de cop i aparegué el majordom acompanyat d'un soldat, que s'avança, plegà un genoll fins tocar el terra i acotà el cap davant de l'autoritat. Aquesta entrada gairebé violenta va permetre que Pianj tornés a obrir els ulls i fes un gest amb la mà per tal que el soldat s'alcés i parlés.

—M'envia Yenes per pregar-te que m'acompanyis —va dir el soldat, i es quedà callat.

Pinediem, a l'habitació del costat, es llevà i s'atansà fins a la cortina que cobria la porta que separava les dues estances i, just abans d'entrar-hi, s'aturà.

—Aquest és tot el missatge? —Pianj estava ben sorprès davant d'aquelles paraules. Sorprès i enfadat—. Que t'acompanyi? Només això?

—No m'ha dit res més, però alguna de grossa ha hagut de passar. —El soldat dubtà, però seguí parlant—: Jo estava de guàrdia a la porta nord-est del temple de Jonsu. En arribar la mitjanit Yenes ha marxat, com sempre. Feia cara de cansat. Poc després ha tornat. Per mi que s'havia deixat alguna cosa. S'ha endinsat en el temple. Immediatament després he sentit una veu que em cridava i que provenia de l'altre costat del piló. He entrat i he trobat Yenes a la porta, al costat dels treballs de construcció que es fan al pati. Estava recolzat en un dels blocs de pedra i feia una cara d'espant com mai no n'he vist d'altra, com si se li haguessin aparegut totes les ànimes dels morts. Ha vingut cap a mi, m'ha agafat pel braç... —el soldat callà un instant, tot cercant les paraules més adients, i corregí—: Més aviat s'ha penjat d'ell per no caure, i amb els ulls ben oberts, a punt de sortir-se de les cassoletes, i veu tremolosa m'ha dit que vingués a buscar-te. Li he demanat què passava, però ell m'ha empès amb força i m'ha dit, gairebé cridant, que et vingués a buscar i que et pregués que m'acompanyessis. En veure la pal·lidesa del seu rostre i aquells ulls no he gosat discutir, he sortit cuita-corrents, he creuat els pilons, la sala hipòstila del temple d'Amon i el pati de la triada, he pres la barca que hi havia al moll de fusta, he travessat el Nil i no he parat fins arribar aquí.

Què és tota aquesta història?, es demanà Pianj, i tota la son que arrossegava va desaparèixer en un tres i no res.

A l'altre costat de la cortina, Pinediem també es va estranyar. Yenes treballava des que sortia el sol fins que ja no podia més. Nodime li havia ordenat que hi dediqués totes les hores que calgués per tal d'acabar la feina d'embalsamar Herihor el més aviat possible, però que ho fes ell, personalment, sense l'ajut de ningú. La reina havia dit que només podia confiar en el cap dels embalsamadors, tal com havia fet el seu marit. Per això feia tres dies que Yenes pràcticament no dormia més enllà d'unes poques hores.

—I si eres davant del temple de Jonsu, no hauria estat més assenyat buscar la porta sud i dirigir-te cap aquí? —va fer Pianj.

—Les portes del sud romanen tancades durant tota la nit, senyor. A més, sempre hi ha una barca a la porta oest a punt per creuar el Nil

—Tens raó —acceptà Pianj, després d'una lleugera reflexió. Amb els ulls carregats de son, el cap no pensa amb claredat. Llavors es tombà cap al majordom—. Porta'm roba —ordenà. Després es dirigí de nou al soldat —. L'has deixat allà, tot sol, a Yenes?

—Karnak és ple de sentinelles.

—T'estic parlant del temple de Jonsu.

—Sí, allà només hi érem Yenes i jo. Tot el pati està ple de pedres, sorra, forats i Sharek ha ordenat que es tanqui el temple fins que no s'acabin els treballs. De manera que, de nit, no hi ha ningú i, per tant, no cal gaire vigilància. Només hi som jo i un altre sentinella a l'altra banda del pati gran, just darrere del temple de Ramsès III i davant del de Jonsu, que, des d'allà, també veu tot el que passa. Ningú no pot entrar ni sortir sense que ell o jo el veiem. —respongué el soldat.

—Vols anar de pressa! —cridà Pianj, i Butehamon es presentà de seguida amb una faldilla, unes sandàlies i una capa per vestir-lo.

Pinediem no va poder resistir la temptació i hi entrà.

—Què hi fas despert? —demanà el seu pare.

—Les vostres veus m'han despertat —respongué.

—Doncs, ja que t'has llevat, vesteix-te i vine amb mi —ordenà Pianj.

Poca estona després Pianj i Pinediem abandonaven els dormitoris acompanyats pel soldat, creuaven el passadís, la sala del tron, sortien de palau i es dirigien a l'embarcador.

Què podia haver passat, perquè Yenes s'espantés tant?, no paraven de demanar-se Pianj i Pinediem, per separat, sense badar boca. Tant l'un con l'altre sabien prou bé que el cap dels embalsamadors no perdia fàcilment els nervis. Ja estava més que fart de tractar amb els morts, amb les ànimes, amb els éssers de l'altre món i amb la foscor de la nit.

La barca els esperava i cinc soldats, escollits de la guàrdia personal, els acompanyaven. Malgrat que l'embarcador i el canal que comunicava el palau amb el Nil estaven il·luminats per llànties protegides del vent, un d'ells, que duia una torxa, va pujar el primer i se situà a proa. Els altres a popa. I Pianj i Pinediem s'assegueren al banc que hi havia al mig de la barca. Els remers empenyeren la nau per apartar-la de l'embarcador i s'endinsaren al canal. Quan arribessin al riu no disposarien de llums que els guiessin.

Les aigües reflectien el que la gent podria prendre pels fantasmes d'uns homes apareguts enmig de la nit lliscant damunt d'un mirall negre, mentre que el silenci només era trencat per les petites onades que aixecava el pas de la barca.

Les ombres ja feia unes hores que havien pres Karnak i tothom dormia quan els dos sentinelles de la porta oest van veure arribar la barca. Només tocar el moll de fusta, dos remers van saltar amb una corda a la mà per estacar-la i permetre que Pianj i Pinediem poguessin baixar sense cap entrebanc. També en van baixar els cinc soldats i el sentinella enviat per Yenes. El soldat que duia la torxa, la va deixar penjada d'un dels murs. Dins del temple no li calia i ja l'agafaria quan tornessin.

Pianj ni se'ls va mirar, als sentinelles. Travessà el pati seguit per Pinediem, per l'home que l'havia anat a buscar i pels cinc soldats de la seva confiança, creuà el segon piló, entrà a la sala hipòstila del santuari d'Amon, seguí pel tercer i quart piló, tombà a la dreta, cap al sud-oest, i acabà per sortir a l'exterior per la primera porta lateral. Llavors es dirigí directament cap al temple de Jonsu, distant dos-cents *mehs*.

Un cop guanyat el piló de Jonsu, tombà a la dreta, just a l'entrada del pati, on tot era ple d'eines, terra i pedres. Va sortejar els obstacles i cercà la cambra que Yenes havia preparat per rebre el cos de Herihor i embalsamar-lo.

Pinediem encara no entenia que la reina s'hagués entestat tant perquè Yenes procedís a embalsamar el cos del seu marit en aquella petita habitació dins del mur del temple. Prou que va intentar raonar i fer-li veure que estava de cap per avall, però ella va contestar que Herihor així ho havia decidit abans de morir i que el temple de Jonsu era la seva casa, perquè el Primer Profeta era fill carnal d'Amon i, per tant, germà de Jonsu.

—On és Yenes? —demanà en veu alta, en trobar que la cambra era tota fosca i que allà semblava que no hi havia ningú.

—Jo l'he deixat aquí, a la porta de fora —respongué qui l'havia vingut a buscar.

Pianj sortí de Jonsu, creuà tot el pati gran i es dirigí cap el sentinella de l'altre extrem per preguntar-li on havia anat el cap dels embalsamadors.

—No l'he vist. Per mi que encara deu ser dins —respongué el soldat.

Pianj retornà a Jonsu i entrà de nou al pati interior. Allà només es veien pedres, terra, estris i eines dels obrers, dels artesans, dels decoradors i de tots els que hi treballaven.

—Yenes! —cridà, però ningú no va respondre—. Porteu-me llum —ordenà.

Un dels soldats va sortir, es dirigí al pati gran, va prendre una llàntia que hi havia en un racó i tornà per il·luminar el pati interior de Jonsu.

Llavors, Pianj i Pinediem, il·luminats per la llàntia que duia el soldat, es van passejar entre les pedres amuntegades i les petites muntanyes de terra. Allà no hi havia ni una ànima. Pianj va fer un senyal per tal que el seguissin fins la cambra que Yenes emprava per embalsamar el cos de Herihor.

Van entrar-hi. Primer el soldat que duia la llàntia, després Pianj i finalment Pinediem. El sentinella es quedà a la porta, tafanejant l'interior, i els altres soldats no hi entraren.

Va ser llavors que Pinediem va descobrir la taula plena d'estris per embalsamar i es va impressionar.

—On s'haurà ficat aquest idiota? —va fer Pianj.

I va ser, en aquell precís instant, que els seus ulls s'aturaren damunt la taula gran, on els ajudants de Yenes havien dipositat el cos de Herihor.

Oh, déus! Estava buida!

Pianj, desconcertat, es tombà cap al sentinella que l'havia anat a buscar, i que en aquell moment feia cara de babau.

—On és el cos de Herihor? —demanà, i el soldat alçà les espatlles i les mans amb els palmells amunt—. On és Yenes? —preguntà llavors, per segon cop, amb veu plena de ràbia, i en no obtenir resposta cridà—: Porteu-me el sentinella que hi ha a l'altra banda del pati gran.

Pinediem, tan desconcertat com el seu pare, no deixava d'escorcollar pels racons. El cos del seu avi havia de ser allà, en algun lloc.

El soldat que feia guàrdia a la porta lateral de la sala dels pilons, la que estava davant del piló del temple de Jonsu, no va aportar gaire llum a tot aquell misteri. Va jurar i perjurar per tots els déus que no s'havia mogut del seu lloc i que els únics éssers vius que havia vist aquella nit eren Yenes, quan arribava i creuava el pati, i el soldat que feia guàrdia a la porta del temple de Jonsu. No havia sentit cap crit. Només podia dir que el seu company havia abandonat el lloc de guàrdia per entrar dins del pati del temple de Jonsu i havia tornat a sortir immediatament després per creuar el pati i passar pel seu costat sense badar boca. I ja no l'havia tornat a veure fins feia uns moments, quan tots plegats, amb Pianj al front, havien arribat per la porta lateral. Res més.

—I Yenes? —demanà Pianj.

La veritat és que tornava a preguntar per Yenes perquè no sabia ni per on començar.

—L'he vist entrar quan ha arribat i ja no l'he vist sortir més —repetí el sentinella allò que ja havia explicat.

Pianj va tornar a mirar l'interior de la cambra, sense finestres, només amb una petita obertura al sostre, ben alta, perquè durant el dia hi entrés la llum i s'escapés l'escalfor per ser substituïda per aire fresc que entrava per la porta. Evidentment, per aquella obertura era impossible que Yenes hagués sortit. Era a tanta altura que pensar-ho ja resultava una bajanada i era tan petita que imaginar que el cos del cap dels embalsamadors hi hagués pogut passar era una estupidesa. De manera que només podia pensar que era per allà, dins de Karnak.

—Busqueu-lo! —ordenà Pianj—. Si cal desperteu tothom. Però, el vull aquí.

—Fa dos dies que Nodime s'ha traslladat a les habitacions que hi ha al costat dels propilens del sud, per ser a prop de Herihor —va dir Pinediem—. Potser seria convenient buscar sense gaire soroll.

—Tens raó —acceptà Pianj—. Busqueu pertot arreu, però procureu que la reina no es desperti ni sigui molestada.

Els soldats van assentir i es tombaren per sortir. Pinediem va fer esma d'acompanyar-los.

—Vosaltres quedeu-vos —ordenà Pianj al dos sentinelles, mentre agafava pel braç el seu fill i el retenia. Llavors s'encarà amb el soldat que l'havia anat a buscar —. Què significa tot això?

—No en sé res, senyor —respongué el sentinella, amb veu tremolosa—. Jo només he fet el que se m'ha ordenat.

—Qui ha entrat aquí? —demanà Pianj amb un to d'impaciència.

—Yenes —repetí el sentinella—. Ningú més.

—No pot ser! Aquí ha entrat algú més i ha robat el cos de Herihor —insistí Pianj, gairebé cridant.

—Mentre jo era de guàrdia, no ha entrat ningú, senyor. Ho juro per tots els déus. Del que ha passat després, quan he abandonat el meu lloc per venir a buscar-te, no en puc dir res.

251

Albert Salvadó

Pianj el mirà als ulls. El pobre desgraciat estava espantat i semblava sincer. Llavors clavà les seves ninetes en l'altre.

—Has estat aquí tota la nit?

—Porto aquí des d'abans de la caiguda del sol. No m'he mogut ni un instant del meu lloc i jo també només he vist Yenes.

—I no has vist ningú més? —insistí Pianj, que cada cop entenia menys el que estava passant.

—No, senyor —respongué el soldat, que també començava a suar.

—Que vingui Sharek! —va fer, tot mirant Pinediem.

2.3 – UN MISTERI

Sharek vivia en unes dependències annexes al temple d'Amon de Karnak. Sempre havia estat sacerdot, sempre hi havia viscut i quan Herihor el va nomenar Quart Profeta no va veure la necessitat de traslladar-se ni d'abandonar la seva vida austera.

Pinediem va córrer cap a la seva habitació, va entrar sense demanar permís i no el va trobar.

—Ah! —El jove s'espantà.

Una altra desaparició!, gairebé va estar a punt de cridar. Va sortir al passadís, va caminar unes passes i ensopegà amb un dels guàrdies del temple.

—Sharek no hi és —va fer.

—Fa estona que l'he vist dirigir-se a la capella d'Amon —informà el soldat.

Pinediem sortí cuita-corrents cap al santuari, entrà a la sala hipòstila i després a la capella. Allà, enmig de la penombra només trencada per la flama de les llànties que penjaven dels murs, distingí la silueta de Sharek que s'estava dret, amb la barbeta baixa en actitud de recolliment, els ulls clucs i les mans amb els palmells enlaire.

S'hi atansà de pressa i li tocà el braç. Sharek obrí lentament els ulls, respirà fondo, tot tornant del seu estat de meditació, abaixà les mans i el mirà.

—Sort que t'he trobat —digué Pinediem. Se'l veia neguitós.

—No podia dormir i he vingut per pregar als déus pel *ka* del nostre Primer Profeta —respongué Sharek, amb el to de veu de qui es troba en pau amb ell mateix—. També has vingut a resar?

—Pianj m'envia a buscar-te.

—A aquestes hores? —s'estranyà Sharek.

—Anem, de pressa. Ha passat una cosa que...

Pinediem l'agafà pel braç i tibà d'ell, mentre començava a explicar-li el que havia succeït:

—Herihor ha desaparegut... no hi és... vull dir que el sentinella... el que estava a la porta... la del temple de Jonsu... no pas l'altre, sinó el primer... el que feia guàrdia a...

El jove parlava de pressa, entrebancant-se, pretenent explicar-ho tot a la vegada i barrejant detalls que després mirava de corregir per aclarir el que volia dir, però no se'n sortia.

—Calma't —li va dir Sharek, i el va aturar—. Respira fondo i deixa que la ment trobi el seu equilibri.

—No hi ha temps —va fer Pinediem, i va tornar a tibar de Sharek—. Ha desaparegut...

—Sempre hi ha temps per tot, si no ens el mengem amb el nostre afany de caminar per davant dels esdeveniments —sentencià el Quart Profeta, es lliurà de la mà que li agafava el braç i es quedà palplantat—. Respira —ordenà, en un to seré, però imperiós.

Pinediem tancà les parpelles i respirà fondo un parell de vegades. Aquelles paraules del Quart Profeta d'Amon li recordaven el seu avi. Fins i tot el to amb què les havia pronunciades: pausat, amb veu profunda i un lleuger somriure als ulls, però amb energia. Herihor també sabia somriure només amb els ulls, sense necessitat de bellugar els llavis, habilitat que li permetia assossegar la persona que tenia al davant i oferir-li una confiança que el convidava a parlar.

—Comença de nou, com si no m'haguessis explicat res.

El jove respirà fondo per tercer cop i somrigué.

«La respiració governa la vida», recordava Pinediem que li deia Herihor. «En els pitjors moments, quan creguis que tot l'entorn t'ataca i que et pot vèncer, simplement respira; quan t'imaginis que el temps s'esgota, respira. Notaràs que l'aire que t'envolta es calma i que tot allò que veies com un monstre tenebrós ni és tan monstruós ni és tan tenebrós com semblava, perquè has passat de ser dominat a dominar».

El món de Pinediem, que fins aquell instant es movia amb una velocitat que cada cop s'accelerava més, s'alentí fins adquirir el ritme que li permetia ser l'amo dels seus pensaments. Totes aquelles imatges que es trepitjaven les unes a les altres, sense ordre ni concert, de sobte buscaven la ubicació correcta i tots els retalls de records, de frases i de vivències s'aplegaven en grups homogenis per acabar dibuixant un quadre que tenia forma i color, llum i matisos. Les paraules de Sharek acabaven de trencar l'espiral de la demència i tot retornava al seu lloc. Llavors, mentre es dirigien cap al pati del temple de Jonsu, el jove va ser capaç de començar a explicar-li amb ordre tot el que havia passat.

—Aquesta nit un sentinella ha anat a despertar Pianj, pregant-li que l'acompanyés. Jo també m'he despertat. Quan hem arribat al temple de Jonsu el cos de Herihor havia desaparegut. I Yenes, també. Llavors...

—Què vol dir, amb què també ha desaparegut Yenes? —va fer Sharek, aturant-se de patac.

—Doncs, que no el trobem enlloc —respongué Pinediem.

—Però... no és ell qui ha anat a buscar Pianj?

—No. Ha enviat el sentinella de la porta i ell s'hi ha quedat.

Sharek es va quedar pensarós.

—Anem, que això és greu —va fer—. I explica-m'ho tot amb detall mentre ens dirigim a Jonsu

—Herihor sempre deia que ets l'home més intel·ligent de Tebes —va fer Pianj, només veure arribar Sharek.

Després el posà al corrent de les circumstàncies que els envoltaven. Estava tan tens i tan nerviós que no havia escoltat que Sharek li deia que Pinediem ja l'hi havia explicat tot.

El Quart Profeta va escoltar pacientment tot el que Pianj li havia de dir, i no el va tallar per a res. Tal com estava aquell home, valia més deixar-lo acabar. A més, una segona versió sempre aporta detalls que la primera no té.

—Troba'm Yenes i que retorni el cos que s'ha endut. I procura que sigui abans no surti el sol —acabà Pianj el seu discurs.

Sharek assentí, sense badar boca. No era moment de pronunciar cap més paraula, sinó d'actuar.

—Espera! —l'aturà Pianj—. No despertis Nodime. Només ens faltaria que ella s'assabentés del que passa. Si trobem el cos de Herihor no haurem de donar explicacions de res.

Sharek va triar sacerdots de la seva absoluta confiança i els va ordenar obrir les portes de Jonsu. Els ordenà que es quedessin allà i hi entrà tot sol. Va recórrer la sala hipòstila de les dotze columnes, ben a poc a poc. Ho escorcollava tot amb la mirada per tal de comprovar que no hi hagués res d'estrany.

Quan va estar ben segur que allà no hi havia res fora del normal, va accedir a la part interior del temple, va comprovar que les tres portes laterals, que donaven a l'exterior, eren tancades per dins, va escorcollar totes les sales i dependències fins arribar a la capella que contenia la barca de Jonsu amb el pedestal decorat amb baixos relleus i també va comprovar que la porta del propileu, la que donava al camí que conduïa al santuari de Mut, estigués tancada. Allà no hi havia ni una ànima.

Llavors va cridar dos sacerdots i els va ordenar que ho escorcollessin tot, fins al més petit racó.

—Vols que també comprovem l'escala que duu al terrat i la capella del sol? —demanà un dels sacerdots.

—Primer ho faré jo. No vull que es toqui res que abans no hagi vist jo mateix —respongué Sharek—. Dediqueu-vos a buscar per aquí baix. Ja us avisaré quan hagi acabat.

Va pujar l'escala que hi havia a l'angle sud-est del temple, que conduïa fins al terrat, on s'hi trobava la capella del sol. Va escorcollar tots els racons. Allà tampoc no hi va trobar res d'anormal. I es quedà pensarós i estranyat.

Va baixar l'escala, s'aplegà als dos sacerdots i van sortir al pati, on els altres sacerdots havien remenat tot el que havien pogut.

Bé! Allà ja no hi havia res més per fer.

Sharek va ordenar que li portessin tots els soldats disponibles i que s'apleguessin a l'exèrcit de sacerdots que poblava Karnak. Amb una part, va acordonar el temple de Jonsu i va deixar instruccions precises que ningú no hi entrés ni hi toqués res. A la resta els distribuí en grups sota el comandament d'oficials de la seva confiança i els envià a escorcollar Karnak d'un extrem a l'altre. Si no trobaven res, quan haguessin acabat, que es dirigissin a Luxor, que escorcollessin Tebes sencer, el Ramesseum, tots els temples des del Nil fins a la muntanya Tebana, si calia, i la Vall dels Reis, i la Vall de les Reines i la Vall dels Nobles i... en acabar, si tampoc no havien trobat res, que pentinessin els camps de conreu i els boscos de les rodalies, que no deixessin una sola pedra sense bellugar ni un matoll sense apartar.

—Haurem de parlar amb Nodime —va dir Pinediem, en assabentar-se del resultat del primer escorcoll.

—No. Encara no —va fer Pianj.

Poc després les llànties corrien amunt i avall, i tots els temples, totes les dependències, totes les cambres, tots els magatzems i tots els racons de Karnak eren escorcollats un i altre cop per l'exèrcit de sacerdots i de soldats a les ordres del Quart Profeta. En el silenci més absolut. Semblaven fantasmes que es belluguen enmig de la foscor.

—No hi ha cap rastre, ni de Yenes ni del cos de Herihor —informà Sharek gairebé a la sortida del sol.

—És impossible! —exclamà Pianj.

—Jo penso el mateix. No entenc com Yenes pot haver desaparegut sense deixar rastre —Sharek assentí repetidament, mentre manifestava amb un gest la seva sorpresa, però sense perdre la calma—. El temple de Jonsu disposa de sis portes, a més de la principal, davant de la qual hi havia un sentinella. Les sis portes estan tancades per dins. Ningú no ha pogut sortir per elles. I tampoc no ha sortit ningú per la porta principal, perquè el sentinella de la porta lateral de la sala dels pilons d'Amon només ha vist que el cap dels embalsamadors hi entrava.

—Llavors? —demanà Pianj.

—Pel moment és un misteri —Sharek va prémer els llavis, va avançar lleugerament el cap, tot estirant el coll i alçà les celles, mentre obria les mans per manifestar la seva perplexitat—. Hauré d'esperar que surti el sol per poder observar els voltants del temple i trobar-hi petjades. Potser, llavors, amb la llum del dia, trobarem l'explicació i els misteris desapareixeran. Mentrestant, he ordenat que tanquin el temple de Jonsu i que disposin soldats al seu voltant per evitar que ningú no trepitgi més del que ja s'ha trepitjat.

—Si creus que és necessari, espera que surti el sol, però troba'm una explicació —va fer Pianj, i marxà amb pas ferm.

Pinediem se li aplegà.

—Pare, hauríem de parlar amb la reina —digué Pinediem.

—Encara no —respongué Pianj, altre cop.

—Bé ha de saber el que passa —insistí el jove.

—Sí? —Pianj s'aturà de cop i el mirà als ulls—. I què li podem dir, ara mateix? Que el cos del seu marit ha desaparegut...? Que s'ha esfumat...? Que...?

Déus de déus! Allò era de bojos!

Pianj respirà fondo i deixà anar tot l'aire dels pulmons d'una sola bufada. Ja només li faltava allò per acabar d'adobar una situació prou complicada.

Ningú no dubtava que Smendes esperava la notícia de la mort de Herihor des feia anys, des que Herihor li va proposar repartir-se Egipte. El visir del nord, després de la gran derrota que va patir en el terreny polític a mans de Herihor, havia après a tenir paciència i no menysprear ningú.

«Un rival intel·ligent que, a més, és pacient i reflexiu, és un enemic perillós que esperarà la seva gran oportunitat», deia Herihor.

I ara Uaraktir no tenia cap dubte que aquesta oportunitat havia començat a fer-se realitat el mateix matí que el Primer Profeta va caure al temple, feia poc més de cinc setmanes. Pianj era a prop i va córrer per veure què havia succeït. Herihor s'aixecà de seguida i va continuar com si res no hagués passat.

—He ensopegat com un idiota —havia mig rigut.

Pianj havia respirat alleugerit.

Tanmateix, dos dies més tard, el cos de Herihor es va plegar i va caure de genolls dins del temple. Uaraktir era amb ell i va pensar que podia tractar-se d'un dels moments d'èxtasi que l'atrapaven. Però, aquella vegada durava massa. Es va atansar i va veure que el rostre de Herihor estava congestionat per causa del dolor.

—Què et passa? —havia demanat Uaraktir, espantat, també caient de genolls.

—Ajuda'm i no diguis res a ningú —havia fet Herihor, allargant el braç perquè l'ajudés.

El Tercer Profeta el va carregar en braços i el va dur fins a les habitacions dels sacerdots. Va ordenar cridar els metges, que el van examinar, malgrat que Herihor protestava i deia que allò era passatger i que al cap ben poca estona es llevaria.

Uaraktir va contemplar l'expressió d'incredulitat a la cara dels metges, que no badaven boca davant del pacient. Els ossos se li trencaven i no el sostenien. En aquestes circumstàncies, no calia cap esforç mental per adonar-se que la mirada d'aquells homes deixava clar que no es tractava de cap fet ni aïllat ni passatger, sinó que representava un episodi més que anunciava que el camí començava a fer-se estret per anunciar el final. De manera que el fidel company va avisar Nodime.

El Primer Profeta ja no es va llevar més. Va ser traslladat a palau i la seva esposa es va fer càrrec personalment del malalt. No s'apartava del seu llit ni un instant i somreia i feia el cor fort quan ell la mirava.

Herihor tenia el cap molt clar. Potser, com mai no l'havia tingut. Deia que havia de donar gràcies a Amon perquè l'estava alliberant de la feixuga tasca d'haver d'ordenar el seu cos que caminés i que es mogués i que tota aquella energia la podia dedicar a pensar, a meditar, a reflexionar i a descobrir el camí que mena fins al centre de l'univers.

—Hi ha un centre —deia estirat al llit, mirant cap a la finestra, cap al cel blau—. És allà —assenyalava amb el dit—. Segur. I des del centre ho pots veure tot: passat, present i futur.

Pianj anava a visitar-lo cada dia, diversos cops.

—Aquest matí he fet venir l'escriba reial i li he dictat les meves darreres voluntats. Prepara't, perquè tu seràs el meu successor —li havia dit Herihor, una tarda.

—I la teva tomba? —havia demanat Pianj. Se sentia trist i se li feia un nus a la gola cada cop que veia Herihor en aquelles condicions.

—No és moment de pensar en detalls, sinó que és moment d'edificar el futur d'Egipte —l'havia tallat Herihor.

—Però, no t'has bastit cap tomba, no sabem...

—Deixo a les vostres mans la decisió de triar un lloc on enterrar-me. Demaneu-li a Nodime —l'havia tornat a tallar Herihor—. El que més em preocupa ara és la reacció de Smendes. Ell ambiciona tot l'imperi i buscarà la més petita excusa per venir i reclamar allò que s'imagina que li pertany. A hores d'ara ja sap que estic malalt i segur que ja ha començat a preparar les seves tropes. Egipte no pot tornar a caure en el caos que significa tenir un faraó dèbil. L'ordre que imperi ha de ser un altre de ben diferent.

—Smendes va fer un pacte amb tu i sempre l'ha respectat —havia replicat Pianj.

—Vam fer un pacte. És cert. I l'hem respectat escrupolosament. També és cert. Ni ell ha interferit en les meves decisions ni jo en les seves; ell ha dirigit l'administració i jo el poder religiós; ell ha manat l'exèrcit del nord i jo el del sud. Però ara tot serà diferent, perquè ell és el successor de Ramsès —va dir Herihor, va callar un instant, respirà fondo i continuà—: Què passarà amb Penehasi? L'hem allunyat fins més enllà de les cascades, però Smendes ja li farà arribar la notícia que estic malalt. El rei dels nubis és un ambiciós i no trigarà a venir amb afany de venjança. Som enmig de dues forces que pretenen el mateix tron. És la posició més delicada i haurem de lluitar de valent. Prepara-ho tot.

Aquella mateixa tarda, Pianj havia reunit Halep, Uaraktir, Sharek i Mendiebet, l'altre comandant. Halep seria el seu conseller. Uaraktir es desplaçaria fins a Dendera per organitzar les tropes i disposar-les per quan arribés Smendes. Allà podria aturar-lo i impedir que les tropes del nord passessin per darrere de la muntanya Tebana i els ataquessin per l'esquena. Mendiebet tornaria al sud, a Assuan, i s'enduria més tropes per tal de reforçar les defenses. Penehasi era capaç de qualsevulla acció per venjar-se. I Sharek es quedaria a Tebes per ocupar-se de l'administració. Herihor confiava molt en ell.

De sobte, Pianj se sentí cansat. Quantes coses que havien passat en ben pocs dies!

—Aquí ja no hi fem res —va dir, enmig de la nit, abandonant els seus records i pensaments, i es dirigí cap a l'embarcador.

Pinediem va interpretar que el seu pare el volia amb ell i el va seguir.

El viatge de retorn a palau el van fer en silenci.

Quan van arribar, Pianj li comunicà que es retirava a descansar. Necessitava dormir una estona i era estúpid romandre despert quan no podien fer altra cosa que esperar.

Pinediem no tenia son. Es dirigí al pati i s'assegué en un banc. Podia tornar a Karnak per donar un cop de mà, reflexionava. Tanmateix, segur que el pare, quan es despertés, el cridaria.

Allà, veient com sortia el sol, recordava que ell es va assabentar que Herihor s'havia posat malalt quan tornava a palau, després d'una llarga jornada. Va ser Uaraktir que li va explicar que els metges l'havien examinat i que havien dit que no hi havia res a fer, que la malaltia ja estava molt avançada i que els ossos se li estaven desfent.

—Sorprèn que mai no s'hagi queixat de dolor —havia comentat un dels metges—. Aquest mal que afecta els ossos és com un dimoni.

—No pot ser —havia exclamat Pinediem, incrèdul i incapaç d'acceptar la realitat.

—Ho sento —havia respost Uaraktir, i li havia posat la mà damunt l'espatlla.

Hi ha moments que, de sobte, ens adonem que hem crescut, pensava Pinediem en recordar aquells moments, feia unes setmanes, cinc a tot estirar. La seva reacció davant la notícia que el gran Herihor moria va ser de negació.

—Un home com ell, no pot morir —recordava que havia dit, com si allò fos l'evidència més gran d'aquest món.

—Només els déus són immortals —li havia replicat Uaraktir.

El bo d'Uaraktir, l'home que en qualsevulla circumstància sempre havia estat al costat del seu avi, el seu més fidel servidor i amic, que mai no l'havia deixat sol. I parlava amb resignació, acceptant... I és clar que ho acceptava! Era una realitat innegable!

Va ser llavors, per primera vegada, que es va adonar que el seu avi, per més que ell el veiés com un gegant, era un home. Simplement un home, i no pas un déu.

Com canvia tot! Poc després d'arribar a Tebes, Pinediem pensava que per fi entraria a l'exèrcit, però el seu avi va decidir que es faria càrrec de controlar les collites i els graners del temple. Quan va marxar el faraó, després de la cerimònia del Renaixement, va imaginar que havia arribat el gran moment, però el seu avi decidí que s'encarregaria dels treballs de construcció i de restauració de Karnak. Aquella decisió el va omplir de ràbia i de dolor, però el seu avi sabia com tractar-lo, va ordenar que comencés a rebre instrucció militar, encara que només un parell d'hores al matí. La resta de la jornada s'havia de dedicar a la seva tasca principal. No obstant això, Herihor anava a veure'l cada dia i s'interessava pel seu treball i per com aconseguia que els artesans treballessin de valent.

«Qui és capaç de guanyar sempre les petites batalles, té moltes probabilitats de guanyar les grans», li deia quan ell es queixava que allò era una tasca menor. «I si atorgues importància fins i tot a una futilesa, segur que mai no cometràs l'error de menysprear una decisió essencial».

Encoratjat per les paraules de Herihor, es va dedicar en cos i ànima a les obres del temple de Jonsu, que havia estat iniciat per Ramsès III i que Ramsès IV n'havia completat el santuari i les cambres internes que l'envoltaven. Des aleshores les obres s'havien aturat i no s'havien reprès fins aquell moment, amb la construcció de la sala hipòstila.

«Aquí escriurem i relatarem que el faraó va fer l'ofrena als déus, després que Tebes fos alliberada», li explicava Herihor, mentre es passejava entre els obrers. «Els teus fills han de tenir constància del que nosaltres vam ser capaços de fer. Així ells trauran el coratge de sota d'aquestes pedres i Egipte seguirà sent gran».

De mica en mica, les columnes s'aixecaren, i el terra i el sostre s'acabaren per permetre que entressin els artesans decoradors que havien d'esculpir els relleus i pintar les figures.

Aquells dies, Pinediem mirava el seu avi i veia un immens gegant. Només Sharek era físicament més alt que ell, però això, dins la ment del noi, no passava de ser un error de la natura, perquè la sola presència de Herihor ja imposava respecte i quan parlava les seves paraules esdevenien llei.

El noi va trobar ben normal que, després que els artesans esculpissin els primers relleus, amb l'ofrena que Ramsès XI feia a Amon, el Primer Profeta els ordenés esculpir uns altres en els quals la seva figura, trencant el que havia estat fins aleshores norma sagrada, tingués la mateixa grandària que la del faraó. Per a Pinediem, Herihor era l'home més gran d'Egipte. Si en aquell moment tancava els ulls, la seva memòria podia reproduir fidelment l'escena del llac de Karnak, quan ell va cridar ben alt que la seva àvia havia estat confirmada per Ramsès XI com la Gran Concubina d'Amon. Aquell dia, mentre la barca els duia, a Nodime i a ell, fins a l'altar, es va fixar que el seu avi era més alt que el faraó i més fort i que els seus vestits de summe sacerdot brillaven més i que...

Les obres al temple de Jonsu continuaren. Encara no s'havia acabat la sala hipòstila que ja s'encetà el pati d'entrada. Mentre, el temps va anar passant i Pinediem va créixer i abandonà la pubertat per encetar l'edat adulta. Ja era un jove de divuit anys, alt i prim.

—Aquí, en els murs laterals del pati, vull que em representeu així —va explicar Herihor un dia, tot mostrant els dibuixos que li havia fet Sharek.

Els artesans van fer un posat de sorpresa, però no van badar boca. El dibuix representava Herihor fent l'ofrena a la triada de Karnak. I, per si fos poc, duia el *pszheut*, la doble corona d'Egipte, de l'Alt i del Baix. Ramsès XI ja no hi figurava. Havia desaparegut.

Com podia ordenar que el representessin amb el *pszheut*, si aquell símbol només pertanyia al faraó? Aquesta era la pregunta que es feien tots els artesans, però que Pinediem, en aquells moments, ni tan sols es va plantejar. El seu avi era molt més gran que Ramsès XI. En tots els aspectes: el militar, el polític, el religiós, l'administratiu... Els déus bé s'hi havien d'adonar. Per què, llavors, no podia ser el faraó?

—Ja estàs madur. Has après a obeir sense fer preguntes. Ha arribat el moment que comencis a aprendre de valent com s'ha de lluitar. I el que és més important: com s'ha de manar —li va dir Herihor un dia.

Pinediem, en escoltar aquestes paraules, va inflar el pit. La seva educació va fer un gir. A partir d'aquell moment dedicava tots els matins a aprendre l'art de la lluita: com organitzar una defensa, com establir un pla d'acció, com bellugar els homes, com determinar la millor estratègia, com analitzar un camp de batalla, com aplicar tàctiques militars... I les tardes les dedicava a l'art de la política i de l'administració.

Ara, assegut al banc del jardí de palau, mentre Pianj descansava, Pinediem s'acabava de fer aquella pregunta: per què Herihor va ordenar que el representessin amb la doble corona?

Sí, es feia aquella pregunta de la mateixa manera que, tot just una setmana abans de la mort del seu avi, un dia, de sobte, per primera vegada es va descobrir orfe, mancat de bona part de la visió de grandesa i de poder que envoltava Karnak, havent perdut aquella seguretat inqüestionable que el feia sentir-se absolutament protegit de qualsevol perill.

No deixava de ser curiós el canvi que s'havia produït en poc temps, en dies o en setmanes a tot estirar, i com de vegades la il·lusió de seguretat depèn d'un sol home. La malaltia de Herihor i el cruel vaticini dels metges feien trontollar tot l'edifici bastit per l'home que esperava la mort. Malgrat que Pianj va prendre el poder immediatament, que Uaraktir es va fer càrrec de l'exèrcit, que Mendiebet va marxar cap al sud per reforçar Assuan, que Halep continuà donant bons consells i que Sharek s'hi abocà al front de tota l'administració, res no era el mateix. Hi mancava l'aurèola que desprenia la presència del seu avi, aquella energia invisible i contagiosa que s'escampava pertot arreu i ho cobria tot.

Com s'ho farien, si Herihor moria?, no havia deixat de demanar-se Pinediem poc abans del fatal desenllaç. I recordava aquell home postrat al llit en els moments més brillants de la seva vida, quan enmig d'una reunió, quan tothom parlava i parlava sense escoltar ningú, ell s'aixecava de la cadira i romania dempeus fins que tots els presents callaven. Llavors, Herihor assenyalava algú i li donava la paraula. Cap dels altres no gosava badar boca. A partir d'aquell instant aplicava el que ell anomenava el principi d'eficàcia:

—No hi ha res en passat ni en futur. Tot és present. Només existeix el problema i la solució. No vull sentir ni una sola paraula que no sigui: el problema és aquest i podem fer... —deia, i deixava la frase penjada—: No m'interessa saber que podríem fer o deixar de fer...; m'avorreix saber que si fem això...; no vull que paraules com *si* o *però* formin part del llenguatge d'aquests moments; només vull saber què podem fer... I ara ve la gran pregunta: algú de vosaltres pot dir simplement podem fer... el que sigui?

Callava un instant i els mirava tots, un per un, mentre feia un petit gest amb el cap i alçava les celles tot interrogant-los.

—Bé! Si ningú no pot dir aquestes paraules, guardeu silenci, escolteu, obeïu i no em féu venir mal de cap.

Així s'acabaven totes les discussions.

No obstant això, en els moments distesos li agradava mantenir llargues converses, deixant que tothom s'esplaiés amb llibertat, escoltant el que havien de dir.

—Qui escolta més que no pas parla, sempre acaba aprenent alguna cosa nova —li deia Herihor amb un somriure, quan Pinediem li explicava tot el que feia per aprendre a manar les tropes, i ho embolcallava de mil paraules.

Lluny quedaven els dies en què dirigia obrers al temple de Jonsu, que Herihor ordenà desallotjar i tancar per aconseguir acabar les obres el més aviat possible. Semblava talment que s'ensumés que la mort el rondava. Mantenia llargues converses amb Sharek, a porta tancada, i li encomanava més i més projectes i dibuixos. Tots ells del temple de Jonsu, que havia esdevingut la seva gran obra.

271

Un gran home!, va fer Pinediem, i abandonà el banc per dirigir-se a la seva habitació. Ara sí, que se sentia cansat.

Era a punt d'entrar-hi quan el sol aparegué per l'horitzó. Ra prenia possessió del seu reialme i tot tornava a la vida després d'una nit que havia resultat molt més llarga de l'habitual, però sense que hagués aportat cap resultat. Tanmateix, estava convençut (o es volia convèncer) que Sharek no trigaria a venir per assabentar-los del que, possiblement, només havia estat un malentès per part de tots plegats.

Malentès?, es demanà quan s'estirava al llit. No hi havia cap malentès en el fet que Yenes hagués desaparegut i que dins la cambra no s'hi trobés el cos del Primer Profeta. Simplement era la constatació d'un fet inqüestionable. Potser els déus havien abandonat Tebes a la seva sort per alguna raó. Tal vegada perquè Herihor havia usurpat la doble corona? De fet, dues setmanes abans havia tingut lloc una gran desgràcia. Deu obrers que treballaven al temple de Jonsu havien mort ofegats quan la seva barca es va enfonsar al Nil. No se'n va salvar ni un.

Sospirà, tancà els ulls i s'adormí.

2.4 – UN ALTRE MISTERI

Ra, el déu de la llum i de la calor, ja havia encetat el seu regnat quan tres sacerdotesses del primer *phylae* es dirigien a les habitacions que, des de la mort de Herihor, Tahme ocupava dins del recinte del temple dedicat a la deessa Mut, mare de Jonsu. La Divina Adoratriu havia pres aquesta decisió per ser més a prop i no haver de dependre d'una barca per traslladar-se cada cop que se la requeria a l'altre costat del Nil. De nit li feia cosa la foscor del riu. Estava convençuda que les tenebres amaguen monstres que poden engolir-se una embarcació sencera amb tots els tripulants, i s'estimava més el camí que unia el recinte dedicat a Mut amb el dedicat a Amon, perquè el podia recórrer damunt d'una llitera i envoltada de servents amb torxes. Quan acabessin els ritus i haguessin enterrat el cos del Primer Profeta, ja tornaria a ocupar les seves habitacions, al temple de Seti I.

Les tres sacerdotesses van arribar a la porta i l'obriren sense fer soroll. Nenhere no les acompanyava. La nit anterior s'havia quedat dintre per fer companyia a la Divina Adoratriu, que des feia un parell de setmanes tenia molta son i es llevava de mal humor. Fins i tot, dos dies abans de la mort de Herihor, Tahme i Nenhere havien protagonitzat una discussió prou vehement que havia conclòs amb l'expulsió de la responsable de les habitacions privades de la Divina Adoratriu, que no havia tornat fins que no va demanar perdó. Això havia tingut lloc anit, i Tahme havia acceptat que Nenhere tornés i fins i tot li havia permès que s'hi quedés tota la nit, com feia de tant en tant, temps enrere.

Les tres dones van entrar-hi i van tancar la porta, també sense fer soroll. En la penombra es descobria que l'habitació era gran i que donava a una terrassa tancada amb cortines, que estava dos graons més enlairada que la resta. En un racó, a l'esquerra de la porta, s'endevinava la taula i la cadira que servien perquè poguessin rentar, pintar i pentinar la Divina Adoratriu i damunt d'una tarima, a la mateixa altura que la terrassa, però enmig de l'estança, es dibuixava la silueta d'un llit.

Mentre una d'elles es dirigia cap a la cortina per descórrer-la, les altres dues s'afanyaren a prendre la capsa dels perfums, la safata de les perruques i les pintes i el cossi amb la gerra d'aigua i es dirigiren cap a la taula. Només llevar-se, la Divina Adoratriu practicava les seves ablucions, seguint el ritual assenyalat pel llibre de les sacerdotesses. Després se sotmetia a l'altre ritual, que li era força més agradable i que aconseguia el miracle de la perfecció.

Les sacerdotesses no es van sorprendre pel fet que Nenhere no estigués llevada. Quan es quedava amb la Divina Adoratriu, xerraven fins ben tard i l'endemà no era pas estrany que les trobessin dormides dins del mateix llit.

En l'instant que les cortines es bellugaven, la claror de la matinada començà a inundar les parets i les columnes per descobrir la riquesa de la decoració i la magnificència de les escenes religioses que les mans més destres hi havien dibuixat.

De sobte, s'escoltà un crit que provenia de la porta de la terrassa i a una de les sacerdotesses li va caure la safata de les pintes.

Del mateix marc de la portalada que conduïa a la terrassa, penjava el cos de Nenhere, inert, amb una corda al voltant del coll, amb el cap tort, la llengua fora, i el rostre amb els ulls desorbitats.

La primera de les altres dues sacerdotesses que va aconseguir recuperar-se de la impressió, va córrer cap al llit.

—Ai, Osiris! El llit és buit! —va fer, mentre es duia les mans a la boca i començava a tremolar.

Van mirar pertot arreu, van cercar fins i tot el més petit racó de l'estança i de les dues habitacions annexes, però allà no hi havia ningú.

Tremoloses, van sortir a la terrassa, i, tement un desastre, una d'elles s'hi va abocar a la balconada, enlairada del terra quasi vint *mehs*.

—Aquí! —va fer, tot apuntant amb el dit cap avall.

Les altres dues sacerdotesses van córrer cap a la balconada i també s'hi van abocar. Allà, a baix, podien distingir el cos de la Divina Adoratriu que guardava una estranya postura, bocaterrosa, amb la cara girada cap amunt, un braç retorçat a l'esquena, l'altre allargat i amb la mà oberta i les cames doblegades cadascuna cap a un costat.

Sharek va ser el primer d'arribar-hi. Es trobava pels voltants del temple de Jonsu, investigant el que podia haver passat amb el cos de Herihor i amb la desaparició de Yenes, quan l'havien anat a avisar.

Va entrar a les habitacions de Tahme i la primera cosa que va veure va ser el cadàver de Nenhere, enmig de la terrassa, al terra. Els ulls oberts el miraven i tenia el rostre completament desencaixat.

El Quart Profeta s'avançà i examinà atentament la corda que encara hi penjava de la biga, ara buida. L'havien tallada.

Després es dirigí cap al llit, on havien dipositat el cos de Tahme, i que estava envoltat per les tres sacerdotesses, que ploraven desconsolades.

—Qui ha despenjat Nenhere? —demanà Sharek.

—Nosaltres tres —respongué una de les sacerdotesses, entre sanglots.

—Sou unes estúpides —va fer, enfadat.

—Hem pensat... —encetà una altra.

Els sanglots s'havien aturat de cop.

—Idiota! —la va tallar Sharek—. I qui ha pujat el cos de Tahme?

—Nosaltres —respongué un dels dos soldats que s'estaven a la porta.

—Per ordre d'elles —s'afanyà a afegir-hi l'altre soldat.

—Estava en una postura no gaire decorosa perquè se li havia apujat la camisola —digué una de les sacerdotesses.

—Potser ella protestava per aquest fet —va fer Sharek, negant amb el cap. Dones!, va fer per a ell mateix.

Cap de les tres sacerdotesses no va replicar. Havien deixat de somicar i es miraven Sharek amb recança.

El Quart Profeta examinà el cadàver de la Divina Adoratriu. Semblava prou evident que havia mort en estavellar-se contra les roques. Tenia cops pertot arreu i la roba estava rosegada i estripada per haver fregat contra el mur en la seva caiguda. Després va examinar el cadàver de Nenhere. Tenia el coll trencat. Finalment va interrogar les sacerdotesses i els guàrdies.

El segon en arribar va ser Pianj. La notícia l'havia agafat quan entrava a Karnak.

—Però, què està passant? —demanà mig enfollit—. Un altre misteri? —va fer, tot dirigint-se a Sharek.

—No ho crec pas —respongué el Quart Profeta—. Anit, les sacerdotesses la van deixar al llit i Nenhere s'hi va quedar; els guàrdies de la porta que dóna a la residència de les sacerdotesses no han abandonat el seu lloc i no han vist entrar ni sortir ningú del recinte de les habitacions. La terrassa es troba a vint *mehs* d'altura i no hi cap corda ni cap senyal ni cap petjada ni res que faci suposar que algú hagi pujat i hagi tornat a baixar, proesa que evidentment no es troba a l'abast de qualsevol mortal —explicà, mentre duia Pianj a la terrassa i li mostrava el mur.

—Fins i tot un llangardaix tindria problemes per pujar-hi —va fer Pianj, en veure com de vertical era aquell mur—. I dius que no és cap misteri?

—Pel que expliquen les sacerdotesses, fa uns dies que Tahme i Nenhere van sostenir una violenta discussió. La Divina Adoratriu va fer fora Nenhere, que no ha pogut tornar fins que no li va demanar perdó, cosa que va fer anit. Per tant, semblaria que havien fet les paus, però tot apunta que possiblement no ha estat així.

—Què vols dir?.

—Jo ho veig molt clar: possiblement han tornat a discutir, a la terrassa, i Nenhere ha empès, voluntàriament o accidental, Tahme, que ha caigut i s'ha estavellat a les roques. Després, en veure el crim que acabava de cometre i ofegada pels remordiments o morta de por davant del càstig que l'esperava, Nenhere s'ha penjat. És l'explicació més senzilla. A dues passes d'on penjava el cos de Nenhere, les sacerdotesses han trobat un petit escambell. Segurament l'ha utilitzat per pujar-hi i després li ha donat una puntada de peu. Això haurà fet que el seu cos caigui a plom i l'estrebada li deu d'haver trencat el coll.

—Si més no, en aquest cas tenim dos cossos per enterrar, que en l'altre misteri els hem perdut —va dir Pianj, i es quedà mirant Sharek.

—Pel moment bé podem dir que els hem perdut. Des que ha sortit el sol que no hem parat d'escorcollar les rodalies del temple. No hi ha cap petjada ni cap senyal de res. He ordenat que vinguin els obrers i que aixequin tot el pati per veure si hi troben alguna cosa.

—Què vols dir? Que algú l'hagués enterrat aprofitant que hi fan obres?

—Mai no se sap, però és una possibilitat.

—I qui ho ha fet, com hauria pogut sortir sense que el veiessin?

—Les respostes han d'arribar d'una en una i per ordre. Quan trobem Yenes, tindrem la primera resposta.

—Quant de temps haurem d'esperar per tenir aquesta resposta? —va fer Pianj, desesperat.

Sharek anava a respondre quan van veure entrar Pinediem. El jove arribava amb el rostre desencaixat, esmaperdut, caminant com un somnàmbul. Va mirar Pianj i Sharek i sense badar boca es dirigí cap al llit, on s'endevinava la silueta de Tahme amagada sota un llençol. S'atansà lentament, amb por, apartà la sacerdotessa que s'estava al costat de llit i va descobrir el rostre de la Divina Adoratriu. Li havien tancat els ulls i, si no fos pels cops i les nafres que cobrien la seva cara, semblaria adormida.

De sobte, Pinediem deixà caure el llençol i començà a cridar com un foll, mentre obria els braços i es posava a tremolar com un infant.

Pianj i Sharek es miraren sorpresos, sense entendre-hi res. Què estava passant allà? Potser tots pararien bojos!

—L'hem de treure d'aquí —digué Sharek, tor reaccionant.

Entre ell i Pianj van arrossegar Pinediem fora de l'habitació.

—Però, què li ha agafat? —va fer Pianj, que no entenia res de res.

De mica en mica, Pinediem deixà de cridar, es calmà xic i es quedà respirant agitadament, mentre gemegava.

—Qui l'ha mort? —demanà, quan va poder parlar.

—Nenhere —respongué Pianj.

—Però ja ha pagat el seu crim —afegí Sharek.

—Encara no. Vull que cremin aquesta bruixa, que esborrin el seu nom, que desaparegui i que mai més ningú no torni a parlar d'ella —digué Pinediem, amb ràbia, ple de dolor.

—Així és farà —respongué Sharek, mirant Pianj. Ambdós acabaven de rebre una bona sorpresa—. Avui mateix. I ningú no tornarà a parlar d'ella ni del crim que ha comès.

Pianj assentí. El seu fill i Tahme... Déus! Qui s'ho anava a imaginar! No sortia d'una sorpresa que ja en tenia una altra al damunt.

—I a Tahme la rebrà Mut. T'ho prometo —seguí parlant Sharek en veure que Pinediem encara no s'havia calmat completament—. Resaré perquè així sigui i faré que Yenes l'embalsami...

Però, què deia? No podia demanar res a Yenes, fins que no el trobessin

—Parlaré amb Beder, el seu ajudant principal i et juro que Tahme tindrà la millor tomba de la Vall dels Nobles —rectificà.

Pinediem va respirar fondo, s'eixugà les llàgrimes i, més calmat, va tornar a entrar a les habitacions de Tahme. Aquest cop s'agenollà al costat del cadàver i no el destapà, sinó que amorrà el cap al llit i resà.

Ara entenia que no hagués pogut dormir en tota la nit. Presagiava una gran desgràcia, però... qui podia imaginar-se'n una com aquella? Per què els déus l'havien de castigar d'aquella manera?, es queixà.

No va ser gens senzill encetar una conversa que s'endevinava difícil. Per on començar?, es demanava Pianj, tot fent un notable esforç per mantenir la mirada de Nodime.

—Anit em van venir a despertar per comunicar-me que el cos del Primer Profeta d'Amon havia desaparegut —va deixar anar, sense més ni més.

Herihor sempre deia que la manera més senzilla de comunicar una notícia, sigui quina sigui, és emprant poques paraules. Només que Sharek, que acompanyava Pianj, pensava que el gendre de Nodime potser s'havia quedat curt i que calia fer-hi alguna cosa.

—Hem escorcollat tot Karnak i ara comencem a buscar als altres temples. Creiem que tindrem notícies d'aquí ben poc. Imaginem que Yenes hi té alguna cosa a veure, perquè també ha desaparegut, i que quan el trobem a ell, resoldrem aquest petit misteri.

Nodime havia escoltat totes aquelles paraules sense reaccionar. Però, de sobte, obrí els ulls desmesuradament i semblà com si estigués a punt de patir un atac de feridura. Pianj s'espantà.

—Això ho han fet els homes de Smendes —digué Nodime, apuntant-los amb el dit.

—Encara no podem afirmar res —respongué Sharek.

—Que no veieu que si no podem enterrar Herihor, Pianj no pot accedir al càrrec de Primer Profeta? —va fer Nodime, gairebé cridant, i afegí—: És la fi del somni de Herihor i la fi del regne de Tebes. Ramsès reclamarà l'Alt Egipte.

Pianj es quedà d'una peça. No hi havia caigut.

—Trobarem el cos de Herihor —digué Sharek.

—I si no el trobeu? —insistí Nodime en el mateix to.

—Oh, gran Amon! Smendes vindrà i reclamarà l'Alt Egipte —murmurà Pianj, assentint amb lents moviments del cap. Ni tan sols escoltava el que parlaven Nodime i Sharek.

—Així és! —va fer Nodime, mirant-lo, i també assentí, només que amb més força que Pianj.

—Hi ha una altra notícia... —va fer Sharek, veient que Pianj es quedava en silenci.

Nodime el mirà i Sharek esperà per donar l'oportunitat a Pianj. Però, aquest no reaccionava. La seva ment havia quedat enganxada en el fet que no podria accedir al càrrec de Primer Profeta.

—Fa una estona hem trobat el cadàver de Tahme —comunicà Sharek.

—Tahme? —va fer Nodime, asseguda a la sala del tron, sense gairebé moure un múscul de la cara.

Sharek la mirà als ulls, però Nodime seguí majestàtica. Miraculosament (o més aviat curiosament), s'havia calmat. Ja no cridava.

—M'han comunicat que fa uns dies va tenir una violenta discussió amb Nenhere i semblaria que aquesta nit la seva dona de confiança l'ha empès fent-la caure de la terrassa —digué Sharek, i afegí—: Si més no, això és el que se'n dedueix de l'escena que hem trobat.

—I ja heu detingut Nenhere? —demanà Nodime en un to que donava a entendre que allò no hi tenia res a veure amb ella, que no l'afectava gens ni mica.

—No ha calgut —respongué Pianj, que acabava de reaccionar—. Ella mateixa s'ha penjat.

—Llavors encara li haurem d'agrair que ens hagi estalviat una pèrdua de temps, un judici i una execució —digué Nodime.

Ni Pianj ni Sharek es van sorprendre davant la fredor de la reacció de Nodime. Aquelles dues dones s'odiaven cordialment, com deia Herihor sempre que les veia juntes, circumstància que només es donava quan no hi quedava altre remei.

—La sorpresa ha estat quan s'hi ha presentat Pinediem —va dir Pianj—. Mai no hauria imaginat que la Divina Adoratriu i ell...

—Ella i ell, què? —va fer Nodime.

—Doncs que hi havia alguna cosa entre ells, perquè l'hem hagut de treure d'allà. Quan ha vist el cos de la Divina Adoratriu gairebé es torna boig. I després ens ha confessat que n'estava enamorat i que es veien.

—Fes que Pinediem em vingui a veure. En moments com aquest, una àvia sempre sap el que s'ha de dir —ordenà Nodime.

Sharek es quedà sorprès. Esperava que Nodime reaccionés amb vehemència en assabentar-se que el seu nét predilecte era amant de la seva gran enemiga. Però, les dones, de vegades...

—Li he promès que cremarem el cadàver de Nenhere i que ningú no tornarà a pronunciar mai més el seu nom —digué Sharek.

—Em sembla correcte —acceptà Nodime, assentint.

—Vol que sigui enterrada a la Vall dels Nobles i que els sacerdots resin perquè Mut surti a rebre-la —explicà Sharek.

Nodime es tombà cap a ell i el mirà als ulls, amb duresa.

—Tahme era una núbia vinguda de les terres negres. Mai no va tenir la condició de noble egípcia. Va guanyar el títol de Divina Adoratriu damunt d'un llit, obrint-se de cames a Penehasi, que tampoc és egipci.

—Tahme ha mort de forma ben estranya i, si Pinediem així ho vol, potser és que aquest és l'enterrament que es mereix —replicà Sharek, i afegí—: També li he promès que respectaríem el seu desig.

Nodime es posà tensa, però es relaxà i somrigué.

—Potser tens raó i aquest és l'enterrament que aquesta dona es mereix —va respondre, amb un gest greu —. A més, no voldria que per la meva causa no poguessis mantenir la teva paraula i quedessis com un mentider.

Pianj i Sharek dedicaren a Nodime una reverència i sortiren de la sala del tron. Abans no s'acabés el dia, quedava molta feina per fer.

—Reso perquè no tinguem cap més sorpresa —va dir Pianj, quan se separaven.

—Espero que els déus t'escoltin —va fer Sharek.

Arribada la nit, el Quart Profeta va comunicar a Pianj que tots els informes seguien sent negatius. Ningú no havia trobat ni el més petit senyal de res, ningú no havia vist res de res; ningú no era capaç de respondre una sola pregunta; i ningú no era capaç d'aportar un xic de llum per aclarir tot aquell misteri.

—I és clar que no hem pogut enllestir tota la feina i encara queda molt tros per escorcollar —va acabar l'exposició dels resultats. O millor dit: de la manca de resultats.

—Cada hora que passa ens allunyem més de la possibilitat de trobar-ne res, enlloc. Potser Nodime té raó i Yenes ha acceptat un suborn de Smendes i li ha dut el cos de Herihor —digué Pianj, que portava tota la tarda mirant de trobar una explicació.

—És absurd. Yenes gaudia de tota la confiança de Herihor. Mai no faria una cosa així. A més, ell no era un home fort. Com hauria pogut carregar amb el cos de Herihor, que li passava tot el cap i pesava molt més que ell? —va dir Sharek, negant—. Aquesta nit escorcollarem les cases que encara no hem mirat i demà, amb la llum del sol, seguirem rastrejant els camps.

Pianj s'assegué. Tanta tensió l'havia esgotat.

—Si no trobem el cos de Herihor, no sé pas què farem —es queixà—. Nodime ha estat clarivident. Com puc accedir al càrrec de Primer Profeta d'Amon, si no enterrem l'anterior?

—Has tornat a parlar amb ella? —demanà Sharek.

—He mirat de fer-ho, però els metges m'ho han impedit. Es veu que quan hem marxat, ha patit un desmai. Es troba molt delicada i els metges han dit que ha de fer repòs. Ja només faltaria que tinguéssim una nova desgràcia.

—I Pinediem? Ha anat a veure-la?

—En assabentar-me del desmai de la reina, m'he estimat més no dir-li res. Ja hi haurà temps.

De sobte, el Quart Profeta es va recolzar en la taula. Pianj el mirà i s'atansà per agafar-lo pel braç.

—Quant de temps portes sense dormir?

—Des que ha començat tot aquest enrenou —contestà Sharek.

—Ves a descansar.

—Encara no he enllestit la feina.

—Et necessito en perfectes condicions. Per tant, obeeix i no siguis babau —li ordenà Pianj.

Sharek assentí i marxà. Potser sí que el millor seria descansar. Havien estat massa emocions aplegades. I massa sorpreses!

Tanmateix, quan es retirava a les seves habitacions de Karnak, un sacerdot li va anunciar que un soldat l'havia estat esperant per poder parlar amb ell.

—Qui era? —demanà Sharek, amb expressió cansada.

—Ha dit que el seu nom és Menna i que feia guàrdia a la porta lateral del temple d'Amon quan va desaparèixer Yenes —respongué el sacerdot.

—Era important el que m'havia de dir?

—No ho sé. S'ha atipat d'esperar, i ha dit que ja tornaria o que ja parlaria amb la reina.

—Bé!

Sharek es fregà la cara. «Encara hi haurà més sorpreses?», es demanà i va fer un gest per indicar que havia entès tot el que li acabaven de comunicar, però que ja era massa tard i que necessitava dormir.

2.5 – EL PENJAT

El cap de la policia de Tebes era un home de seixanta anys, baix i un xic gras, amb uns ulls cansats, sota els que penjaven unes bosses que deixaven clar que els seus ronyons no li funcionaven com ell desitjaria. Responia al nom de Tikarbaal, perquè els seus avantpassats provenien de Biblo, i feia més de deu anys que ocupava aquell càrrec, des d'abans que arribés Herihor i fes fora Penehasi, que era qui l'havia nomenat. Fins i tot el mateix Tikarbaal es demanava la raó que va impulsar el nubi a prendre aquella decisió, perquè molta gent el considerava honrat i aquesta era una qualitat que no figurava, ni de bon tros, en els primers llocs de la llista de virtuts que Penehasi valorava. Per contra, ningú no s'havia d'estranyar que Herihor el mantingués en el càrrec, perquè el Primer Profeta sabia escoltar i tenia en compte la intel·ligència. Llàstima que les facultats van minvant a mesura que el temps avança! No obstant això, la gent de Tebes seguia confiant en Tikarbaal i el cridaven de seguida que hi havia algun fet que podia afectar la policia. Altra cosa era quan el fet tenia lloc dins dels temples. Allà, Tikarbaal no gaudia de cap mena d'autoritat. Per això no havia intervingut ni en la desaparició de Yenes i del cos de Herihor ni en la mort de Tahme.

Tanmateix, ara era diferent.

A mig matí dos soldats el van venir a buscar perquè els acompanyés. Un dels grups que escorcollava els habitatges acabava de trobar un home que s'havia penjat de l'arbre del petit pati que hi havia darrere de la petita casa que ocupava en un dels extrems de Tebes Est.

—Heu tocat alguna cosa? —demanà als soldats.

—Només entrar l'hem vist i l'oficial ens ha ordenat no tocar res i venir a buscar-te —respongué un dels soldats.

—Bé —va fer Tikarbaal—. Mose! —cridà, i va aparèixer un home de quaranta anys, alt i fort—. Tenim feina. Acompanya'm —ordenà, i va seguir els soldats que l'havien vingut a buscar.

Quan va arribar a la casa va veure que l'oficial havia deixat un guàrdia a la porta per impedir que els veïns entressin per tafanejar o per prendre alguna cosa.

De fet, molts dels habitants de Tebes raonaven que un mort ja no ha de menester res i si els familiars no arriben aviat potser és que no hi tenen gaire interès.

Va entrar-hi. La casa era petita. Només constava d'una habitació, una cuina i un pati al darrere. Semblava que ningú no havia tocat res. El soldat de la porta el va seguir, però Tikarbaal el va aturar. Ja duia amb ell un ajudant i no li'n calien més.

—No toquis ni trepitgis res que jo no hagi examinat —va ordenar a Mose.

El seu ajudant sabia perfectament que no havia de tocar res ni caminar davant del seu cap, però Tikarbaal sempre repetia la mateixa cantarella. Per si de cas.

Va observar atentament l'habitació, que servia de sala per rebre visitants, de menjador, de dormitori i de tot el que calgués. Tenia una comuna a la qual s'hi accedia pujant un graó. No hi havia gaires mobles. Tot just una taula petita, que servia per menjar, i una cadira. No semblava que rebés gaires visites, va pensar Tikarbaal. Si més no, la gent normal sol tenir dues cadires, per si arriba algú. Al fons hi havia un petit passadís que albergava una diminuta cuina. I, finalment, una porta donava a un pati, enmig del qual hi havia una olivera que es veia forta. Segurament l'havia plantada algun avantpassat de l'home que penjava d'una de les branques i que apareixia descalç i mig despullat. En un extrem del petit jardí hi havia una cadira tombada. I és clar! Aquella era la segona cadira, la que es feia servir quan venia un convidat o un visitant.

—Qui és aquest home? —demanà.

—No ho sé —respongué Mose.

—He preguntat qui és aquest home. No t'he demanat si ho saps —va fer Tikarbaal, i se'l va quedar mirant.

I és clar! Allò volia dir que ho havia d'esbrinar, hi va caure Mose, i va sortir per interrogar els veïns.

Mentrestant el cap de la policia va examinar el cadàver i el pati. Que estrany!, va fer. Allà hi havia alguna cosa que no li acabava de fer el pes. Feia tota la fila d'algú que s'ha penjat, però...

Va observar amb molta cura l'espai que envoltava el cadàver. Què era allò que semblava mig enterrat? Es va ajupir i va descobrir una figura petita, que representava un gat. Estava feta d'alabastre, molt ben tallada. Va bufar per eliminar les restes de pols, li va fer una ullada i se la va guardar a la bossa que duia penjada de la cintura. Anava a aixecar-se, que prou que li costava, quan va veure brillar un petit objecte. Va apartar la terra que el cobria i es va trobar amb una cinta de pell de les que la gent rica usaven per tancar bosses d'or, de plata o de coure, i que tenia en un extrem una petita agulla de plata. Curiós objecte per estar als peus d'un mort, va pensar. Com també ho era el gat d'alabastre, evidentment.

Encara estava capficat en aquell misteri, quan va tornar Mose.

—El seu nom és Menna —informà l'ajudant.

—I ja està?

—Volies saber qui era i...

—Entesos —va fer Tikarbaal, en un to de desesperació—. Ara vull saber de qui és aquesta figura —

ordenà—. Busca entre els parents, els veïns, els amics o qui sigui, però troba'm l'amo i porta-me'l. Ho has entès?

Mose agafà la figura del gat i sortí. Començaria pels veïns.

2.6 – EL MIRACLE

Beder havia rebut l'ordre de preparar el cos de Tahme.

—Tu ets la mà dreta de Yenes —li havia dit Sharek, personalment—. Tens entre les mans la dona més formosa que mai no ha existit. Ai de tu, si el cos immaculat de la Divina Adoratriu rep el més petit ultratge!

Des que el cos de Tahme va entrar a la Casa de la Vida, l'ajudant del cap d'embalsamadors no es va moure ni un instant del seu costat. Allà hi feia vida per tal que ningú no profanés aquella dona. La frase pronunciada per

Sharek havia estat prou eloqüent. El cos immaculat de la Divina Adoratriu, havia dit. I immaculat volia dir mai profanat. Per tant, si jugava el coll.

Va encetar el seu treball de seguida i va fer un tall recte i perfecte per separar la carn de l'abdomen i del pit i buidar el cadàver. L'estómac, els budells, els pulmons i el fetge els aniria col·locant dins dels quatre vasos sagrats que ja tenia preparats i que els havia triat especialment, procurant que no tinguessin cap defecte.

Quan ja havia extret el fetge, l'estómac i s'ocupava dels budells, es va aturar i va engolir saliva.

—Què és això? —va fer, i va notar que les mans li tremolaren—. Oh, gran Anubis, déu dels morts!

No podia ser cert! Ho examinà de nou, amb molta cura. Ho havia vist en altres ocasions, quan aprenia de Yenes. I estava segur de no equivocar-se.

I ara què?, s'espantà. Ho havia de comunicar a Sharek o havia de callar? Què passaria si es descobrís que la Divina Adoratriu estava embarassada?

«El cos immaculat de la Divina Adoratriu...», repetí lentament.

I si Sharek el culpava a ell. Home, no! Era morta, evidentment! Sí, però... si Sharek havia dit que el seu cos era immaculat... Potser es tractava d'un missatge que volia deixar ben clar que ningú no havia de saber-ne res. I, naturalment, Beder no era ningú per dur la contrària al Quart Profeta.

Mirà cap a la porta. Allà només hi era ell i ningú més no n'estava al corrent ni tenia manera de saber-ho. Sense rumiar-s'ho dos cop, prengué el ganivet, tallà tot el que havia de tallar per eliminar qualsevol vestigi d'aquell projecte de criatura i ho llançà al foc que cremava en un racó. Ningú no se n'assabentaria, perquè la seva boca romandria tancada per sempre més. Mai, sota cap circumstància, no parlaria d'allò amb ningú ni faria la més petita insinuació. Ni a Sharek!

Nodime va rebre Pinediem al jardí de palau. El jove havia perdut pes i feia ulleres. No descansava prou bé, no dormia tot el temps que el seu cos demanava i no menjava com calia.

—Seu —va dir la seva àvia—. Aquí, al meu costat —assenyalà el banc.

Pinediem s'assegué i Nodime li agafà la mà.

—Si fossis un infant t'abraçaria i et bressolaria, però ets un home. Tot un home! —va fer, i sospirà—. Herihor deia que ets el millor dels nostres néts. Que ningú com tu per entendre la importància del govern d'una nació. Ai! —sospirà de nou—. Estem vivint proves molt dures i se'ns exigeix que responguem com el que som, com la gent que ha estat triada pels déus per aconseguir que Egipte i Tebes siguin el que han de ser.

—Jo l'estimava —digué Pinediem, i els seus ulls s'humitejaren—. Perdona'm, àvia —esclatà a plorar—. No volia ofendre't, però el meu amor per ella era honest i el seu per mi era pur...

—T'entenc i no m'has de demanar perdó per res.

—Però, tu i ella...

—Jo estimava al teu avi com mai no he estimat ningú. Ni als meus fills ni a cap dels meus néts ni a tu, que ets el meu predilecte —replicà Nodime amb un somriure—. Això no ho diguis a ningú —afegí. Va fer un curt silenci, i continuà—: L'amor és el sentiment més poderós que existeix. Molt més que cap altre. Per amor som capaços de tot. Absolutament de tot!

—Jo voldria morir —va fer Pinediem.

—Això mai! —va fer Nodime, i abraçà Pinediem—. Els déus no t'ho perdonarien i no t'acollirien a la seva casa, perquè significaria que ells s'havien equivocat i que tu no ets capaç de superar les proves que t'envien.

—No puc viure sense el seu amor —es queixà Pinediem.

—De vegades criem que ho hem perdut tot i pensem que no podem seguir vivint, però sempre et queda algú que t'estima o que està disposat a fer-ho. Guaita —va fer Nodime, va traure de la cintura el collar de l'escarabat sagrat que Herihor sempre duia penjat al coll i l'hi va posar—. El teu avi em va dir que el dia que morís, volia que te'l quedessis tu.

Pinediem es va quedar mut i les seves mans van tocar aquella figura que ell sempre vist penjada del coll d'un gegant.

—Ets jove i el temps arregla moltes coses, en substitueix d'altres i en crea de noves. Deixa que tot allò que duus dintre teu surti fora. No tinguis cap vergonya. Aquí ningú no et veurà ni et sentirà, perquè he donat ordre que no ens molestin.

Pinediem agafà amb força la mà de la seva àvia i es plegà per començar a plorar. Nodime li passà l'altra mà per l'espatlla i lentament el cap del jove s'inclinà cap a la seva falda fins que hi va reposar. Llavors, la mà de Nodime començà a acaronar-li el cap.

—El dolor d'un amor es guareix amb un altre amor —va fer—. Tingues confiança.

Poc després, Pinediem es va quedar adormit. Per primer cop des que Tahme havia mort, el jove va poder dormir profundament, allà, al jardí, amb el cap damunt la falda de la seva àvia.

Força estona més tard es va despertar. Se sentia descansat i podia respirar amb naturalitat.

—Prepara't per acomiadar-te de Tahme. És molt important que ho facis com cal, com jo ho he fet amb el teu avi, perquè la seva imatge sigui un tendre record i no pas motiu de dolor —li va dir Nodime.

—Gràcies àvia —va fer Pinediem, tocant-se l'escarabat sagrat.

Nodime l'abraçà i el jove marxà.

Tres dies després, Pianj estava reunit amb Sharek. Fins i tot havien aixecat els matolls dels afores de la ciutat, però no hi havien trobat res.

—La notícia s'ha escampat per tot el país i el poble de Tebes està espantat. Creuen que Herihor va aixecar la ira dels déus. Smendes ja haurà començat a preparar-se per embarcar i quan arribi, si no hem trobat el cos o una explicació, patirem de valent —va fer Pianj, desesperat.

Sharek anava a respondre, quan aparegué el secretari de Pianj.

—El cap de la policia és aquí i demana que el rebis —anuncià.

Pianj es quedà pensarós. No era gens freqüent que el cap de policia anés a visitar-lo, i menys tenint en compte les circumstàncies. Va mirà Sharek, que va alçar les espatlles i va fer un gest per indicar que ell tampoc no entenia aquella visita sobtada.

—Que passi —ordenà al secretari.

El secretari va sortir i tornà poc després. Tikarbaal va entrar i dedicà una reverència als dos homes. No gaire profunda, però. El seu cos ja no li permetia massa contorsions.

—Fa tres dies em van avisar. Havien trobat un home penjat —explicà—. Hi vaig anar i vaig examinar el cadàver del pobre desgraciat. Semblava que s'havia penjat, però hi havia un detall que no hi lligava. No hi havia petjades al voltant del cadàver.

—És normal. Si s'ha suïcidat, significa que allà no hi havia ningú més que ell —respongué Pianj amb un somriure d'evidència.

—És que no n'hi havia cap. Ni les d'ell —replicà Tikarbaal—. Bé havia d'arribar fins la cadira i no crec que algú que es vol penjar, esborri les seves petjades. És absurd.

—I per què ens expliques aquesta història? —demanà Sharek.

—Al costat del cadàver vaig trobar dues coses que em van cridar l'atenció —seguí parlant Tikarbaal, mentre obria una bossa que duia penjada a la cintura i els mostrava el seu contingut—. Una és aquesta figura d'un gat. Està molt ben tallada i sembla un amulet. Ningú no la guardaria en un pati, mig enterrada a la terra. Vaig demanar el meu ajudant que esbrinés si era del mort o d'algú altre. Cap dels parents ni veïns no l'havia vist mai. Vam seguir buscant i vam tenir sort. Era d'un company seu. Me'l van portar, li vaig ensenyar la figura i va reconèixer que li pertanyia, però que no sabia on l'havia perdut. Li vaig dir on l'havia trobat i va respondre que segurament el seu company l'hi havia robat. Llavors, li vaig mostrar el segon objecte —Tikarbaal va treure la cinta de pell amb l'agulla de plata i la va dipositar damunt la taula—. Es va posar molt nerviós i no va saber dir res. El vaig detenir i...

—Estem molt ocupats i no podem perdre gaire temps amb nous misteris —el tallà Sharek, que havia agafat la cinta i l'agulla i l'examinava amb atenció—. Anem al gra. Qui eren aquests dos homes?

—El nom de qui es va penjar era Menna —va dir Tikarbaal.

—Menna? —va fer Sharek, terriblement sorprès—. Potser era soldat?

—Sí.

—Del temple de Karnak?

—Sí.

—I qui era l'altre?

—Desher. També soldat i del temple de Karnak.

Pianj els mirava amb molt d'interès.

301

—Porta aquest soldat aquí. Vull parlar amb ell immediatament —va fer Sharek.

—No puc. És mort —respongué Tikarbaal—. Anit me'n vaig anar a dormir i aquest matí els meus homes, que volien fer-me content amb una confessió... En fi! Que no han sabut aturar-se a temps.

—Ha explicat alguna cosa el pobre desgraciat? —demanà Sharek.

—Ho ha negat tot i ha mort sense que haguem pogut descobrir res. No parava de repetir que ell no havia fet res i que no entenia com aquella figura havia pogut arribar a casa del seu company —Tikarbaal es va quedar callat, uns moments, i va dir—: Juro per tots els déus que, fins i tot, començo a pensar que és cert i que Desher no hi tenia res a veure amb la mort del seu company, perquè després d'haver vist com ha quedat el seu cos, crec que és impossible que un home pugui resistir tot el que els meus homes li han fet sense acabar parlant.

—Déus! Ja no entenc res —digué Sharek.

Tikarbaal havia acabat el seu exposat. Pianj li donà les gràcies i l'acomiadà.

Quan es van quedar sols, Pianj va mirar Sharek.

—És increïble: aquests són els dos sentinelles que feien guàrdia la nit que van desaparèixer Yenes i el cos de Herihor —digué el Quart Profeta.

—Ens estem tornant bojos? —va fer Pianj.

—No ho sé. Pel moment només puc assegurar que ningú no va sortir per cap porta del temple de Jonsu —va fer Sharek—. Personalment he acompanyat els homes que han rastrejat totes les rodalies del temple. No hi ha ni una passa marcada a la sorra. Si algú va sortir d'allà, va ser volant. Altra explicació no existeix.

—No em diguis que Yenes es va carregar a les espatlles el cos de Herihor i se'n va anar volant! —Pianj tenia un posat d'incredulitat absoluta, i ja estava fart de tants misteris.

—No trobo cap altra explicació. Gairebé m'atreviria a jurar que ningú no va poder abandonar el recinte sense ser vist, perquè hi havia sentinelles a totes les portes principals, i difícilment podria haver escalat els murs per saltar a l'altre costat. I menys amb un cos tan pesant com el de Herihor a les esquenes.

Pianj negà lentament. Allò no tenia cap sentit.

—I ara què? —demanà, gairebé murmurant.

—Per més voltes que li dono, no veig cap explicació racional —va fer Sharek, també negant amb el cap—. I ha de ser-hi. Segur! Però... no sóc capaç de trobar-la. Sembla obra dels déus o dels esperits malignes.

—Potser ho és, perquè si tu no ets capaç de trobar cap més explicació... qui la trobarà? —exclamà Pianj, i Sharek obrí les mans amb els palmells enlaire i alçà les espatlles—. No podem esperar més —va fer Pianj, de sobte—. El temps actua en contra nostra i hem de prendre decisions o altres les prendran per nosaltres —i va negar diverses vegades amb el cap, amb força.

Smendes segurament ja hauria rebut la notícia de la mort de Herihor i al cap de pocs dies rebria la segona, que encara el posaria més content: el cos del seu rival havia desaparegut i ningú no era capaç de trobar-lo.

A partir d'aleshores la pregunta era: quant de temps trigaria a arribar a Tebes?

Sharek s'havia quedat molt pensarós. Recordava que el sacerdot que li havia comunicat, dies abans, que Menna l'havia estat esperant per parlar amb ell, també li havia explicat que aquell soldat, en marxar havia dit que tornaria l'endemà o que ja parlaria amb la reina.

Sense que Pianj se n'adonés, va agafar de damunt de la taula la cinta amb l'agulla de plata i se la guardà.

Dos dies després Pianj va reunir Halep, Uaraktir i Sharek per analitzar la situació. Déus! Havien de prendre una decisió, perquè el poble cada cop estava més alterat i els rumors sobre un càstig dels déus prenia més cos. D'aquí a la revolta només hi havia una passa.

—Tu ets l'home que ocupa el càrrec més alt dins del temple, ara que Herihor ens ha deixat. Ell et considerava un home de gran experiència i molt assenyat —va dir Pianj, dirigint-se a Halep—. Què en penses?

—La situació és molt greu —respongué Halep—. Ets el gendre de Herihor i ell mateix et va triar per succeir-lo. Així ho va deixar escrit i tothom a Tebes respecta i accepta aquesta decisió, però, si no podem enterrar-lo, no pot traspassar-te el seu poder perquè mai no arribarà a veure els déus. Llavors, Ramsès reclamarà els seus drets sobre aquestes terres i enviarà Smendes amb el seu exèrcit.

—Smendes ha de respectar el pacte que va fer amb Herihor —replicà Uaraktir.

—Si és així, per què, llavors, hem desplegat l'exèrcit? No serà per evitar una sorpresa, perquè no les tenim totes? I si ara no podem fer el traspàs de poders, què creus que farà Smendes, com a successor de Ramsès, si té la possibilitat de regnar sobre tots els territoris, sobre l'Alt i el Baix Egipte? —demanà Sharek.

Els quatre guardaren silenci. Si filaven prim, era ben cert que, un cop desaparegut Herihor, Smendes ja no tenia cap compromís amb ningú.

—Què puc fer? —demanà Pianj, de sobte.

—No ho sé —respongué Halep— Mai no m'havia trobat amb una situació semblant. Ni crec que mai no s'hagi donat en tota la història d'Egipte.

—Si el poble de Tebes ens manifestés el seu suport de manera inequívoca, tal vegada Ramsès perdria la seva força i... —digué Sharek, i va deixar la frase penjada, com si fos l'inici d'un suggeriment.

—Vols que convoquem el poble? Seria absurd. Ens en fan responsables a nosaltres. Encara ens penjarien —va fer Pianj tot mirant-lo.

—Com molt bé dius, no podem convocar el poble, però segueixo pensant que Tebes és la clau de tot, però només si la gent surt al carrer i ens recolza.

—Com ho vols aconseguir? —demanà Uaraktir.

—No intervenint-hi. Fent que ningú no pugui dir que hem empès el poble a prendre certes decisions. Llavors, Ramsès haurà d'acceptar la situació i Smendes tindrà les mans lligades —Sharek continuà en el mateix to de veu, i va tornar a guardar silenci per veure si seguien el seu raonament. Tots tres el miraven amb

305

interès. De manera que continuà—: Aquest matí ha començat a circular, entre la gent del poble, un curiós rumor que diu que els déus s'han endut el cos de Herihor.

—És absurd! —exclamà Uaraktir, i deixà anar una riota.

—El poble és ignorant, té massa imaginació i ja no sap ni el que diu —se li afegí Pianj—. Qui pot empassar-se una història com aquesta?

Halep no va badar boca. Allò excedia la seva, per causa dels anys, ja minvada imaginació.

—Absurd o no, el cert és que la desaparició dels cossos de Herihor i de Yenes representa un misteri que ningú no ha estat capaç de resoldre. El Primer Profeta d'Amon deia que ni el més gran ni el més poderós pot fer res de res contra la màgia que arrela dins del cor del poble —va fer Sharek amb un somriure—. Si el poble decideix lliurement que l'única explicació és que Amon ha decidit endur-se el seu fill, per què ens hi hem d'oposar? Si ningú no ha vist res, si cap sentinella no ha vist passar ningú, si cap porta del temple no ha estat oberta, si el poble considerava Herihor un ésser gairebé sobrenatural, fill dels déus, si ja fa dies que el busquem i no l'hem trobat, si... —Callà de nou i va mirar alternativament a cadascun dels presents. Obrí les mans amb els palmells enlaire i digué—: Resulta evident que no hi ha cap més explicació. Per altra banda, són els mateixos soldats que eren de guàrdia aquella nit els que han explicat el que van veure. O millor dit: el que no van veure. I els obrers i els artesans i els camperols i les dones i els nens han bastit tota la història. Nosaltres no hem fet res. Al contrari: ens hem mantingut al marge. Fins i tot ens hi hem oposat. No oblidem que han mort dos soldats: l'un penjat a casa seva i l'altre interrogat i torturat per la policia fins a morir i sense que hagi badat boca. No queda altre remei que plegar-nos davant l'evidència i donar la raó al poble.

Pianj assentí lentament. Aquella història no era tan absurda com semblava de bon començament.

—Smendes no gosarà atacar si Tebes es posa del nostre costat i tots ens mantenim ben aplegats —murmurà, meditant. Llavors, alçà la veu—. És una gran idea, perquè si, a més a més, tothom arriba a la conclusió que aquesta és l'única explicació possible, resulta evident que Herihor ha vist els déus. Per tant, ja em pot traspassar el càrrec i els poders i ningú no s'oposarà que jo sigui proclamat el nou Primer Profeta d'Amon. Llavors, seré rei de l'Alt Egipte. En aquestes circumstàncies, ni Ramsès gosaria reclamar res.

—Acceptar aquesta explicació seria tant com enganyar el poble —intervingué Halep, no gaire d'acord.

—Deixem-ho estar —tallà Pianj la conversa. No era moment de discutir—. Haig de parlar amb la reina —va dir.

Aquella mateixa tarda, Pianj va anar a palau per parlar amb Nodime.

Quan el seu carro arribava, va veure molta gent que s'havia congregat davant de la porta del temple de Ramsès III. Primer es va espantar, però en descobrir que la major part dels presents eren dones i nens, es va sentir més tranquil.

—Què hi fan aquí? —demanà a un dels soldats que feien guàrdia.

—Diuen que volen veure la gran mare de Tebes?

—La gran mare de Tebes?

—La reina, la gran mare de Tebes —repetí el soldat —. Des que Amon s'ha endut el cos de Herihor, diuen que Nodime és la seva gran mare.

Va entrar dins del pati i es dirigí a palau. La gran mare de Tebes, no parava de repetir-se. Llavors va veure Nodime que havia pujat l'escala que conduïa a la part alta dels pilons i caminava cap al primer de tots. Va córrer i la va atrapar.

—Ho has sentit? —preguntà Nodime—. I no és únicament el poble que ho diu, sinó que a palau també en parlen, i els pescadors han començat a escampar la notícia, que ja viatja riu avall amb els comerciants. Tebes sencer ho creu així i Egipte ho creurà. No hi ha cap més explicació. Herihor va tenir la revelació que Amon és el rei dels déus i Amon el va recompensar triant-lo, personalment, el seu Primer Profeta, passant per damunt de la voluntat del faraó, que no va tenir altre remei que acceptar el veredicte que venia del cel. I ara Ramsès haurà d'acceptar el nou veredicte d'Amon. Qui pot dubtar, havent vist aquest prodigi, que el rei dels déus ha vingut a buscar el cos del seu fill predilecte?

—Halep ho posa en dubte —respongué Pianj.

Nodime arribà a la balconada i aixecà els braços. En aquell instant s'aixecà un clam unànime.

—Pobre Halep! —va fer Nodime, tombant lleugerament la cara cap a Pianj—. Com pot dubtar-hi, quan el meu marit ni tan sols va triar un lloc per ser enterrat? Amon el va visitar i li va dir que el vindria a buscar i se l'enduria. Que no veu que el poble ho diu? Pobre Halep! Ja era un home gran quan el va escollir Herihor, aleshores ja tenia el rostre ple d'arrugues i ara és un trist ancià que camina recolzat en un bastó. Ha ocupat durant aquests anys el lloc de Segon Profeta d'Amon i la veritat és que se'l veu cansat. S'ha de retirar, però amb tots els honors.

—Entesos. Uaraktir ocuparà el seu lloc —Pianj assentí amb el cap.

—Uaraktir és un gran Tercer Profeta, però no està preparat per ser el Segon. És noble i assenyat, és valent i fidel, però un Segon Profeta ha de ser el teu substitut, quan tu no hi ets. Necessites un home de gran intel·ligència —digué Nodime, somrigué als que s'havien congregat allà, sota el primer piló i que l'aclamaven, i afegí—: Necessites a Sharek.

Pianj es quedà en silenci. Nodime tenia raó. Sharek era qui havia proposat la solució de fer cas al poble; Sharek era qui s'havia fet càrrec de la investigació; i Sharek era el primer que va apuntar la possibilitat que tant Yenes com el cos de Herihor haguessin sortit volant de Karnak. Ell seria, sens dubte, un gran Segon Profeta d'Amon. Emprava la paraula amb molta habilitat i el seu sogre, el gran Herihor, havia dit en diverses ocasions de la paraula és màgia, si qui la té sap emprar-la adientment. Amb la paraula, deia, es pot explicar tot, convèncer tothom i aconseguir els impossibles. I en les presents circumstàncies, calia pensar en impossibles.

—I qui podria ser el Quart Profeta, llavors?

—Mendiebet.

—Jo havia pensat en ell com a comandant de l'exèrcit —digué Pianj.

—No. Has de pensar en qui et succeirà i l'has de preparar per quan arribi el moment, que els déus vulguin que sigui d'aquí mil anys —va dir Nodime, i seguí aixecant els braços per enardir encara més la multitud, que cada cop era més nombrosa—. Fes que Pinediem participi de la defensa de Tebes, assigna-li una part de l'exèrcit i quan tot acabi, si ha donat la talla, fes-lo comandant.

—Tens raó. Cal que el tingui en compte i, a més, li servirà per superar la pena.

—Hi ha una última decisió que has de prendre —va fer Nodime.

—Quina? —demanà Pianj.

—Nomena Makare nova Divina Adoratriu. Ella és filla teva i germana de Pinediem. És noble i duu la teva sang. Mai no tindràs problemes.

Pianj mirà Nodime. Aquella dona ho tenia tot molt ben pensat i, evidentment era la solució a tots els problemes. De manera que somrigué, li dedicà una llarga reverència i marxà.

L'endemà Pianj es tornà a reunir amb Uaraktir i Sharek. Halep no va ser cridat.

—Ahir vaig anar a veure Nodime. Vam estar parlant durant força estona i vaig copsar que ella també creu que Amon s'ha endut el cos del seu marit —anuncià.

—Sembla que els únics que no ens ho creiem, som nosaltres —digué Uaraktir.

Pianj assentí lentament i va mirar Uaraktir, que va bufar, negà amb el cap i abaixà els ulls cap al terra. No acabava de veure clares les conseqüències.

—És un miracle. El poble aclama Nodime i l'ha nomenat la seva gran mare. Ordeneu que tothom deixi immediatament de buscar i que tornin tots els soldats que hem enviat al desert per trobar Yenes. Els necessitem aquí —va fer Pianj—. Vull que s'organitzi una gran cerimònia per donar les gràcies a Amon, a Mut i a Jonsu per haver acollit el *ka* i el cos del nostre rei i Primer Profeta sense que hagi hagut de fer la travessa de les aigües. I vull que sigui tan fastuosa que la notícia s'escampi pertot arreu, des de Hardai fins a Assuan. És evident que el mateix poble ha arribat a trobar l'explicació, que és ben simple: Mut, la mare de Jonsu i esposa d'Amon, té als seus peus la ploma que Maat utilitza per pesar el cor dels homes. Per tant, ella i Amon han decidit crear una nova dinastia aquí, a Tebes, i ho han fet enduent-se el cos de qui inaugura la nissaga, perquè el seu cor era tan pur i tan lleuger que ni tan sols ha calgut que fos pesat, sinó que el judici ni ha existit i Herihor ha entrat a la vida eterna de la mà de Jonsu, en cos i ànima. Un prodigi que arrelarà amb força i ens cobrirà amb una cuirassa impenetrable. I quina prova hi ha més evident que Herihor no es bastís cap tomba?

Tothom sap que Herihor ostentava el títol de fill d'Amon. El mateix Amon li va comunicar que vindria a buscar-lo. Per això no va triar cap lloc per ser enterrat. És germà de Jonsu! —exclamà amb les mans enlaire— I serà venerat com es mereix —afegí.

—És la millor de totes les explicacions —digué Sharek—. I és el camí més segur per legitimar la nova dinastia.

Pianj i Sharek es quedaren mirant Uaraktir.

—Potser teniu raó —acceptà, finalment.

—Bé! —exclamà Pianj, amb alegria—. Tenim molta feina per davant. Com està Pinediem?

—Des que va parlar amb Nodime, si més no, ja no plora la pèrdua de Tahme —va dir Sharek.

—Doncs, ha arribat l'hora de donar-li allò que sempre ha demanat —digué Pianj, i mirà Uaraktir—. Mendiebet és al sud, tu et fas càrrec del nord. Que Pinediem organitzi la defensa de Tebes.

Quan ja sortien de la sala, Uaraktir prengué el braç de Sharek i l'obligà a endarrerir-se lleugerament. Llavors, va fer, a cau d'orella:

—Una explicació extraordinària i una brillant solució que segurament no tan sols convencerà el poble, sinó que curullarà totes les necessitats de prodigis, però jo necessito alguna cosa més: saber on és el cos de Herihor.

—No és a mi, que m'has de posar aquesta pregunta —replicà Sharek, mentre negava amb el cap per donar a entendre que no en coneixia la resposta.

—I a qui creus que l'hi hauria de demanar?

—Als déus, que són els que s'han emportat el seu cos —respongué Sharek amb un somriure, i marxà.

Uaraktir es quedà pensarós. Als déus, va fer en veu baixa i assentí lentament. Evidentment als déus, repetí, perquè a Pianj ja li anava bé aquella explicació per arribar a ser rei.

I no era això el que de debò importava?

Durant els dies següents, el poble de Tebes va acabar de dibuixar la seva pròpia història: Amon i Mut havien decidit que Herihor visqués eternament al seu costat i havien triat Yenes perquè el servís tan fidelment com sempre havia estat.

Beder acabà de preparar el cos de Tahme a la Casa de la Vida. Sharek, com a sacerdot i Quart Profeta d'Amon, va llegir el ritual i el cos va ser embolicat amb venes de lli i entre les tires, en presència de Pinediem, van amagar tots els amulets. Finalment, van situar la màscara de l'or més fi damunt del seu rostre, reproduint fidelment una perfecció que la natura difícilment tornaria a repetir.

El seguici fúnebre, presidit per Pianj i per Pinediem, es va dirigir cap al riu, tot travessant els temples de Mut i d'Amon, portant el pavelló de la mòmia i tot el dot fúnebre. Allà van pujar a les barques que els transportarien fins al temple de Ramsès III, on els esperava Nodime, que s'hi afegí per acompanyar-los fins a la Vall dels Nobles, on Tahme va ser enterrada dins d'una tomba que havia estat saquejada en temps de Penehasi, però que havia estat restaurada i ja contenia part del dot, que seguint el costum havia estat traslladat a la sala d'ofrenes abans de rebre la mòmia. Pel que feia al tresor, donat per Pinediem, va ser ubicat dins la cambra preparada expressament.

Finalment, el seguici resà les oracions que desitjaven un llarg i feliç viatge damunt la barca i un judici ràpid i favorable. Acabada l'oració, els obrers ompliren el pou de la cova amb pedres i terra i tapiaren l'obertura amb un gran bloc. Llavors, els guàrdies ocuparen el seu lloc.

—Ningú no violarà aquesta tomba mentre jo sigui viu —va fer Pinediem, que ja havia començat a assumir les funcions de comandant de l'exèrcit—. Vull que sempre, tothora, hi hagi guàrdia en aquesta porta i que tot aquell que gosi tocar-la, mori.

—Hem fet per ella tot el que podíem —va dir Nodime—. Ara ja és en mans dels déus.

Sí, va fer Pinediem, amb el cap i recordà el que li havien ensenyat al temple. A partir d'aquell moment, Anubis guiaria amorosament el *ka* de Tahme, que començaria el seu viatge sota la protecció d'Isis fins arribar a la porta de Hades. Després baixaria el riu que llisca per la galeria de la nit i recorreria les tenebres del món de Seth, on els baduins gegants mirarien de capturar la barca amb la seva xarxa, els enemics d'Osiris voldrien assetjar-la i la gran serp Apofis faria tot el que pogués per aturar el viatge. Després es trobaria amb la prova de les set sortides i la prova dels deu pilons d'entrada. Finalment pujaria l'escala de la justícia i arribaria a presència d'Osiris per sotmetre's al judici final. Allà, Anubis pesaria el seu cor, tot posant-lo damunt d'un plateret de la balança, mentre que a l'altre hi dipositava la ploma de Maat. Toth, senyor dels escribes, anotaria el resultat en el seu gran llibre.

Pinediem no tenia ni el més petit dubte que el cor de Tahme seria infinitament més lleuger que la ploma de Maat i que el seu *ka* seria purificat al llac i ascendiria al Nil celestial per fusionar-se amb Ra, l'ésser suprem.

El cos de Nenhere va ser cremat a les portes del desert i les seves cendres s'escamparen damunt de la sorra, perquè ni tan sols els animals poguessin alimentar-se amb ella, i ningú no la va ni esmentar. El seu nom havia estat esborrat de tots els documents. No existia.

A partir d'aquell moment, Pinediem es dedicà en cos i ànima a la tasca d'organitzar les defenses de Tebes.

Un mes després arribava un missatger de Tanis. Duia una carta del faraó, en la qual reclamava el dret de nomenar el successor del Primer Profeta d'Amon, mentre també arribava la notícia que Smendes havia salpat amb un estol carregat de soldats i que aviat seria allà.

La resposta va ser immediata i contundent.

«A qui és encara superior el faraó?», va escriure Pianj en una llarga carta en la qual li relatava que tot Tebes sabia que Amon havia arrabassat el cos del seu fill carnal i se l'havia endut als dominis celestials. «Qui posarà en dubte la revelació de les grans veritats que el poble coneix? Només el Primer Profeta, fill d'Amon, germà de Jonsu, pot determinar el destí de Tebes», afegia. "Qui gosarà desafiar la ira d'Amon, rei dels déus?", acabava la seva carta.

Smendes mai no va arribar a desembarcar.

Enfrontar-se a un exèrcit és una cosa, però enfrontar-se a un fantasma creat per tot un poble, n'és una altra de ben diferent. I ell era un general. No pas un nigromant.

TERCERA PART

3.1 - LES PARAULES DEL SILENCI

Pinediem va empènyer la porta de la sala d'embalsamar de la Casa de la Vida i es quedà dempeus, contemplant el que se li oferia a la vista. L'habitació era gran, amb cap finestra a l'exterior per evitar que els curiosos poguessin tafanejar. Enmig del sostre hi havia una obertura quadrada, d'un pam de costat, que servia per purificar l'aire. Cinc taules de pedra estaven repartides: una al centre i una a cada cantonada. Només mirar-les, s'endevinava com disposaven el cos de qui anava a rebre els tractaments dels especialistes, perquè eren lleugerament inclinades, dels peus cap a la capçalera, que estava treballada fent un embut obert que desembocava damunt d'un cubell. Per allà relliscaven les restes arrossegades per l'aigua que contínuament hi abocaven.

Per damunt d'aquelles taules havien passat moltes i molts i encara seguirien passant moltes més i molts més, va pensar Pinediem. I va sentir un calfred en tornar a veure la petita taula de fusta que els embalsamadors empraven per deixar-hi els estris. La imatge de les pedres de sílex, els ganivets, les agulles, els ganxos... retornava a ell.

A l'altre costat de la cortina que es veia al fons, en una altra sala, s'hi trobaven els banys que servien per submergir els cossos en olis i essències per acabar el procés de momificació.

A la dreta, sense cortina, hi havia una porta que conduïa al magatzem, el lloc on guardaven els vasos sagrats per encabir-hi les vísceres, així com les benes, els pots de les herbes i de les sals, les gerres amb els olis essencials i tots els estris.

I, finalment, a l'esquerra, hi havia una altra porta que duia a una petita habitació que servia per rebre la mòmia ja acabada i exposar-la per tal que els parents i amics poguessin contemplar-la abans de dur-la a la tomba i tancar-la per sempre més.

Pinediem va respirar fondo. Les barres d'encens encara cremaven per tal de foragitar l'olor a sang, a carn podrida i a restes humans del darrer cadàver que hi havia passat per allà. Llavors va recordar el poema que li havien fet aprendre al temple:

*La mort és davant meu com la curació del
malalt,
Com si representés una sortida després d'una
llarga malaltia.
Avui la mort se'm presenta com aroma de
mirra,
Com descans a l'ombra de l'espelma a les hores
on bufa la brisa.
Avui la mort és davant meu i em tempta,
Com si fos la vista de la llar,
Per a qui ha estat força temps empresonat.*

Egipte sap que la veritable vida és l'altra, la que no se'ns està permès contemplar ni en somnis, reflexionà; Egipte sap que la mort forma part de la vida, que no és altra cosa que un pas entre dues vides: la fictícia i terrenal, i la real i espiritual. Tothom, a Egipte, treballa per aconseguir un lloc en l'altra vida, perquè aquesta no és altra cosa que una presó.

«No estiguis trist», li havia dit el seu avi, poc abans de morir. «Per fi podré prendre la barca i creuaré les Grans Aigües. Me'n vaig content, perquè sé que allà m'hi esperen i que aquí us deixo a vosaltres perquè acabeu l'obra que jo he encetat».

«Ja ho sé, avi», havia respost ell, amb llàgrimes als ulls. «Però és que dol perdre el que més t'estimes».

«No perds res, Pinediem», li havia contestat Herihor. «Aprèn de l'univers, que mai no perd res. Fes-te gran, sigues immens, i tot serà per tu. Jo no soc diferent de tu, malgrat que t'ho sembli. Jo sóc part de tu, com tu ets part de mi, perquè el teu pensament em conté i el meu també cobeja la teva imatge. Ambdós pertanyem a l'univers, a un tot indivisible, encara que ens passem la vida mirant de separar petits pedaços i fer-los nostres, tot imaginant que són de la nostra exclusiva propietat. I què és realment teu? La teva casa...? Els teus animals...? Els temples que has ordenat bastir...? No, Pinediem. Res d'això no et pertany, malgrat que els escribes n'hagin fet escriptura. Només els teus actes, que no pas el resultat físic dels mateixos; els teus sentiments, que no pas les persones estimades; els teus pensaments, que no pas l'objecte que van materialitzar. Només és teu l'immaterial, perquè és el fruit real que tu hauràs deixat a la terra».

«Però, l'immaterial desapareixerà de la terra, quan jo marxi. M'ho enduré amb mi», havia replicat Pinediem.

«No. L'immaterial és l'única cosa que pot ser multiplicada infinitament, sense cap límit. El sentiment que tu generes dintre teu s'expandeix i atrapa els altres, arrela, dóna fruit i es torna a reproduir; el pensament que tu has tingut arriba als altres, que el fan seu, en tenen cura, el fan créixer i el llancen a l'espai perquè altres en gaudeixin; la teva llavor seguirà dins dels teus fills i dels teus néts i de tots els teus descendents, per sempre més. De palaus en podràs bastir molts, però Egipte té un límit i quan l'hagis emplenat no hi cabrà cap més. Les ànimes són infinites perquè l'univers no té dimensions i ho pot encabir tot. Guaita, sinó, el món de la imaginació. Què no ets capaç de fer amb aquesta eina infinita? Creus que hauríem pogut construir tot el que durant segles hem anat creant, si no haguéssim gaudit de la imaginació?»

«No te'n vagis, avi», havia pregat Pinediem, amb el cor encongit.

«Haig de marxar. Els déus em criden. Amon m'ha visitat i m'ha dit que no haig de ser tan ambiciós ni tan garrepa i que haig de deixar que vosaltres, tu i els altres, continueu caminant».

«És que encara haig d'aprendre tantes coses de tu», havia protestat el jove Pinediem.

«Ja te n'he ensenyat prou i ara t'ha arribat el moment d'aprendre per tu mateix. La base ja la tens, els fonaments del temple ja han estat posats a lloc. Les columnes, els murs, el sostre i tota la decoració són cosa teva».

Pinediem, enmig de la sala dels embalsamadors, davant de la taula que havia acollit el cos de Tahme, sospirà mentre acaronava la pedra que havia estat el darrer llit del seu gran amor. Per allà van córrer les restes de la seva sang barrejada amb aigua quan Beder esquinçava la seva pell immaculada.

«El dolor d'un amor es guareix amb un altre amor», li havia dit la seva àvia, el dia que la va anar a veure, poc després de la mort de Tahme.

Mesos després, quan el faraó ja havia acceptat que Tebes seguiria sent un regne, quan Smendes va acceptar que la dinastia dels sacerdots, encetada per Herihor, era una realitat i que Pianj n'era el successor, i quan Penehasi va haver de recular de nou empès per les forces comandades per Mendiebet, Nodime negocià amb el seu germà Ramsès la boda de Pinediem amb Henut-Taui.

Potser sí, que el dolor d'un amor es guareix amb un altre amor, però un altre amor no pot esborrar la memòria del primer.

«Estúpid!», va ser la primera paraula que Tahme li va dirigir.

Eren al temple de Mut. El jove Pinediem hi havia anat a buscar la seva àvia i en tombar un dels passadissos havia xocat amb la Divina Adoratriu, que anava tota sola, i gairebé l'havia fet caure. Sortosament, havia reaccionat a temps i l'havia agafat pels braços.

«És cert!» havia fet Pinediem. «Soc un pobre estúpid que ha quedat enlluernat i encegat per la teva bellesa. Hauries d'ordenar que una de les teves serventes dugués una llàntia per tal d'avisar que darrere seu camina la llum de Ra en tota la seva esplendor».

Mai ningú no havia estat capaç, amb tan poques paraules i amb aquell to, de dir-li una cosa tan bonica. I quins ulls que tenia aquell jove!

«Tots hem caigut a la seva xarxa» li va dir Herihor, un dia, quan es va assabentar que el seu nét es veia d'amagades amb Tahme. Ningú més no ho sabia i havia cridat el seu nét, per parlar amb ell a soles. I havia afegit:

«Penehasi i jo hi vam caure. Suposo que Nodime ja ho sap».

«I jo també ho sé, avi. M'ho ha dit Tahme. Però, puc fer-te una pregunta?»

«Endavant».

«Has ejaculat dintre seu?»

Herihor s'havia quedat de pedra. A què treia cap aquella pregunta? Pinediem havia estat força impertinent. Tanmateix, per què no contestar-la?

«El que ara et diré ho sé per Sahura, el camarlenc de la Divina Adoratriu», li havia dit Herihor, abaixant la veu. «Nenhere, que és qui pren les decisions a les habitacions de Tahme, s'ha inventat una història sobre que la Divina Adoratriu és el temple dels déus i li té prohibit que deixi que ningú ejaculi dintre seu. Sempre m'havia de posar un d'aquests trossos de budell de cabra que la teva àvia i jo no hem utilitzat mai. Estic convençut que si no fos per Nenhere, Tahme seria una gran persona. Però, aquesta bruixa exerceix una influència tan nefasta i tan poderosa sobre ella que... »

Pinediem havia somrigut, feliç i satisfet.

Llavors, Herihor havia mirat el seu nét i va veure una brillantor especial en aquells ulls.

«Si has aconseguit conquerir una plaça tan difícil, segur que seràs un gran general», havia afegit, amb orgull.

«No diguis res, que no ho sap ningú. Ni tan sols Nenhere. Per no saber, no sap ni que ens veiem d'amagades, des fa uns mesos. I ho hem fet tan bé que ningú no se n'ha adonat. Només ho sabem ella, tu i jo».

«Doncs, haurem d'anar amb compte, perquè un secret que coneixen més de dues persones, no és un bon secret. I ara ja en som tres, que el coneixem», havia fet Herihor, amb un to de complicitat.

Henut-Taui era una gran dona. Sens dubte!, pensava Pinediem. I ell se l'estimava. Però, no era el mateix que amb Tahme. No hi havia aquella passió que aconseguia que dos cossos esdevinguessin un, fins a l'extrem que el cap li rodava i acabava creient fermament que les seves pells s'havien esquinçat, s'havien separat, havien deixat al descobert les carns, que s'havien fos, i després s'havien ajuntat entre elles per abraçar-los i no deixar-los que se separessin.

Perdre Tahme va significar perdre una part de l'ànima. Maleïda Nenhere!, va exclamar al seu interior, mentre tancava els punys. Aquella mala bruixa sempre s'interposava entre Tahme i tot el que l'envoltava. El seu poder era tan gran que la seva estimada li va proposar de veure's d'amagades, al temple de Mut, on havien parlat per primer cop. Allà hi havia unes dependències que la Divina Adoratriu utilitzava de tant en tant, quan alguna nit s'hi quedava i que van servir perquè es poguessin veure cada tres dies, a plena llum del sol. Com podia Nenhere sospitar que Tahme aprofitava quan anava al temple per veure's amb el jove Pinediem? Qui podia ni tan sols imaginar-s'ho?

Maleïda bruixa!, va tornar a fer.

La ràbia i el dolor encara l'arrabassaven quan va aparèixer el cap dels embalsamadors.

Beder feia cara de cansat. L'acabaven d'avisar de la presència del rei, del Primer Profeta, i havia sortit corrents.

—He vingut el més ràpid que he pogut. Ja he ficat el cos de Nodime dins del bany de sals i d'essències —informà, tot senyalant la cortina del fons—. Aviat estarà preparada per ser acollida pels déus. Si la vols veure...

—No és de la meva àvia, que et volia parlar —va fer Pinediem, sense apartar la vista de la taula—. És aquí, on vas embalsamar el cos de Tahme?

Beder va trigar uns moments a reaccionar

—Sí —respongué, finalment, assentint lentament, mentre mirava aquella taula.

—Vull fer-te una pregunta i espero una resposta —va dir Pinediem—. Una resposta correcta —afegí, arrossegant cada síl·laba.

Beder engolí saliva. Tant de temps creient que aquell episodi ja s'havia oblidat i ara tenia davant seu Pinediem que volia fer-li una pregunta. Assentí, sense badar boca, i tremolant internament. El to que havia emprat el Primer Profeta havia estat realment imperiós.

—Quan vas descobrir que estava embarassada...

—No, no, jo no... —s'avançà Beder.

—Encara no t'he fet la pregunta —el tallà Pinediem, i se'l quedà mirant amb duresa.

El cap dels embalsamadors començà a respirar agitadament i es passà la llengua pels llavis. De sobte, se li havien quedat secs.

S'havia precipitat. I tant que ho havia fet!

—A qui li vas dir? —acabà Pinediem la pregunta.

Beder engolí saliva altre cop i abaixà els ulls.

—Respon! —cridà Pinediem i va picar amb la mà damunt la pedra.

Tot el cos de Beder va fer un salt.

—No em vaig atrevir a dir-ho a ningú —confessà—. Vaig pensar que el millor era guardar el secret per preservar el seu record immaculat.

Llavors, era cert!, va fer Pinediem, i va haver de recolzar-se a la taula per no caure. Tahme esperava un fill. Oh, Osiris! Allò havia estat un doble crim.

—I no ho vas dir a ningú? —demanà per segon cop, incrèdul.

—No. Ho juro —va fer Beder—. Dels meus llavis no ha sortit cap paraula. Mai.

—Per què?

—Sharek em va venir a veure i em va dir que, si el cos immaculat de la Divina Adoratriu rebia el més petit ultratge, jo pagaria amb la vida. En trobar que estava embarassada vaig tenir por. Què hauria passat si jo hagués revelat...?

Pinediem es va quedar callat. Si Beder no ho havia dit a ningú... llavors...

3.2 – LA REVELACIÓ

La foscor de la nit ja s'havia apoderat de palau. Pinediem va prendre l'espasa i l'amagà sota la taula, en un lloc on podia agafar-la només amb un moviment de la mà. Esperava la visita que arribava en aquell moment.

—Passa Sharek —saludà al seu convidat—. Seu, que hem de parlar.

—Ja has pres una decisió sobre el lloc on hem d'enterrar Nodime? —demanà el Segon Profeta.

—Gairebé, però depèn de tu —respongué Pinediem.

—De mi? —digué Sharek, amb un posat d'estranyesa.

—Del que m'expliquis aquesta nit —replicà Pinediem.

—Sobre què?

—Sobre el que va passar fa cinc anys.

—No t'entenc —va fer Sharek.

—La nit que van desaparèixer Yenes i el cos de Herihor, van passar moltes coses i tot segueix sent un misteri. Tanmateix, jo sé que tu saps molt més que ningú.

Sharek mirà Pinediem amb estranyesa. Llavors, va somriure i va mirar de negar, amb el cap, tot fent veure que no sabia de què li parlava, però el Primer Profeta el va senyalar amb el dit.

—Podries explicar, per exemple, com saps que Tahme estava embarassada? Ningú no n'estava al cas. Ni tan sols sabien que ella i jo ens estimàvem.

Es va fer un silenci. Sharek havia deixat de somriure.

—D'on has tret que ella estava embarassada? —demanà.

—M'ho acaba de dir Beder. Aquesta mateixa tarda. I ell, bé ho havia de saber, perquè és qui la va embalsamar. Tanmateix, m'ha jurat que no va dir res a ningú.

—Doncs, jo no ho sabia —negà Sharek amb força.

—De debò? —preguntà Pinediem amb una expressió que deixava prou clar que no se'l creia—. Ahir, quan vas venir, et vaig explicar que havia somiat amb Tahme. Recordes el que em vas dir?

—No.

—Em vas aconsellar que mirés cap al futur, cap a la meva esposa, la de debò, la que també... *també* duu un fill meu dintre seu, però que *aquest sí que naixerà* —digué Pinediem, i repetí—: Vas dir també i vas dir que aquest sí que naixerà, perquè l'altre no va arribar a néixer. Comprens? A partir d'aquí m'he fet moltes preguntes i he obtingut algunes respostes, però no totes. Aquella nit van passar moltes coses i a tu et toca parlar.

Sharek es quedà mut. Pagava la pena seguir negant-ho?, es demanava. Va respirar fondo i deixà anar tot l'aire dels pulmons.

—Vull que m'ho expliquis tot. Sense deixar-te'n res —va fer Pinediem, i la seva mirada era prou eloqüent.

—Herihor deia que el passat adorm, el futur atura i només el present empeny. Aquella nit forma part del passat i és tan llunyana que els records no són clars —digué Sharek—. Què vols saber exactament?

Pinediem va treure l'espasa de sota la taula i mirà Sharek directament als ulls.

—Veuràs: des d'aquell dia em costa una mica dormir —digué, amb un somriure gens amable—. Potser, si conec el passat tindré més son. I pel que fa als records, estic segur que encara conserves la teva memòria prodigiosa. He dit que ho vull saber tot, de bon començament. Tot —repetí—. Ho has entès bé, ara?

Sharek observà amb atenció el rostre de Pinediem. No calia ser cap llumener per endevinar que no havia tret l'espasa per fer bonic, sinó que el missatge era clar: havia arribat el moment de les explicacions.

331

—Entesos —va dir Sharek, i es disposà a recordar i a explicar tot el que sabia—. Temps abans de morir, Herihor va preveure el que podia passar quan ell faltés. Coneixia prou bé Smendes i esperava que reclamés Tebes en desaparèixer ell. De manera que ho va planificar tot per tal d'evitar que Egipte tornés a ser el que era i acabés destruint-se a ell mateix.

—Què va planificar, exactament?

—Tot. Absolutament tot —va fer Sharek—. El teu avi, molt abans de caure malalt, ja sabia que la mort el rondava. Però, no deia res, no volia ni sentir parlar de metges i va aprendre a suportar el dolor en silenci. Va ser un matí, que em va cridar i em va ordenar que fes fora tots els sacerdots de Jonsu i que tanqués el temple. Vaig pensar que era per poder acabar el més ràpid possible la sala hipòstila i el pati. Però, llavors, va treure un dels plànols que jo li havia fet i em va mostrar el que ell hi havia dibuixat: una cambra sota la sala hipòstila, just al centre, entre els dos grups de columnes.

—Una cambra?

—Sí —Sharek assentí amb un bon cop de cap—. Una petita tomba que jo hauria d'ordenar construir sota la sala hipòstila. Em va dir que triés deu homes que no fossin de Tebes. Volia repetir el mateix que jo li havia proposat per excavar la cova del temple de Hatshepsut, només que no hi hauria alternativa: un cop enllestida la feina, havien de morir. Egipte necessitava aquest sacrifici.

—Són els obrers que es van ofegar al Nil, una nit, poc abans de morir Herihor? —demanà Pinediem.

—Sí.

—Segueix.

—Complint les seves ordres, vaig tancar el temple, vaig buscar deu homes de ben lluny i els vaig posar a treballar a la sala hipòstila, amb la prohibició que ningú més no hi entrés. Els vaig prometre un bon salari i un bon premi si acabaven ben aviat. Allà dormien i vivien tot el temps, amb les portes tancades. Els altres obrers, els de Tebes, s'ocupaven del pati. Els deu homes van acabar el treball i, seguint les meves instruccions, ho van deixar tot enllestit per rebre el cos de Herihor, que ja havia caigut malalt i els metges deien que li quedaven unes setmanes de vida, a tot estirar. La feina va ser magistral. Una cambra perfectament construïda, amb una obertura que quedaria tancada i segellada per una enorme llosa que cauria en l'instant que es trenquessin dues petites gerres plenes de sorra. Tot un prodigi imaginatiu, del que me'n sento especialment orgullós. La millor obra que mai no he projectat. Els vaig treure d'allà amb l'engany que ja havien acabat i que els havia de pagar i sacerdots de la meva confiança els van oferir *shedeh* barrejat amb herbes que els van fer dormir. De nit, enmig del Nil, van enfonsar la barca i tots ells moriren. Els seus cossos van ser trobats l'endemà.

—Ningú no es va estranyar que no s'obrís la sala hipòstila, un cop havien mort ofegats aquells homes?

—Aquest detall formava part del pla. Havíem fet creure tothom que la sala encara no estava acabada i que, després d'aquella desgràcia, Herihor volia pensar com l'acabaria per tal de calmar la ira dels déus, perquè la decoració havia estat feta per gent de fora.

—Per això el meu avi no va triar cap tomba per ser enterrat. Ja la tenia —Pinediem assentí lentament. Els misteris desapareixien.

—Sí —confirmà Sharek.

—Només ho sabíeu ell i tu?

—Nodime també estava al cas de tot, i Hedai.

—Hedai? —Pinediem s'estranyà.

—Ell, per increïble que sembli, va ser la peça més important de tot el trencaclosques —Sharek assentí diverses vegades—. Quan el teu avi em va explicar el que volia que fes Hedai, li vaig dir que s'havia tornat boig i que aquella feina s'havia d'encarregar a sacerdots de la meva confiança. Em va respondre que un secret que coneixen més de dos, ja no és un secret. Més de dos?, em vaig estranyar. Sí. I ara en som tres, em va respondre: Nodime, tu i jo. I Hedai, li vaig dir. Hedai és com una tomba, em va contestar. Li vaig dir que la seva idea era absurda i que més valia rumiar-ne una de nova. Ell va somriure i va fer que sí, amb el cap. Aquella nit, enmig de la foscor, em vaig despertar sobtat i el meu cor va estar a punt de rebentar per causa de l'ensurt. Hedai era al meu costat, assegut, en silenci, i em mirava. Havia sortit de palau, havia creuat el Nil, havia escalat el mur de Karnak, s'havia colat entre els sentinelles i havia arribat fins als peus del meu llit sense fer cap mena de soroll. Mai no he vist una cosa semblant. I em mirava com si estigués llegint els meus pensaments. És impossible!, feia jo. Com és possible que un sordmut pugui desplaçar-se sense fer el més petit soroll? I el que encara costa més de creure: com és possible que un home com ell, amb un peu esguerrat, sigui capaç d'escalar tot un mur?

—A mi em feia por, de petit. Mai no sabia el que sentia o el que pensava i sempre me'l trobava quan menys m'ho esperava. És més: crec que té la capacitat de llegir la ment dels altres, perquè he presenciat com la meva àvia es comunicava amb ell només amb la mirada —corroborà Pinediem—. Segueix —va fer.

—Ho tinc tot pensat, ens va dir Herihor, a Nodime i a mi. El pla era ben simple. Yenes l'embalsamaria ben de pressa; mentre, cada nit Hedai aniria omplint la tomba amb els aliments, els tresors, els amulets i les pertinences que ell determinaria. Tot s'havia de fer molt ràpid. Esperaríem que Yenes ens comuniqués que ja havia buidat el seu cos, que els vasos sagrats amb les vísceres estaven tancats i que ja l'havia omplert d'essències i d'herbes i l'havia tornat a cosir. Llavors, aprofitant que Yenes se n'anava a dormir, Hedai, que s'hauria amagat a la sala hipòstila, sortiria, agafaria el cos de Herihor, el dipositaria dins del sarcòfag de pedra que havíem preparat, prendria els vasos sagrats i també els duria a la tomba, trencaria les gerres de sorra, deixaria caure la llosa, netejaria les restes, es vestiria de sacerdot i es tornaria a amagar. L'endemà, Yenes, en no trobar el cos de Herihor, donaria l'alarma. Començaríem a remenar tot Karnak i Hedai es faria passar per un dels que buscava i tornaria a la seva habitació.

—Pel que m'expliques, no havia de morir ningú, llevat dels deu obrers que es van ofegar —digué Pinediem, i es quedà mirant Sharek als ulls—. On és Yenes?

—Yenes va marxar i Hedai va sortir de la sala hipòstila, va entrar a la cambra d'embalsamar, va prendre el cos de Herihor, ja embolicat en benes, i se'l va endur cap a la tomba. Malauradament, Yenes va tornar, possiblement perquè havia oblidat alguna cosa, va veure que havia desaparegut Herihor, va enviar el sentinella a buscar Pianj i es quedà. La teva àvia, que era l'única que entenia els signes del seu criat, em va explicar que Hedai, confiat que no hi havia ningú, va sortir per anar a buscar els vasos sagrats i es va trobar de cara amb Yenes, que es va espantar. Llavors, Hedai, el va colpejar per evitar que cridés, però amb tan mala fortuna que el va matar, perquè la força de Hedai és descomunal. El va dipositar dins la tomba, la va tancar i va marxar. La mort de Yenes va ser accidental.

—I d'on va sortir la història que diu que Amon s'havia endut el cos de Herihor?

—La va pensar el teu avi. Com també ens va donar el millor de tots els arguments. Ell no havia triat cap tomba perquè Amon li havia revelat que vindria a buscar-lo. Això és el que havíem d'explicar. O millor dit: és el que el poble havia d'acabar creient. Era l'única manera de legitimar una dinastia de sacerdots: mitjançant la voluntat d'Amon manifestada a través d'un prodigi. Comprens?

—I per què l'avia tampoc no ha bastit ni ha triat cap tomba?

Sharek negà amb el cap i bufà.

—Em va demanar un impossible. Volia ser enterrada al costat de Herihor. Volia que tornéssim obrir la tomba del seu marit, sense que ningú se n'adonés, que la fiquéssim dintre i que diguéssim al poble que Amon també se l'ha endut a ella —va explicar.

—Això és de bojos! —gairebé cridà Pinediem.

—Ja li vaig dir que era impossible, però en els darrers temps, crec que havia perdut el seny.

—I els dos soldats? Un altre accident? —Pinediem canvià de tema. No podia ni pensar en una idea tan absurda com la que havia plantejat la seva àvia.

—Una necessitat —respongué Sharek, i es quedà en silenci.

Pinediem bellugà lleugerament l'espasa per animar-lo a parlar. Ho volia saber tot, absolutament tot.

—Menna, el sentinella que es va quedar, mentre l'altre venia a buscar Pianj, va veure alguna cosa que li va cridar l'atenció. Aquell pobre desgraciat va voler parlar amb mi, però aquella nit vaig arribar a Karnak molt tard. En no trobar-me, se'n va anar a parlar amb Nodime i li va dir que sabia alguna cosa que potser valia molt. Nodime li va lliurar una bossa d'or, el va acomiadar amb la promesa que n'hi hauria més i el soldat va marxar. L'endemà va aparèixer penjat a casa seva. Nodime havia enviat Hedai perquè li fes una visita. Era molt perillós deixar-lo viu.

—Però, llavors, l'altre soldat?

—Desher? El sentinella de la porta del piló de Jonsu?

—Sí —va fer Pinediem.

—Quan un camí es torça, sembla que tot ha de sortir malament. Desher va ser un altre desgraciat accident. El més probable era que Menna li robés l'amulet i que li caigués quan Hedai el penjava de l'olivera.

—Tikarbaal va dir que Desher es va posar molt nerviós quan li va ensenyar la cinta de pell amb l'agulla de plata.

—És normal —digué Sharek—. Tots els que treballen a Karnak n'han vist, d'aquestes cintes, i saben que serveixen per lligar les bosses d'or, de plata i de coure. Tikarbaal ja era vell i repapiejava i el més probable és que interpretés malament la reacció natural d'algú que reconeix un objecte que té un alt significat. El van interrogar i... en fi! Tots sabem com actua la policia en un cas d'assassinat.

—Com vas saber que Nodime havia entregat a Menna una bossa d'or?

—Quan vaig veure la cinta, vaig recordar que Menna havia volgut parlar amb mi i que, en no torbar-me, se'n va anar a parlar amb la reina. D'on podia haver tret una cinta com aquella, amb una agulla de plata, si no era de Nodime?, vaig pensar. Me'n vaig anar a parlar amb ella i em va confessar que l'havia hagut de fer matar per evitar que parlés —explicà Sharek.

—Què és el que va veure? —demanà Pinediem, a qui el cor li començava a bategar més ràpid del normal.

Sharek respirà fondo i bufà amb força. Entrava en la part més delicada de la història, i ho sabia.

—Hedai —respongué.

—Hedai? Vols dir que Desher abandonà el seu lloc de sentinella i va entrar a Jonsu?

—No. Vull dir que va veure Hedai al terrat del temple i com baixava pel mur.

Pinediem es posà tens.

—No has dit que s'havia de quedar amagat fins l'endemà?

—Això és el que havíem convingut i això és el que jo tenia entès, però després vaig descobrir que la seva missió no s'acabava després d'amagar el cos de Herihor.

—Ah, no?

Sharek va bufar de nou, amb força. Havia arribat el moment que tant havia temut des que havia vist aquella espasa i havia començat a parlar.

—Entre les moltes habilitats de Hedai està la d'escalar qualsevol mur, malgrat que té un peu esguerrat, perquè els seus dits són més forts que les mandíbules d'un cocodril i és capaç de penjar-se només amb els palpissos. Pel que em va explicar Nodime, havia après a fer-ho per poder escapar-se de casa quan al seu pare arribava molt enfadat. De la mateixa manera que havia après a quedar-se quiet, com una estàtua, a fer-se fonedís o a caminar tan silenciosament com un gat. Cosa increïble en un sordmut. Quan Nodime em va explicar que havia hagut de fer matar Menna, perquè havia vist Hedai que baixava pel mur, vaig entendre de seguida la importància d'aquell detall i em vaig esgarrifar —explicà Sharek, i es va aturar.

—Segueix —ordenà Pinediem, i dirigí la punta de l'espasa cap a la gola del Segon Profeta

—Tothom, en aquesta vida, paga d'una manera o d'una altra, tot allò que constitueix un deute. Només les ànimes més pures poden viure i marxar sense que ningú no els reclami allò que van furtar, encara que fos sense voler —digué Sharek, amb veu més baixa, i es mossegà el llavi inferior—. Nenhere era una dona perversa, que vivia profundament enamorada de Tahme. En aquell cos jove i apetible, en aquella gràcia, en cadascun dels moviments de les seves mans, en cada paraula i en cada mirada es veia reflectida ella mateixa, perquè aquella era la seva obra. Ella l'havia trobada a Núbia, la va portar a Tebes, la va educar amb molta cura, la va presentar a Penehasi, la convertí en Divina Adoratriu i volia fer-la reina. Per això era feliç quan podia dormir al seu llit. Per això no permetia que ningú ejaculés dintre del temple que ella havia anat construint dia rere dia.

—Jo vaig ejacular dintre seu —recordà Pinediem.

—Ja ho sé. I la vas deixar embarassada.

—I com ho podies saber, si Beder no te'n va dir res?

—M'ho va dir la teva àvia.

—Què? No és possible! Ella no en sabia res.

—T'equivoques. Nenhere, precisament per causa de l'amor desmesurat que sentia per Tahme, descuidava l'entorn i va crear, al costat d'un temple immaculat i perfecte que mai no havia estat profanat pel semen de ningú, un exèrcit d'enemics que la temien, però que esperaven l'ocasió per venjar-se. I tu els hi vas proporcionar.

—Qui hi tinc a veure jo, en tota aquesta història?

—Volies conèixer la veritat? Doncs, tu, sense saber-ho, vas condemnar Tahme. El teu amor la va condemnar;

l'amor que ella sentia per tu la va condemnar. Va morir víctima de l'amor.

—Menteixes! —va fer Pinediem, i la seva espasa s'acostà perillosament a la gola de Sharek.

—Ella s'havia passat tota una vida seguint les consignes de Nenhere, que li ensenyava que als homes se'ns ha d'enganyar i menysprear, perquè som éssers imperfectes, un error de la natura, i que únicament servim per procrear. Durant anys, Tahme només mirava a través dels ulls de Nenhere. Així va ser la seva relació amb Penehasi i amb el teu avi. Però, de sobte, aquella noia es va enamorar d'un jove oficial que era tot alegria. Tan gran va ser la seva passió que et va permetre fer el que ningú havia aconseguit. I vas ejacular dintre seu. Evidentment, Nenhere no en sabia res i no ho va saber fins uns dies abans de morir Herihor. Ella, en assabentar-se que Pianj havia estat nomenat hereu del Primer Profeta d'Amon, va elaborar el seu pla per convertir Tahme en reina i va córrer per explicar-li-ho. Era ben senzill. Pianj no tenia esposa. Tahme només l'havia de seduir i deixar que ejaculés per quedar embarassada. Tanmateix, a Nenhere li esperava una bona sorpresa. La seva obra mestra, el temple sagrat, havia estat profanat i ja tenia un estadant. Nenhere es va tornar boja i va escridassar Tahme, però la noia havia crescut i era conscient del seu poder. De manera que, quan es va atipar de sentir-la, va cridar els guàrdies i la va fer fora. Així de senzill.

—I llavors Nenhere va parlar amb Nodime i l'hi va explicar tot —va fer Pinediem.

—No —Sharek negà diverses vegades, amb el cap
—. Nenhere mai no hauria fet cap mal a Tahme. No podia
destruir la seva obra. El problema era que Sahura havia
pogut escoltar la discussió i temps li va faltar per veure
que allò representava la seva gran oportunitat per venjar-
se de la dona que l'havia convertit en poc més que un
criat. Va anar a veure Nodime, que el va rebre, i li relatà
tot el que havia succeït. Llavors, la teva àvia, es va adonar
del que aquell embaràs podia significar. Tahme esperava
un fill teu i tu eres l'hereu de Pianj, segons el que Herihor
ja havia determinat, detall que Nenhere va descobrir poc
després i que la va dur a demanar humilment perdó. Res
no s'havia perdut i la seva creació seria reina. Però no
comptava que Nodime també havia pres decisions i no
volia permetre que una núbia, sense cap passat ni sang
noble ni res de res, ocupés la cadira més alta i li furtés el
títol de Gran Concubina d'Amon. Comprens?

Pinediem s'havia quedat mut. La seva àvia... No
s'ho podia creure! Però, si ella el va consolar quan Tahme
va morir...

S'aixecà d'una embranzida i prengué amb força
l'espasa.

—Menteixes! —cridà per segon cop.

—No —Sharek negà lentament, amb el cap, sense
deixar de mirar els ulls de Pinediem—. He guardat dintre
meu tot això durant tot aquest temps, però no menteixo.
No hi vaig tenir res a veure, amb la mort de Tahme. T'ho
juro per Amon. Si jo hagués sabut el que Nodime pretenia
fer, ho hauria impedit.

—I tots aquests anys m'has tingut davant teu, sabent tot el que saps, i no me n'has dit res? —Pinediem va fer uns ulls com unes taronges.

—Ho sento —va fer Sharek, amb la mirada baixa.

—Soc el teu rei i m'has traït.

—Mai no t'he traït! —exclamà Sharek.

—Has traït la meva confiança. Com creus que puc mirar-te, després de descobrir que cada matí et llevaves, em venies a veure i sabies que m'amagaves el que ara he descobert?

—Ja no hi havia res a fer. Tahme era morta i jo havia de salvar Tebes.

—Al preu d'un crim?

—Hauries mort la teva àvia per venjar Tahme? —demanà Sharek, de sobte.

Pinediem va deixar lentament l'espasa damunt la taula. Li faltava l'aire. Necessitava respirar. Va córrer cap a la balconada i vomità.

Sharek va anar cap a ell, però Pinediem alçà la mà i l'aturà.

—Deixa'm sol —digué, un cop ja començava a recuperar-se.

Sharek dubtava.

—Deixa'm sol! —cridà Pinediem, enfollit.

Sharek es retirà i, quan ja atrapava la porta va escoltar el crit de ràbia:

—Maleïts sigueu tots!

*** ***

Dos dies després, al matí, a primera hora, Henut-Taui va veure arribar un sacerdot. Venia cames ajudeu-me i demanava de parlar amb Pinediem.

—És molt urgent —va escoltar que deia als soldats de guàrdia.

Poc després apareixia un oficial i el conduïa a la sala del tron. Picada per la curiositat Henut-Taui s'hi atansà.

—Aquest matí, en sortir el sol, quan hem anat a despertar el Segon Profeta d'Amon, l'hem trobat mort —va escoltar que feia la veu del sacerdot, tot just entrar a la sala.

—I com ha estat això? —demanà Pinediem.

—Sembla que s'ha ofegat. No sabem com. No hi havia cap signe de violència.

—Pobre Sharek! —va fer Henut-Taui, esgarrifada.

—Pobre Sharek! —repetí Pinediem les paraules de la seva esposa, i assentí lentament—. Haurem de preparar els seus funerals.

El sacerdot els dedicà una reverència i sortí.

—L'enterrarem a la Vall dels Nobles, a prop de la tomba de Tahme —va dir Pinediem.

Henut-Taui el va mirar. No hi havia cap mena d'emoció a la veu del seu marit. Ni tan sols hi havia hagut sorpresa quan havia rebut la notícia.

—Per què a prop de Tahme? —demanà Henut-Taui estranyada.

—Perquè una vegada em va dir que, si ell hagués pogut, l'hauria salvada —respongué Pinediem.

—Te la vas estimar molt. No és veritat? —va dir.

Pinediem va somriure. Mai no has de dir a una dona que t'has estimat molt una altra dona, va pensar. Elles tenen una tendència excessiva a comparar.

—Si l'haguessis coneguda, t'hauries adonat de seguida que tenia un cor tan gran com el d'una reina —respongué ell, triant una fórmula més ambigua—. Tothom se l'estimava. Fins i tot, l'àvia, que va fer moltes donacions per a la seva tomba.

EPÍLEG

El sol cercava l'horitzó i les ombres s'allargaven quan la filera de sacerdots, presidida per Pinediem, va arribar a la Vall de les Reines. Al seu costat caminava Henut-Taui. Uaraktir i Mendiebet els seguien i, darrere seu, sis homes duien un sarcòfag d'or a les espatlles. Immediatament després, caminava Hedai. I, a unes passes, Makare anava al front de les representants dels quatre phylaes, que cantaven les oracions fúnebres.

Durant sis dies, en presència del poble que li havia dedicat un immens homenatge, els sacerdots havien resat a tots els déus perquè el cos de qui reposava dins del sarcòfag fos acollit a les esferes celestials. I ara, arribat el vespre del setè dia, era l'hora de dur-la a la tomba perquè seguís el camí marcat pel sol, cap a l'oest, per pujar a la barca i creuar les Grans Aigües. Així, l'endemà, quan Ra tornés a sortir, ella ja seria a l'altre costat.

La comitiva es va desplaçar entre els turons de pedra i terra seca sota l'atenta mirada dels soldats, fins arribar a la boca de la cova que conduïa cap a la tomba buida que esperava ser ocupada.

Allà s'aturaren per encetar les oracions de salutació a les divinitats. Llavors, Pinediem, seguit pels sacerdots que portaven el sarcòfag, per Makare, Uaraktir, Mendiebet i Hedai i per altres tres sacerdots que duien llànties, baixà pel pendent que s'endinsava a la terra.

En arribar al final, a la sala de les columnes, que els artesans havien decorat amb les més vistoses pintures, tombaren a la dreta per accedir a la cambra del sarcòfag, on havien diposit part del dot que Makare havia triat personalment i que les quatre caps dels quatre phylaes havien preparat especialment. Al costat d'aquesta sala, hi havia una altra, a la qual s'hi accedia a través d'una porta estreta, on es guardava el tresor que Pinediem havia ordenat ficar durant els dies anteriors.

—Quin gran amor que sentia per la seva àvia —havien comentat molts, en veure la gran quantitat de joies que hi dipositaven.

Makare entonà el càntic de benvinguda per demanar als déus que fessin el mateix en rebre l'ànima de qui aquella nit imploraria la seva benedicció.

Els sis sacerdots van dipositar el sarcòfag d'or dins del de pedra i esperaren fins que Pinediem els atorgà el seu permís per cobrir-lo amb la llosa que encaixava perfectament i que els artesans havien decorat amb motius religiosos.

Un cop acabada la cerimònia, els sis sacerdots es retiraren. Després ho va fer Makare, a la que seguí Mendiebet.

Hedai romania agenollat davant del sarcòfag, amb el rostre cobert per les mans, Pinediem estava dempeus, en silenci, Uaraktir l'observava i dos sacerdots amb llànties esperaven.

—Hem de sortir —digué Uaraktir—. Ja és tard.

Pinediem assentí, en silenci. Llavors, Uaraktir va tocar l'espatlla de Hedai i li indicà amb el dit que havien de marxar. Hedai el mirà i començà a plorar.

—Ja me n'encarrego jo —va dir Pinediem, i prengué la llàntia d'un dels sacerdots.

Uaraktir començà a pujar les escales, cap a la boca del pou, seguit pels altres dos sacerdots.

Pinediem diposità la llàntia damunt de la petita taula que hi havia a la seva dreta, va agafar Hedai per les espatlles, l'aixecà i li dedicà un somrís. Hedai s'eixugà les llàgrimes i sospirà. Llavors, Pinediem prengué de nou la llàntia i es dirigí cap a l'escala.

Quan ja eren gairebé a la sortida, Pinediem s'aturà i es tombà. Hedai el mirà. Llavors, el Primer Profeta li va passar la llàntia, es va treure l'escarabat sagrat que duia penjat al coll, aquell que la seva àvia li havia lliurat tot dient-li que Herihor li havia llegat, i l'hi va donar, mentre feia un gest amb el cap tot indicant-li que el dugués a baix.

Hedai va somriure. Havia entès perfectament que Pinediem li demanava que deixés aquell amulet damunt del sarcòfag de Nodime.

Pinediem va veure com Hedai baixava i que la llum de la llàntia es perdia. Llavors es dirigí cap a la sortida.

—Tapeu la boca —ordenà, en arribar a l'exterior.

—Hedai encara és dins —va fer Uaraktir.

—Es queda amb ella, per servir-la durant tota l'eternitat —respongué Pinediem, i el mirà als ulls—. És la seva voluntat.

Uaraktir es va apartar. El cap dels obrers va tallar la corda, la taula de fusta es tombà i tota la càrrega de terra i pedres va tapar la boca de la tomba aixecant una gran polseguera i fent un bon soroll.

Un cop el petit núvol de pols s'havia escampat una mica, els obrers van empènyer l'enorme llosa i la van situar damunt de la terra i de les pedres. Ni un gegant seria capaç de moure-la. I si algú cridés des de dins, que ningú no ho podia fer, tampoc no el podrien sentir.

Aquella nit, quan el palau era en silenci, un oficial es dirigí a la sala del tron, on Pinediem l'esperava.

—Tal com has ordenat, el cos ha estat cremat i les seves cendres escampades al desert —informà l'oficial.

—Bé! —va fer Pinediem—. I l'altre part de l'encàrrec?

—L'enllestirem aquesta mateixa nit.

Pinediem assentí, l'oficial marxà i ell es retirà a les seves habitacions.

No totes les que pertanyen a una família real, tenen el cor d'una reina i potser moltes de les que han nascut en el sí d'una família humil bé podrien comparar el seu amb el més gran de tots, pensava Pinediem. Nodime va ser una bona reina per Tebes, però això no li permetia cometre un crim horrorós contra la seva mateixa sang, que bé havia de pagar. Matar el fill del seu nét només podia rebre el més gran dels càstigs d'aquest món. Perquè era sang de la seva sang, malgrat que Tahme en fos la mare i malgrat que no fos ni noble ni egípcia. Tanmateix, no mereixia morir com va morir. Ara s'havia fet justícia i la Divina Adoratriu, la que va ser el seu gran amor, havia estat enterrada com una reina i seria servida eternament per un criat tan fidel com Hedai, que moriria enterrat en vida, agenollat al costat del sarcòfag de qui ell va matar. Gairebé es podia prendre com un magnífic regal que Tahme rebia de mans de qui havia ordenat la seva mort.

El cos de Hedai es podriria i mai no traspassaria les Grans Aigües ni podria tornar a veure Nodime mai més, que tampoc seria rebuda pels déus. El poc que quedava d'ella, les seves cendres estaven escampades pel desert. De fet, ella mateixa havia triat aquest destí. No va bastir la seva tomba ni va deixar res escrit sobre les seves voluntats... De què es podia queixar, llavors?

Quant a Sharek, havia estat un bon Segon Profeta i no hi va tenir res a veure amb la mort de Tahme. Cert! Però... l'havia traït en la seva confiança. Seria enterrat a la Vall dels Nobles, a prop de la que havia estat la tomba de qui deia que hauria salvat, si hagués estat al cas de les intencions de Nodime. Quina cara hauria posat, en despertar-se i descobrir Hedai que l'ofegava amb un coixí, mentre el tenallava amb el seus poderosos braços? O potser ni se'n va assabentar? Hedai era tan silenciós... I la veritat era que tampoc no resultava tan complicat entendre's amb aquell criat sordmut. A Pinediem no li va costar gens ni mica explicar-li que Nodime havia ordenat que matessin el Segon Profeta perquè mai no pogués explicar el que va passar aquella nit, cinc anys enrere.

Abans de ficar-se al llit, Pinediem es dirigí a la terrassa, va contemplà el Nil i respirà fondo l'aire de la nit.

Ara recordava que Tahme li havia explicat que Nenhere feia prediccions que es complien. A ella li havia predit que seria enterrada com una reina. Doncs, l'havia encertada! Nodime havia estat en vida la Gran Concubina d'Amon. Ara, Tahme ho seria per a tota l'eternitat.

Egipte era el producte de la intriga, un país dividit en dos, malgrat que volguessin guardar les aparences, i ja ningú no els respectava. Cap poble no veia en ells la magnificència de les piràmides ni la grandesa dels seus temples, sinó un gran territori que algun dia espoliarien.

Com podia ser d'altra manera, si tot estava edificat damunt la mentida? Herihor no havia pujat al cel; Nodime no havia estat enterrada a la seva tomba; Sharek havia mort assassinat; Yenes va ser un pobre desgraciat que va cometre l'error d'oblidar-se alguna cosa; Nenhere va ser condemnada per un crim que no havia comès; i Tahme va morir perquè l'estimava.

Quantes mentides! Oh, déus! I ell era l'únic que les coneixia totes.

Herihor deia: un secret que coneixen més de dues persones, no és un bon secret. De manera que Beder moriria aquella mateixa nit, a mans de l'oficial que havia tret el cos de Tahme de la Vall dels Nobles i l'havia dut a l'embalsamador perquè el canviés pel de Nodime. I l'endemà, l'oficial també moriria, tot tancant el cercle.

Pinediem pensava: un secret que només coneix una persona, és perfecte.

De nou respirà fondo i aixecà els ulls. Era fosca nit, amb un cel quallat d'estrelles.

—Egipte, pots dormir en pau, que els teus secrets estan ben guardats —va fer, tot just quan abandonava la terrassa.

ALTRES OBRES D'ALBERT SALVADÓ

Si heu gaudit amb la lectura, potser us interessi conèixer altres obres d'Albert Salvadó, totes disponibles en format de llibre electrònic.

EL MESTRE DE KHEOPS

Obra guanyadora del PREMI NÉSTOR LUJÁN DE NOVEL·LA HISTÒRICA.

Aquesta és la història de l'època del faraó Snefrú i de la reina Heteferes, pares de Kheops, el constructor de la major i més impressionant de les piràmides. També és la història de Sedum (un esclau que va arribar a ser el mestre de Kheops), del summe sacerdot Ramosi i del naixement de la primera piràmide.

Sebekhotep, el gran savi d'aquells temps, deia: «Tot està escrit a les estrelles. La major part de nosaltres vivim sense ser conscients d'això; alguns són capaços de llegir en elles i veure-hi el destí; però molt pocs aprenen a escriure sobre elles i poden canviar el destí».

Ramosi i Sedum van aprendre a escriure i van intentar canviar els seus destins, però la seva sort va ser molt desigual. Vet aquí el relat de l'enfrontament de dues intel·ligències: una lluitava pel poder i l'altra per la llibertat.

L'ENIGMA DE CONSTANTÍ EL GRAN

L'emperador Constantí el Gran és una de les figures més impressionants i controvertides de la història universal.

Les seves decisions són un vertader enigma que aquesta obra desvela magistralment. La seva vida és una infinitat de lluites i conquestes, amistats i odis, amors i desamors, grandeses i misèries, nobleses i crims, enganys i traïcions. I ell, des de la humilitat de l'home que s'enfronta a la seva mort, fa balanç de tot.

Va ser l'últim dels grans emperadors. Fill bastard de Constanci Clor, va unificar l'Imperi romà per última vegada, va concedir la llibertat als cristians, va crear el primer exèrcit mòbil, va instituir la moneda única (el Solidus, vertader precursor de l'Euro), va fundar Constantinople, va assassinar amb les seves pròpies mans... i va viure un gran amor amb Minervina, la seva primera esposa.

Submergir-se en la vida de Constantí és reviure una època increïble i descobrir el gran misteri de les seves decisions, aparentment absurdes i contradictòries i, malgrat tot, carregades d'una lògica sorprenent i implacable que Albert Salvadó ens dibuixa amb pols ferm i mà mestra. Una obra que mai s'oblida i que va merèixer ser finalista en el I Premi Néstor Luján de Novel·la Històrica.

L'ANELL D'ÀTILA

Obra guanyadora del Premi Fiter i Rossell del Cercle de les Arts i les Lletres.

En ple segle V, Constantinople i Roma contemplen amb preocupació com totes les terres entre el Rin, el Danuvi, el Volga i el mar Bàltic rendeixen homenatge al nou emperador dels huns, com es fa dir Àtila.

I la preocupació es converteix en pànic quan comença a circular la llegenda que parla d'un home que està per damunt dels altres mortals, perquè ha rebut de mans dels déus l'espasa de Mart.

Sever Antoni Brauli Teodosi, general, ambaixador i senador, viurà una vida sencera per descobrir que som els homes que aixequem els imperis i, també som nosaltres, els qui els esfondrem.

Mentre tot l'Imperi cau al seu voltant, ell, des de la seva vila de Tarraco, relata al seu amic Pau Orosi, que va escriure la història d'aquells dies, els seus records, els d'una època increïble, en la que l'aparició d'un home irrepetible, el gran Àtila, es va aplegar a una altra figura que va marcar el final absolut de l'Imperi Romà d'Occident: Gal·la Placídia. Néta, filla, germanastra, esposa i mare d'emperadors, es va asseure durant trenta anys a la cadira imperial.

El gran Sever, espectador privilegiat pels càrrecs que va ocupar, crida: «Mai, en tota la història, va haver-hi una dona tan predestinada!» I relata amb tots els detalls com Gal·la Placídia va enfrontar els millors generals de Roma entre si, va impulsar Àtila a atacar un Imperi debilitat i ofegat per la corrupció, la traïció, la cobdícia i el vici, i va deixar al tron al seu fill Valentinià, un vertader monstre.

El resultat no podia ser un altre, i la història ha fet justícia.

EL RELAT DE GÜNTER PSARRIS

Els que l'han llegit diuen que es tracta d'un relat dur, però que és, al mateix temps, el més tendre i humà que ha escrit Albert Salvadó.

En una cabanya en meitat dels Pirineus, tres homes troben el cadàver d'un pastor, la fotografia d'un oficial nazi i un manuscrit.

Aquesta és l'apassionant història de Günter Psarris, a qui el món va convertir en assassí, malgrat que ell mai va deixar de ser una gran persona. Va viure durant la Segona Guerra mundial, a l'Alemanya de la bogeria, va ser tancat al camp de Mauthausen i va sobreviure. No obstant això, el preu que va pagar per això va ser molt elevat.

Aquesta és també la història d'algú que va estimar amb bogeria, que va ser deportat i que el món, lluny de casa seva, el va tractar amb duresa i li va robar tot el que tenia. Fins i tot l'amor. I aquesta és una història plena d'esperança i de lliçons, d'un episodi recent de la humanitat que ha quedat marcat per la violència, la brutalitat, el salvatgisme i el menyspreu absolut per tot allò que és sagrat: la vida humana. No obstant això, Günter Psarris sap que la vida contínua i que l'amor és etern. I això ningú l'hi pot robar.

ELS ULLS D'ANNÍBAL

Obra guanyadora del «PREMI CARLEMANY 2002»,

A la Roma dels primers temps la dona no tenia cap dret: era considerada una propietat i el matrimoni només era un contracte per tenir fills. Tot i així, en privat, la dona esdevingué el suport de l'home i el centre d'un poder silenciós i secret que va influir en les grans decisions.

Aquesta és la història d'Ariadna, una dona d'ulls foscos i misteriosos com la nit, i de Sinesi, el filòsof que era capaç de llegir als ulls dels altres i despullar les ànimes i que va descobrir que Ariadna guardava al seu interior tot un univers, ocult darrere del misteri de la seva mirada.

Una història en què l'amor amb majúscules s'uneix a les quatre derrotes consecutives, també amb majúscules, que Roma va patir a les mans del gran Anníbal. I tot per causa d'uns ulls.

També és la història de Publi Corneli Escipió, que esdevindrà el més gran dels generals romans, que va aprendre que els ulls són la porta que ens permet contemplar l'ànima i atrapar els sentiments de qualsevol.

El nom d'Anníbal ha passat a la història de la mà dels elefants, però un cop hagueu llegit aquesta obra, és possible que substituïu els paquiderms per alguna cosa molt més petita i infinitament més poderosa.

L'INFORME PHAETON

Aquesta no és una novel·la normal. Si la comenceu, heu d'acabar-la. No perquè ho digui l'autor, sinó perquè, potser, no podreu deixar-la fins a tancar l'última pàgina.

A través d'un relat ple de misteri, un escriptor troba una explicació alternativa a tot el que ens han explicat, que mou el seu interior i li obre les portes d'un món fascinant, fins a conduir-lo a un descobriment demolidor que ho canvia tot: el Diluvi Universal el vam provocar nosaltres mateixos, l'ésser humà. No va haver-hi cap intervenció divina. I ho demostra.

Diu la llegenda dels indis Hopi: «L'explosió demogràfica, la multiplicació de les mega-polis i dels transports aeris van fer que l'Home no es conformés únicament amb la creació... sempre desitjava més i més. No deixava de produir fins i tot el que no necessitava i com més tenia, més en reclamava.»

De quines «mega-polis» i de quins «transports aeris» parlaven? Perquè la llegenda Hopi té segles i segles d'antiguitat.

Per altra banda, hi ha un mínim de 83 relats i llegendes que parlen d'un gran cataclisme i de muntanyes d'aigua que ens van caure al damunt. I tots aquests relats parlen d'un home previsor, que en el nostre cas va ser Noè. Però cada regió té el seu salvador particular: Nata, Ouassou, Montezuma, Manu, Bergelmir, Yima, Nan-Choung i molts més Noè repartits per tota la geografia mundial.

La piràmide de Kheops... Només és una tomba per a un faraó? Realment va ser construïda per Kheops?

I, per si fos poc, hi ha un llibre silenciat i apartat de la Bíblia, anomenat el Llibre d'Enoc (un dels patriarques bíblics) que parla sense embuts d'experiments genètics, naus, estacions orbitals...

Davant de tot aquest desplegament d'informació silenciada, el protagonista d'aquesta misteriosa història es demana: El que ens han explicat és la veritat? I el que és més interessant: Les llegendes són només llegendes o són crits d'un passat que ens implora que no l'oblidem?